《红山的季节》
...底色...诗意
...动人...

刘庆邦
2023年6月23日
北京

著名作家刘庆邦题词

行吟竹韵

何武 著

上海文艺出版社
Shanghai Literature & Art Publishing House

图书在版编目（CIP）数据

行吟竹韵 / 何武著 . -- 上海 : 上海文艺出版社，2024. -- (忻州书香 / 梁生智主编). -- ISBN 978-7 -5321-9112-3

Ⅰ . I267

中国国家版本馆 CIP 数据核字第 2024B6Q758 号

发 行 人：毕　胜
策 划 人：杨　婷
责任编辑：李　平　韩静雯
封面设计：悟阅文化
图文制作：悟阅文化

书　　名：行吟竹韵
作　　者：何　武
出　　版：上海世纪出版集团　上海文艺出版社
地　　址：上海市闵行区号景路 159 弄 A 座 2 楼
发　　行：上海文艺出版社发行中心发行
　　　　　上海市闵行区号景路 159 弄 A 座 2 楼 206 室　201101　www.ewen.co
印　　刷：成都市兴雅致印务有限责任公司
开　　本：880 × 1230　1/32
印　　张：95
字　　数：2280 千
印　　次：2025 年 7 月第 1 版　2025 年 7 月第 1 次印刷
Ｉ Ｓ Ｂ Ｎ：978-7-5321-9112-3/I.7164
定　　价：398.00 元（全 10 册）

告读者：如发现本书有质量问题请与印刷厂质量科联系　T：028-83181689

行吟恰如品美酒

（自序）

　　身边的朋友曾纷纷鼓动我出一本散文集子，我一一婉拒了。

　　去年冬天的一个夜晚，我与学生小朱酒酣耳热之际，他提起出书这事并毛遂自荐："老师，我来取书名！"我当时忙于喝酒，呵呵一笑。

　　第二天上午刚到办公室，就收到了他发来的信息："三个书名供老师参考。一是《蝶舞阡陌》，寓意：破茧成蝶、载歌载舞，笑傲江湖、纵横天下。二是《乡音竹韵》，寓意：基层历练、日渐发展、影响扩大，既有区域文化，又有地域特色。三是《长路健影·行思无疆》。"第三个书名没有写寓意，学生这股热情劲儿感动了我。随即拨通了他的电话："小朱，《乡音竹韵》与《行吟竹韵》有什么差别？"电话里传来学生激动的声音："老师，建议采用《行吟竹韵》！"顿了顿，他妙语连珠："生于竹乡，成之竹志。徜徉天地间，悉闻烟火气，有感于万物品盛，咏怀于乡音竹韵。朝朝暮暮、点点滴滴，行成于思、笔汇为文。"

　　我忙于收集、整理过去的文字资料了。一些纸质文字资料没有补录电子版，现在找不到踪影了。心生遗憾的同时，忽然感到岁月的飞逝：已经搬了几次家，搬了几次办公室啊！

留下的文字，散发出岁月的气息，有的美好，有的苦涩。我不禁置身于记忆中，反刍往事。我在竹乡生活着，行走着，不停地自吟和记录。行吟就像饮酒一样，能够安慰个人的灵魂，能够帮助个人不断地探讨"怎样度过这仅有一次的生命"的话题。行吟中朦胧的诗句，纷纷生长成竹叶，高出了竹乡农家的院墙，月光下竹叶在微风中委婉悠扬的絮语潜入了空灵的梦境。

一些人在不知不觉中成了我的榜样，使我在迷茫的时候静静地深思，让心如止水，淡定从容。重庆市农业科学家李贤勇百折不挠，不断破解"重庆密码"，研发出了重庆人自己的能抗高温的优质稻，在国内外率先研发出了淹水直播的水稻种，实现了世界水稻生产史上的一次重大变革；四川省农业科学院吕世华研究员，针对这个种水稻不挣钱的世界，针对这个大多数地方靠天吃饭的世界，针对农药、化肥过量施用导致环境污染的世界，历时二十年执着探索，实现了"一张地膜改变一个世界"的伟大构想；"踏实做人，低调做事"乃石照礼这位普通共产党员的人生信条，对于他的离世，群众认为这是石照礼从人间移居到了人们的心间；"一个人一辈子能够认真做好一件事就够了"的钻头之父沈忠厚院士，用浓浓的桑梓之情感动着父老乡亲……

工作探索及经验材料既不能只冷冰冰地剖析问题，也不能像通常的书评令人乏味，需要管理与思辨并重，才情与理趣结合，怎么办？"学术随笔"给了我很大的启迪。有人打个比方，学术随笔的观点与文字有点儿类似于歌曲的歌词与曲调，好的歌词要配上好的曲调，有时甚至乐曲比歌词还重要。写这类稿子，既要有学问，又需要文采，我明知学识水平不能为而为之，时而写写还可以。如果是大会发言，几乎是头天夜不能寐的。我在旅游局工作时，在县、市、省、全国做了四回发言（授课）。第一次在全县旅游工作会议上发言，赢得十余次掌声。会议主持人是当时的县长，在总结时的第一句就是"我认为，发言稿可以这样写！"

而在此之前，发言稿在工作人员那里审核通不过，工作人员说："这样写发言稿，我从来没见过！"会议后，我将发言稿传到《应用写作》编辑部，稿子很快作为范文刊登出来了。

　　源于民间生活的文学，如今离生活越来越远。"证婚词"这种生活中的"应用文体"，是民间日常仪式活动中的语言艺术，既充满了文学的价值，又充满了文学的不可复制性。我在写证婚词时，既注重散文笔法的点染，又注重以谐写庄，寓庄于谐的语言表达方式。我每次都脱稿，婚庆殿堂的掌声总是此起彼伏的。《志同道合绽"百合"》的证婚词，开篇就富有诗情画意："浪漫的三月大竹开启了赏花模式，桃红李白梨花圣洁。此时又是什么花引得这么闹热？原来是一朵培植了6年、花期100年的'百合花'。百合花的男主人是曾侯东先生，女主人是雷梦凡小姐，今天让我们一同见证百合花的正式绽放，让我们一同祝福新郎新娘百年好合！"意外获赠新郎兰仁杰先生部队首长一幅画的证婚词，里面有这么一段以谐写庄的话："新人的爱情是神圣的。新郎高中毕业投笔从戎去，意气风发走进绿色的军营。历经两载淬炼，成熟的男子汉考进清幽的四川旅游学院。新娘大学毕业执教绵阳，因故乡梦萦魂牵，之后便以优异成绩考进大竹县统计局机关。尘封记忆梦常现，新郎痴情苦思念，一种心灵的默契渐渐产生。2019年11月16日这天，二人忽然发现：他们相恋了。"曾作为范文刊登在《应用写作》杂志的证婚词，结尾寓庄于谐："今天的日子是美好的，婚礼选择在春末夏初，既拥有春天的风情万种，又让轰轰烈烈的爱情投入夏天红红火火的怀中。尤为重要的是在用实际行动迎接'五一'国际劳动节。要养成劳动的习惯，相敬如宾恩恩爱爱；要早结劳动成果，儿女成群喜出望外；更要珍惜劳动成果，孝老爱幼和睦表率！"

　　池莉说，人生有三种境界：看山是山，看水是水；看山不是山，看水不是水；看山还是山，看水还是水。人生就是这样，从懵懂走向迷惑，再走向不惑。沧桑岁月，人生百年，浑然不觉已过了天命之年。"五十而知天命"，有人说，到了这个年龄就能感知先天生命中的那一部分，有所觉悟。天命是不可更改、不能由个人决定的部分，后天的学习就是为了弥补那些部分。后天学习的同时，还需要回望，没有回望就没有希望。要不时回望历史。在回望大竹县置县历史时有了独特的发现，撰写的《大竹始县当邻山》一文刊载于《达州日报》上，引起县委、县政府高度重视，县志办组织专家讨论，认可了我的观点。中共大竹县委办公室和大竹县人民政府办公室发出《关于规范大竹县建置沿革表述的通知》，大竹境内首置县比以"大竹"为名早 163 年，这一发现进一步增强了历史的厚重感。要不时回望故乡。城市吸走了故乡的活力与青春气息，是那奔腾不息的御临河给了这里永不枯竭的生机。我脑补着爷爷以河捕鱼为生的画面，《爷爷的诗酒田园》的文稿一挥而就。这篇文章有幸获得了 2022 年中国散文年会二等奖和 2022 年度四川省报纸副刊作品奖。故乡是我生活过的地方，留下了很多难忘的记忆。时光推移，记忆淡化模糊，但父母的含辛茹苦并没有被遗忘，如"虚幻的东西在幽深处飘浮"，不经意间牵动起我的神经。父亲八十大寿之际，我写下了《人生如酒》的文稿，一个乡村教师的形象跃然纸上。文章被《海外文摘》《西藏日报》《重庆晚报》《四川散文》《达州晚报》等刊用，父亲无私奉献的精神被人们由衷赞叹。要不时回望生命的过往。对此，莫迪亚诺的话耐人寻味："生活重在过去，而非未来。""寻找本身成为对生命的执着。"后一句更富有哲理，凸显生命积极的意义。我寂寞而斑斓的少年生活，形成了我生命中温柔的部分。为此我写就了系列短文《世间父母情最真》《少年文学梦》《求学路上的懵懂少年》《阅读就是生活》《醉忆似水流年》等，述说了自己这个"小愤青"也曾有过的青春"秘密"，发出了"欲说少年好困惑"的感慨。

有史以来，人类从未停止过对美丽风景和美好生活的追求。美好生活，既包括丰衣足食的基本要求，也包括诗与远方的精神追求，"诗"与"远方"都追求美，都是人生的美学散步。远眺三山两槽竹浪翻滚，近观竹林毛茸茸的细节点缀其间，正生长成新鲜而悦耳的韵律。我们行吟竹韵，去欣赏美丽风景，去感受美好生活，去追求人世间的美好！

　　《行吟竹韵》选录了现存的部分文稿，在整理、编辑过程中，得到了原达州晚报总编、高级记者刘秀品先生的悉心指导，得到了冯晓澜先生、王达先生等良师益友的热心帮助；著名作家梁晓声先生百忙之中为拙作题写书名，著名作家刘庆邦先生提携后进为拙作题词，在此一并致谢！

目 录

contents

第一章　人文纪实韵

第二章　诗和远方韵

第三章　励志笃行韵

第四章　即兴抒怀韵

第一章

人文纪实韵

爷爷的诗酒田园

昨夜的酒，将我的情绪浇灌得波澜起伏。不是张扬了曹孟德，不是狂放了李太白，也不是娇美了杨贵妃，而是淋湿了清明杏花雨。

我想起离别人世三十六年的爷爷了。辛酸的怀念，似一片泛黄的纸屑，飘浮在古老而面目全非的乡村上空。

爷爷何正兴

爷爷的大名叫何正兴，鲜为人知。他在家中排行第三，小名何三。提及何三，方圆十里还是有一定知名度的。他常年在河里打鱼，爱喝酒，铸就的勤劳品格和豪放性格为人们津津乐道和推崇。也有人私下谑称他为"打鱼仔""烂酒罐"。

打记事起，常听爷爷的一句口头禅："鸟离树林，为找食；鱼游急滩，为讨吃；树挪死，人挪活，几次搬迁求生活。"我们老家本系大竹县文星镇何家寨，几度迁徙落户到了天城镇中和村的何家湾。这个湾是个独院，住着我们一家人。据说这个院子原来闹"鬼"，爷爷扶着曾祖母潘明菊（曾祖父何朝海已去世），携着家人搬进来，"鬼"就销声匿迹了。相传个中原因是，爷爷打鱼的网是用猪血浆了的，可以避邪。以至于周围团转乡民因避邪之需，前来剪片儿旧网，爷爷都乐呵呵地慨然赠予。

离家两里外有一座人行石桥名王家桥，桥下的河官方命名为东河，民间称为御临河。而所谓的东河，人们习惯将上段纳入：源于重庆市垫江县的滴水岩和界牌梁子，流经八渡乡、高明镇，至天城镇双河口。爷爷常年奔波在御临河天城段，偶尔去东河，时刻陪伴他的还有随身携带的美酒。美酒是家乡的双河白酒，系小灶粮食酒，晶莹澄澈，散发着诱人的馨香。

河流清澈见底，游鱼不时浮现，头尾相衔，成群结队，鱼可数鳞，虾可数须。鱼群浮在水里，似乎脱离尘埃，静静悬于空中。

王家桥上游的响水滩，与金黄色的河坝做伴，默默听着流沙洞水流的倾诉。滩里典藏着流动的天光云影，落日的余晖洒了一摊碎银子，散发出如宝库般的光芒。滩中的水沿跳磴石徐徐而下，跳跃在鹅卵石上的波光如万千银鱼。河水娓娓欢歌匍匐到王家桥脚，对世人的一段时光进行着小结。

爷爷一米八的身子站在河边，很是伟岸。他提起渔网，向空中轻盈地一抛，一个美丽的弧线缓缓落下，河面顿时泛起了诗意的水花。双手小心翼翼地上收渔网了，网中的鱼儿临出水面蹦跶如激动的心跳。爷爷将鱼捡进笆篓，席地而坐，掏出裤兜里的酒

瓶，呪吸一口，咂咂嘴，品味着生活的甘醇。

经年累月，爷爷重复着这个动作，这是他养家的门路，这也就是他的诗酒田园。

河水在时光中穿越，时光在河水中流淌。

爷爷是苦闷的。

幺叔建毛在家中突发疾病，来不及看医生就撒手人寰。爷爷得知消息，一下跌坐在河边，这就像河水猛涨，在响水滩拦河堤形成瀑布，急转直下，容不得人细想。河道升腾的水汽像梦一样迷幻，爷爷打开随身的酒瓶，猛喝一口，辣舌割喉。他把酒无言，坐到水汽散尽，醉眼迷离……

二叔何世德品学兼优，在推荐上学的年代读不了高中，参军体检合格也被刷了下来。原因何在？爷爷新中国成立前曾做过保里面的保队副，保队副听说相当于现在村上的民兵连长。时令步入冬季，王家桥附近皆是满目白花花的鹅卵石，一条纤瘦的河水细若游丝。爷爷将瓶中的酒一饮而尽，以堵住他的愁闷，品味穿喉的辛辣。

爷爷是善良的。

遇上乡民老人孩子馋嘴了要讨上几条他刚打的鱼，他从不吝啬。他常说："打枪打不到溜溜光，打鱼打不到熬碗汤。"意思是，打枪就是打猎，时常打"光脚板"；打鱼无论如何不会空手而归。可爷爷的话有一次却失灵了——他打鱼打了个溜溜光。那是一个寒冬的黄昏，一家人翘首以盼，等着爷爷用打回的鱼或换回的食物做晚饭。天黑已久，爷爷无精打采回来了，笆篓空空如也。原本冷清的屋子一片冷寂。爷爷歉意地挤出微笑："天快黑时好不容易打了半笆篓鱼，一个生大病的人很想吃鱼，家里又没钱买，我就全部倒给他了。"

不仅如此，爷爷十分好客，日子再艰难，留下是客，一酒一饭，共话桑麻。

爷爷是威严的。

爷爷吃了没读过书的苦头，对子女读书要求十分严格，信奉"黄荆棍下出好人"的信条。大姑何世容与爸爸何世发同读一个班，少不了"黄荆棍"的教诲。在天城完小念书时，爸爸的脚生了疮，由大姑背到 5 里外的学校，爷爷不允许爸爸耽误学习。大姑是文星中学初中毕业生，爸爸是观音中学高中毕业生，爷爷还是挺欣慰的。二叔比较调皮，但爷爷要求依然严格。二叔有次在学校不听话，回家后被爷爷吊起来打。

爷爷身体力行尊老爱幼，对子女乃至孙辈的要求近乎苛厉。三年自然灾害时期，恰逢大姑和爸爸在文星中学寄宿念初中，爷爷要求大姑和爸爸每人每周省着吃，攒一碗饭，周末带回家给年老的曾祖母和年幼的二叔吃。爷爷十分孝顺曾祖母，只要她发话，他从不吭声，只管默默服从。他小心伺候着曾祖母，几乎每天都要亲自用铜壶煨酒给她喝。寒冬的夜晚，安排大姑、爸爸、二叔轮流给曾祖母"煨脚"。曾祖母去世了，爷爷一把抱起她，泪如泉涌，令在场的人一起失声痛哭。爷爷"大孝子"的声名不胫而走。

记不清因为什么，又一次我对爷爷不满，直呼了他的小名"何三"。这可了得，他猛跑追赶狂奔的我，像老鹰抓小鸡那样逮到了我。怒声如雷，竹篾片打在我屁股上，轻若零星的几颗小雨点儿，可我还是吓得号啕大哭。

爷爷是慈祥的。那天打我后，吃晚饭时，爷爷向我温情地喊道："二毛（我的乳名），你过来！"将我喊到他身边，给我搛了许多好吃的菜，还让我呷了人生第一口酒。

在那肚里长着古老饥饿的岁月里，我最喜欢逢年过节了。屋顶上瓦缝里跑出去的淡蓝色炊烟，萦绕在屋后的竹林里，心里甚是熨帖。但凡这个时候，爷爷就亲自下厨了。爷爷脾气大，有时与奶奶拌上了嘴，锅碗瓢盆拍得火星四溅，但眨眼工夫的情景始

终是：厨房里的动静稳稳当当，上菜的节奏不快不慢。每次那盆鱼热腾得犹如聚宝盆，让我们全家人下筷头有条不紊，一起吃饱喝足，饮

奶奶沈来珍

酒者的脑细胞被酒浸润得无比快活。

　　日渐春深，御临河春水变黄，两岸植物现蕾吐绿。恢复高考制度后，初中毕业的二叔首批考上了达县财贸校，毕业后分到石子区供销社当会计。在推行"四化"干部时二叔当上了主任，爸爸通过考试由民办教师转为公办教师了。爷爷又摸出了酒瓶，酒入口，已醇香四溢。再如细流般饮下，酒里流淌着如歌的岁月，腹中辛辣与甘醇短暂交织着。闭上眼睛回味，那种穿喉的烧灼感顿时升腾起绵绵不绝的馥郁清香，悠长隽永、荡气回肠……

　　爷爷辛勤劳作不肯停歇，七十岁后冬天还能下水打鱼，酒瓶妥妥地揣在裤兜中。

　　但是有一天，爷爷忽然感到吃东西难以下咽，到石子区卫生院，医生怀疑是食道癌，火速将爷爷送到航天工业部7328医院。最终，爷爷被确诊为食道癌。

　　酒自然是要戒的了。人是多么脆弱的动物啊，只是自己不知道。

　　家人们闻讯非常痛苦，只能眼睁睁地看着生命从爷爷身体里慢慢溜走，却无能为力。

后来，爷爷连羹也难以下咽了，他喃喃自语道："酒！酒！酒！……"爷爷已卧床不起，骨瘦如柴，两个眼眶深深地陷了下去。爸爸与二叔含泪商议：还是让爷爷喝酒！二叔托人买了瓶五粮液，让勤劳一生的爷爷喝上了今生最高档的酒。

这瓶五粮液尚未喝完，爷爷就安安静静地走了，他走得那么安详，熟睡的他缩成了一粒果核。

时间定格在 1986 年农历三月初一，爷爷享年七十二岁。

爷爷生前就像那御临河，奔腾不息是他的勤劳奔波，静水流深是他的慈善大爱，流水喧哗是他的威严教诲，波光粼粼是他的慈祥面容，浩浩荡荡是他的热情豪放……

全家福

世间父母情最真

陀思妥耶夫斯基笔下的《少年》有这样一段话："少年就是少年，他们看春风不喜，看夏蝉不烦，看秋风不悲，看冬雪不叹，看满身富贵懒察觉，看不公不允敢面对，只因他们是少年。"

陀思妥耶夫斯基心目中的少年是成熟稳重的，对四季交替的变化采取的也是淡然处之的生活态度。对此，莫迪亚诺的话耐人寻味："生活重在过去，而非未来""寻找本身成为对生命的执着"。后一句更富有哲理，凸显生命积极的意义。

每个人其实在少年时代就开始寻找生命的意义。

我穿越无数个梦境的雾霭，终于抵达那亦真亦幻的少年时代。

少年不会是单纯快乐的，快乐总夹杂着忧伤。

我的少年时代就像院子里的喇叭花，晨露中举着小喇叭，把淡淡的忧伤蓝蓝地吹响。

记事起，集体经济挣工分的年代，我家是个超支户，尽管妈妈风雨无阻地忙活，当民办教师的爸爸在大队小学（村小）放学回家就参加生产劳动。大哥小时候就患有中耳炎，爸爸一直在攒钱，准备带他到县医院做手术。1977 年夏天我九岁时，大哥的中耳炎还没来得及手术，就因急病在石子区卫生院撒手人寰了，疑似耳源性脑膜炎。全家悲痛欲绝，这是多么无可奈何的事啊！大哥是一道长度为十一年的光，短短地闪耀之后，留给家人的是久久的悲凉。让我深深忏悔的是，大哥的发病可能与救我有关。不会游泳的我，在家附近的王家桥洗澡，不慎误入深水区。我在水中无助地挣扎，是大哥跳入水中救了我。据说，我像抓到一根救命的稻草那样死死抱住他，害得大哥救我时呛了好几口水，事后没几天就生病了。年少不谙世事，只是真正懂时已经晚了。

我那时身体虚弱，晚上频繁起夜。爸爸妈妈急在心头，买了一盒鹿茸注射液给我打。一盒十支，耗资九元多，这在当时普通人家无疑是一笔大额支出。我在大队小学念书，爸爸规定我每天去合作医疗站王叔叔那里打针。后来注射完清点，发现少了一针。在爸爸严肃的目光注视下，我终于道出了原委。在与同学打逛时，书包里的注射液弄烂了一支，声音若蚊蝇似乎只有自己才能听到。爸爸的眼神由严肃变得忧虑且埋怨了，我倏地深深自责起来，那情景至今恍若发生在眼前。

小学毕业到石子区中学念初中了，我在校的花费是妈妈在市场上用大米兑换来的。学校离家不到十公里，而对我来讲，似乎距离妈妈有千里之遥，晚自习就寝时常常在被窝里独自泪流，甚至有时号啕大哭。学习朱自清的《背影》，文中父子之情叩人心扉，联想到家中的爸爸，千种情思在心田荡漾。周五回家归心似箭，周日返校磨磨蹭蹭。

又一个周日的下午了，我还赖在家里，爸爸遂送我返校。当走到两公里外的大树小学时，我心生一计。去上厕所时佯装倒地，口吐白沫。在外久等的爸爸走进厕所见状大惊。疾呼着我的乳名"二毛"。爸爸帮我穿好裤子，背着我向石子区卫生院狂奔，一路不停地呼唤我的乳名。气喘的声息，焦虑的喊声，融进茫茫夜色。

区卫生院的大夫会诊，检查指标一切正常，估计是癫痫病，农村俗称"羊儿疯"。洁白的病房里，望着心力交瘁的爸爸妈妈，世上再苦的药可以入喉，唯有暗自吞咽的泪水最烧喉。我如坐针

毡，直嚷着出院了。

　　我的假病竟然成了家人和亲戚的心病。时令已是冬季，四姨住在附近的天城寨，家在几十里外韩家河的大姨，将当地最有名的巫师请到了四姨家。四姨爹和四姨就这样成了我的干爹干妈，给我起名"丁会权"。爷爷请了巫师，张罗着一种"搭断桥"的迷信，最先遇见的人就是我的"保护人"。"巧遇"爷爷的酒友，我又增添了干爹干妈，又多了沈茂强这个"头衔"。

　　我休学在家了。冬雨飘洒在房顶瓦片上，院子低沉不语。妈妈坐在门口，失神地盯着屋檐的水滴。半空中零星地响着鞭炮，这是性急的孩子们等不到春节提前燃放的。汗爬水流劳累了一年的人们，忙着淘米推粑、买肉打酒，年味愈来愈浓了。喜悦如烟花在妈妈眼底绽放，忽而熄灭了。愧疚之情如春潮翻滚，心里有了一种瀑布坠崖般的急切，我忐忑地向妈妈袒露了装病逃避上学的一切。妈妈睁大了眼睛，吃惊地望着我，继而喜极而泣，我也泪流满面了。

　　是啊，世间父母情最真，泪血融入孩子心。殚竭心力终为子，可怜天下父母心。

人生如酒

对于人的寿命与状态的关联，孔子只说到七十岁，"七十而从心所欲，不逾矩"；庄子说到了八十岁，八十而"独与天地精神往来"。

80 岁的父亲，信奉人的健康主要依靠精神运动。俗话说的人活一口气，就是指精神饱满，而精神的饱满离不开美酒的浇灌。

他常常说，如果世界上有什么东西不存在于表象的话，那就是酒了。它醇和、热烈，足以化解任何表象。

父亲在天城乡中心小学执教的岁月旦，中午没有时间做饭，也没有钱吃香的喝辣的。常常是在街道的馆子里，二两面条二两酒。他端起酒杯凑近鼻尖，张嘴舔进一点点，嘴唇上下轻碰，一副自我陶醉的样子。酒喝得滋溜滋溜，面条吃得哧溜哧溜。一溜而进，满血复活地匆匆赶往学校。

酒的醇和带给父亲对事业的执着。

父亲不齿两种不纯的酒：一是酿造时含有太多的杂质，二是卖出时加奖（兑水）。酒的醇和既要质量保证，又要时间熏陶。

他说，花名草性，本不要紧，要紧的是花的名节，要紧的是草的性格。

1964 年 7 月从大竹县观音高中毕业的父亲，9 月被聘为天城乡中和村"耕读"教师。

时间就像家乡御临河的流水，匆匆而过，没有间断的时候。

在教育园地这片沃土上，他用爱心的甘露去浇灌，用奋进的犁铧去耕耘，桃李满园。付出终有回报，1984年通过考试，父亲这位民办教师转为了公办教师。

高山追求参天的巍峨，太阳追求永恒的燃烧，父亲追求的是一位普通教师的崇高境界：传道无空论，授业有真知，解惑善启发。他要求每个学生都要学有所成，像乡里的梨树无谎花儿，麦子七片叶儿，梨花五个瓣儿，有一就是一。

华为技术有限公司投资人、企业营销顾问李川讲述的一段回忆发人深省："我记得上小学的时候，数学成绩起步还可以，能时不时受到何老师的表扬。但是例外的情况来了。有一次上数学课走了神，被老师叫起来回答问题，牛头不对马嘴。当时非常紧张，心想肯定会受到老师的严厉批评。出乎意料的是老师不但没有批评我，还乐呵呵地说：'既然李川都没有搞懂，那我再讲一遍！'我当时内心满是愧疚，随之涌动的是对老师的感激之情。从此在何老师的课上更加专心听讲，数学成绩也越来越好。小学毕业以优异的成绩考入省级重点中学——大竹中学。何老师不仅教给我了我们数学知识，他那种认真负责、乐观豁达的教书育人的精神也永远激励着我，让我终身受益。"

父亲虽地处全县偏远的明月山脚，但其严谨治学的声名却日渐隆盛，影响却

部分学生及其家长、同事在老屋合影

日渐深远。一位校长至今提及父亲仍眉飞色舞，人们曾在一段时间内对父亲的这件事津津乐道。一次全县小学数学竞赛阅卷中，父亲执教的班成绩优异。时任县教研室主任的刘显国惊呼起来："乡小学一个班这么多人获奖，这让我们解放街小学（现在的第一小学）怎么办?!"刘显国主任创立的反馈教学法闻名全国，他也多次在国家级刊物发表论文，也多次在全国巡回做学术报告。他在研究过程中，把父亲的教学方法和教学成绩纳入研究对象，进行分析并作为典型成功案例推介。

酒的热烈带给父亲对事业的热爱。

酒的热烈是什么？简单地说就是：酒喝干，再斟满！对事业的热爱亦然。

父亲由于教学成绩显著，从中和村小学调到了乡中心校教六年级的数学。说来也怪，他走到哪里，学生就跟到哪里。尽管学校领导出面把关，可教室里还是塞满了91人。

那时，小学毕业班也要上早晚自习，离中心校远的学生住校无宿舍，怎么办？父亲毫不犹豫把自己的寝室让给学生住。学校与家相距5里远，要过河，徒步的是乡间小路。用脚丈量大地，用心唤醒世界。寒来暑往，起早摸黑，父亲承受了多么大的苦和累啊！

有人称赞父亲批阅学生作业的水平高，有魔术师的速度、测量师的精准、慈母般的关怀。其实，这与他耗费大量的精力是分不开的。

首届教师节天城小学受县委、县政府表彰的优秀教师合影（后排左一为父亲）

冬天的一个晚自习后，他在办公室备好课，改完作业，已是夜半时分了。走出校门，感觉冰凉细小的东西扑到脸上，一刻又消失了。走到河边，河流泛出白色耀眼的光，似乎在暗示一场大雪即将到来。越过河流上的弯弯桥（又名玉带桥），大雪纷纷扬扬、密不透风，仿佛一场遥不可及的梦境。脚底迅速沾满一层又一层的雪，鞋底越来越厚、越来越沉。路过沈家湾，眼见院子里的竹子已被积雪压弯了，父亲一脚踩空，重重地摔在坎下，造成右臂脱臼。当他忍痛回家，以一个雪人出现在家时，母亲哽咽了："为了啥？自己的两个孩子你认真管没有？"我和妻子从睡梦中惊醒，起床看到父亲摔成这个样子，哭着，抱怨着，冒着风雪去喊医生……

父亲仅养了五天伤就回到了教学岗位。当他走进教室，同学们的眼睛"刷"地盯向了他，教室里一片静寂。

开始上课了，教室里回荡着他那样抑扬顿挫的声音，传出的是同学们做笔记的"沙沙"声。父亲右手不能写字，同学们见状，都把眼泪往心里流。一个女同学忍不住"哇"地哭出了声，教室里一片唏嘘。学生张伟在日记中写道："左手写的字虽然看不大清楚，但是我不能问，任凭滚烫的泪珠嗒嗒地滴在记录本上……"

张伟成名为国际数学家，接受采访时说，

我们曾经常走的弯弯桥（又名玉带桥）

他的小学前四年在村小读书，到了五年级转入天城乡中心小学。通过数学老师两年的悉心指导，他逐渐迈入了数学的殿堂。当时奥数还不流行，更不普及，数学

2019 年夏，张伟从美国回家乡合影

老师放弃自己的休息时间，无论寒暑，课余时间组织同学们讨论奥数并讲解奥数，他对于奥数也由感兴趣变为痴迷，并获得了全

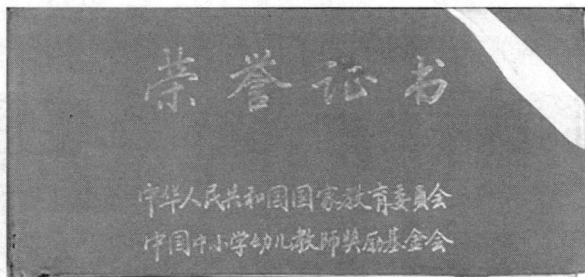

015

国小学数学竞赛一等奖。张伟就此说，小学数学老师的无私奉献，在他的启蒙阶段给了很好的引导，不经意间为他打开了一座藏满了奇珍异宝的宝库。这位数学老师就是我父亲。

张伟坦言："这段经历改变了我的人生！"他后来得以进入北京大学学习数学，再到美国哥伦比亚大学攻读博士学位，直到在麻省理工学院任教授，因其开创性贡献使他获得2019年度克雷数学研究奖，这是中国数学家首次获得该奖项。

"张伟现象"不是偶然的，是父亲热爱教育事业的结果。

父亲热爱事业，淡泊名利，反而成了"反面典型"。有的领导教育年轻教师说："如果何世发老师性格不倔强，完全可以谋得一官半职。"这其实是对旁观者而言。而对父亲来讲，越是淡泊名利，越是知足；越是知足，就越自豪。

党和人民没有忘记他。

父亲本来是市级优秀教师推荐人选，有关部门看了其突出贡献材料，深感震撼，表示往最高层级推荐。1995年教师节，四川省人社厅和教育委员会联合表彰父亲为"四川省优秀教师"。

四川省百名优秀乡村教师在国家教委门前合影

四川省优秀乡村教师赴京观光考察团成都合影

1994年暑假，接到县教委通知：要他带领全国数学奥林匹克一等奖获得者张伟去成都参加"夏令营活动"，他借口有事，把这个千载难逢的机会让给了他人。1996年7月，父亲作为四川省优秀乡村教师代表赴京观光考察，他又想把机会让给同事。省市电话层层急转县教委，要求父亲及时启程，否则要扣县教委的考核分。父亲就这样首次来到了成都和北京，受到了时任副省长徐世群、政协副主席韩邦彦和国家教委领导的接见。

莘莘学子没有忘记他。

癸卯年正月初五父亲八十岁寿诞之际，美好的祝福潮水般涌来。张伟、李川、沈旭明、沈川、张翔、沈来平、沈明翠、沈祖春、陈帅、王梅梅等同学先后发来祝福视频。张伟从美国发来视频祝福："在何老师八十大寿之际，我祝您福如东海，松鹤长春！同时，我也期盼我们师生在2023年能够有机会再次欢聚！"中国工程物理研究院沈旭明科学家由衷感慨："您三十九年前带我入数学之门，从此改变我人生道路。我热爱数学，喜欢钻研，大学毕业之后走上科学研究之路，为国防事业添砖加瓦。"中国

工程物理研
究院沈川科
学家感恩和
仰慕交集：
"何老师数
学造诣深，
教学方法
好，幽默风
趣，给了我
很好的数学
启蒙，并打

张伟（左）作者（中）张雄（右）

下了扎实的数学基础。"西南大学博士沈祖春的感激之情溢于言
表："虽然我后来一直学的是中文专业，但是在小学的时候，何
老师给我打下了非常坚实的数学基础，培养了我良好的数学思
维，这对于我在今后的学习和工作中一直是非常重要的。"北京
市财政局沈来平处长表达满满的祝福："何老师的教学情景历历
在目，特别是他脸上总是洋溢着自信的笑容和智慧，铭刻在心，
伴随我走天涯、闯世界！"……

　　老师喜逢八十大寿，学生们纷纷忙活起来。沈红爱与新疆回
来的沈明发同学忙着联系演艺公司，广东回来的沈明发也在寻找
活跃生日氛围的项目。更多的同学呼朋引伴，借此一聚。许多同
学生活在各个城市，总有一种在异乡的感觉，不时去回想那过去
的时光，却有一种惊人的发现：那些最美最不可割舍的记忆都在
那小学的校园里，在那少年的毕业花季。他们的根都在天城乡中
心校，他们却像树叶一样被时代的风吹向了各地。有的同学长长
慨叹："如若不是老师八十大寿的机缘，只此一生，或成天涯。"

　　大竹县第十小学的校长张雄在朋友圈发了一段文字，原原本
本摘录于后：

　　初五是何老师八十大寿，前几天收集了一些他学生的生日祝福视频，职业涉及政商学各界，地域从大竹到全国、国内到国外。令人羡慕的是，大家都对这位小学时的数学老师印象深刻、赞誉有加，老师几十年前对他们的教育历历在目、如数家珍。何老师刚好也教过我，结合师兄师姐师弟师妹的回忆，何老师的形象逐渐清晰：

　　有教无类：
　　无论男生女生，成绩如何，听不听话，什么家庭，一视同仁，因材施教。
　　威而不猛：
　　一般都是笑眯眯，笑眯眯讲课、笑眯眯罚作业。
　　克勤尽力：
　　尽心尽力教学生，上课改作业一丝不苟，十分严谨。
　　严格要求：
　　受罚不是抄一遍两遍；抽背每一个人要过关，要背的内容是连同题目一起背，他一个字不说，只听（估计现在会被有的专家批评、个别家长投诉，还好那时没有）。
　　一个特点：
　　喜欢喝酒（不知好或不好，就不用优点或缺点来形容，就叫特点吧）。熟悉何老师的都知道他喜欢喝酒，上课时坐前排同学最有发言权，但很显然这并不影响他上课，也不影响学生听课和对他的敬畏，顶多说"何老师今天又喝酒了或何老师今天脸有点红"，然后就该听讲听讲，该干吗干吗（现在明确要求：不能）。
　　桃李不言下自成蹊：
　　很显然，对于何老师的尽心尽力，他当时一定、肯定以及绝对没有想过：等我八十岁时，众学生会送我多少礼，会说我有多好。我以为这是他的做人底线和品格。

　　岁月沧桑不忍顾，回首已是白发人。父亲饮酒乐此不疲，至今仍差不多每天一斤白酒的量。人生如酒，人生在于一个过程。
　　从青涩、轻狂，到步履蹒跚。品陈年老酒的香味，忆难以忘怀的往事。人生如酒，时间越长则越趋于醇和平淡，虽少了往日的热烈，但这是一种极致，是看透人生的淡泊。

张伟拜寿

张伟 1 月 27 日在微信里和我聊道："真是过得快啊，我还算错了时间，我说的是二十年，其实是三十年。哈哈，没想到过去这么多年了！"

2019 年夏，张伟从美国回家乡与父亲合影

张伟（现为美国艺术与科学院院士），因其开创性贡献获得2019 年度克雷数学研究奖，这是中国数学家首次获得该奖项。作为著名的国际数学家，他不可能将时间算错，只能说是他潜心科研和教学，忘记了时间的转动，一晃而过。

这个故事源于一个祝福视频。张伟是我父亲何世发的学生，

父亲八十寿
诞之际，他
在美国不能
赶回来，于
是通过视频
表达祝福，
其内容是这
样的：

2009 年张伟在美国哥伦比亚大学博士毕业典礼留影

敬爱的何老师，您好！

我是张伟，是 1994 年从天城乡完小毕业的学生。第一次见到您，应该是 1992 年夏天。您亲自到大树村我家里，告诉我父亲，说我五年级之后可以到完小读书。

这之后两年里，在您的指导之下，我逐渐步入数学的殿堂。在课堂作业后的晚自习时间里，您放弃休息时间，亲自组织大家讨论，并耐心为我们讲解数学题。您的无私奉献，帮助我以及全班同学走出了乡村，走向了世界。可以说，这段经历改变了我的人生。我后来得以进入北京大学学习数学，再到美国哥伦比亚大学读博士，直到现在在麻省理工学院任教。除了科研工作，我也从事教学工作，也像您一样，成了一名数学老师！

光阴荏苒，岁月如梭，一转眼近二十年了。在您八十大寿之际，我祝您福如东海，松鹤长春！同时，我也期待我们师生在 2023 年能够有机会再次相聚！

少年文学梦

阿斯曼说："时间的对手是回忆。"少不更事，总是充满了梦幻。少年的文学梦，在岁月的大浪淘沙中，淘去沙砾，留下了清清浅浅的时光。

因为恋家情结重，那个冬季我装病休学回家了。飘荡的春风吹绽了枯树的新芽。春节后的新学期，我满怀喜悦走进天城乡初级中学，成了一名借读生。我的班主任和语文老师吴兴江是一位不苟言笑的长者，据说曾是县城第二中学的语文老师，退休赋闲在家被天城中学返聘，教学经验极为丰富，老师每次都将我的作文当作范文在班上念，这使我又燃起了自己的文学梦。

曾记得在石子区中学那念家情结重的时节，多愁善感的诗歌写满了几个本子，同桌彭成刚还为诗配上了画。

文学让人温暖，有种抵达内心的力量。我凑积的零花钱不够订杂志，就在邮政所订了《文学报》和《中州书林》。学校年轻的老师不乏文艺青年。我在沈老师、张老师等处，借阅了大量的文学书籍。书法精湛的沈老师有时还帮忙将我创作的诗歌写在八开的白纸上。我也曾用文言文在全校开学典礼上发言，赢得潮涌般掌声，引发热议。

读初三那个春节，在北京当兵的表叔回家探亲。我俩聊起文学时，他激动得妙语连珠："路遥的《人生》一发表，评论界欢呼，新闻界惊叹，读者争相购阅，一时'洛阳纸贵'。"

我听得热血沸腾，念初一时镌刻在心底的记忆再次浮现：中国队在第二届女排世界杯大赛上获胜，举国欢呼，北大学生当晚点起扫帚当火把游行，"振兴中华"的口号不绝于耳。而《人生》这篇小说引发反响，无疑也是我们这个民族和国家走向进步和成熟的表现。阅读《人生》，成了我迫切的期待。

春节后刚开学，我就收到了表叔寄来的书：路遥的《人生》《臧克家诗选》和《舒婷诗选》。《人生》我是一口气读完的。小说中栩栩如生的人物形象感染着我，跌宕起伏的故事情节激荡着我，路遥这个历经坎坷的"土著作家"感动着我。我立志做名乡土作家，一边当农民体验生活，一边当作家激扬文字。

我仿佛进入了一个诗意盎然的时代，课余时间写了些无病呻吟的"作品"。投到报刊，要么泥牛入海，要么收到的是退稿信。一封退稿信，我有时要玩味半天。编辑肯定性的话语又诱导我"沉溺"梦中。

这时爸爸已通过考试转为了公办教师，他对我寄予的厚望是考上中师中专。眼看我的成绩实现不了他的愿望，爸爸便让我停学不参加毕业考试，回石子区中学留级再读初三，文学梦自然是不能做下去了。《人生》里有句话很经典："一个人应该有理想，甚至应该有幻想，但他千万不能抛开现实生活，去盲目追求实际上还不能得到的东西。"既然文学梦已破碎，就索性去做"升学梦"了。

文学梦输给了现实，但它属于我生命的少年季节，虽没有繁茂，却十分生动而特别。

懵懂少年迷茫心

少年时代总是带着淡淡忧伤。有人说，童年的记忆是一个人生命底色形成的重要情愫。淡淡忧伤这种情愫似乎融入了多愁善感的灵魂，淡淡忧伤如梦幻般的云彩萦绕在心头。

我的少年时代就像天空的云彩，飘着飘着就散了，一些滞留的迷茫在家乡明月山的山顶。

装病休学回老家乡中学借读的我，初三未毕业又回石子区中学留级念初三。踏进清新的校园，有种久别重逢的亲切感。原来的语文老师甘志和（尊称"先生"）担任我的班主任和语文老师。我似乎骑上了少年的快马，转眼便是春花渡秋叶。

中考在即，侄儿在相距五公里外的吉星乡念初三，相约周三晚上一同交流，踌躇满志的我没有请假就离开学校了。

第二天做早操时，先生厉声问我："昨晚去哪里了？"我嗫嚅道："去吉星乡中学玩了！"先生怒不可遏，飞起一脚"踢"向我，一副恨铁不成钢的样子。我身体丝毫不痛，自尊却受到了极大的伤害。

课余时间，几个同学围着我，安慰着我，同时反映一个不公正的情况：××和××复读生，一个语文好一个数学好，先生将其安排在一前一后，便于相互抄袭。我再三问："情况属实吗？"那位同学反复回答："千真万确，就是数学好的那位同学亲口告诉我的！"

我们"义愤填膺",当即商议：将情况反映到上面去。一同学写好情况后，身为班长的我率先签名，另有班委团委干部和学生代表三人的签名，信件被寄往达县地区教育局。

中考如期顺利进行，最后一堂英语课时出现了意外。考场极为混乱，有翻书的、有抄袭的、有交流的。我答完试卷，在卷子背面空白处写下了几个大大的字："舞弊之风何时止！农村青年出路何在？"

考卷上交后，引发考委会不小的震动。有人找到在区供销社工作的二叔："这是在试卷上做标记，这样何武的所有成绩都会为零！"顿了顿，此人又非常严肃地对我二叔说："自从恢复高考制度以来，这是大竹县绝无仅有的事情。"二叔赔着笑脸，好饭好菜款待来人，酒酣耳热之际，来人大气地说："此事这样处理，将英语考卷取出来，英语缺考，就不影响其他学科成绩了。"

我预选上了中师，又忙乎着查漏补缺地复习，冲刺最后一轮考试。复习期间，那封信件层层转回学校，自然引起了小小的轰动。后来得知，这是××同学的臆想，先生怎么可能说那样的话呢！先生若无其事地与往常一样辅导我，自己心中顿生愧疚之情。

中考成绩揭晓，其他学科发挥正常，语文成绩惨不忍睹。平常语文成绩稳居90分以上的我，这次仅得了70多分。报考中师落榜，按惯例上了预选线的可被录入省重点中学，可我没有外语成绩，故而收到的是普通中学的高一新生录取通知书。

两个妹妹在念书，家里的经济条件不允许我读高中。爸爸要我复读，考"吹糠见米"的中师中专。我没有跨入高中的校门，而是就地当起了复读生。我常常问自己：一定要挤升学这座独木桥吗？升学是唯一的出路吗？

我偏激地记下路遥《人生》里的话："一个人应该有理想，甚至应该有幻想。"我决定放弃破碎了的升学梦，重拾乡土作家的文学梦。

　　告别校园回到家园，爸爸开导我："你考上中师中专，与写作并不矛盾呀！"劝我回校念书的人来了一拨又一拨，好话说了几箩筐，我始终油盐不进。爸爸气得几个月没有与我说一句话。

　　也许，人生就是在迷茫中冲出，又将迎来新的迷茫，要求我们继续冲出。大有作为的农村，天地广阔。

　　我对苍天黄土唱起了几代人都不曾改调的粗犷曲子。

阅读就是生活

　　我人生的花季就像明月山涧那小溪流，有宁静致远的性情，有宽广包容的胸怀，有回归大海的向往。河道再狭小总是奔腾不息，透出一种一往无前的执着，弥漫着浓浓的书香。

　　从文化学上讲，人离不开文化的滋养，正像人离不开空气一样。文化是虚像的，但时间久了，沉淀下来，侵入土壤地脉就成了实的。现代汉语中称文化是软实力，也就是这一层意思。而文化的孪生兄弟，就是阅读。作家蒋勋说：无处不在的阅读，才是真正的阅读。言下之意，阅读不仅仅是专业的阅读，什么样的书籍都值得一读。

　　在人生花季难忘的岁月里，无论在什么岗位上，阅读都融入了我的生活。阅读伴我成长，让我回想起诸如山上四月的野李花那样洁白而美好的事情，心里涌动着小小的幸福和快乐。虽不值钱，但抿抿甜。

　　当农民写的小诗发表了。我决定不挤升学这座独木桥，在一片反对声中回到了广阔的农村。雨天、农闲和夜晚，成了我阅读的大好时光。吴国勇是我初中要好的同学，他在县城第二中学念高中，给我来信时说，他的班主任和语文老师刘汉炳先生，有着很深的文学造诣。我将自己的习作寄给汉炳先生，很快收到了他的回信。汉炳先生说，习作有功底，已推荐《竹阳报》，之后竹林文学社少杰老师担任了我的指导老师。少杰老师系西南师范大学中文系毕业，乃诗坛新秀。他常说阅读是写作的基础，要求我阅读、阅读、再阅读。他从县图书馆借的书让我分期分批地读着。

我对文学，初始充满疑虑，继而充满信心。历史是文学的航标灯。月夜摊开文学典籍，辉煌的中国文学发展史就是漫长的文学苦旅，虽苦犹乐，在有景处抒情，于无字处读书。回味那些略显消瘦的文字，眼前闪耀着幽暗的光芒。流水今日，明月前身。唐诗拍击两岸，气象万千，忽而滚滚长江东逝水，忽而黄河之水天上来。大竹县竹林文学社吸收我为社员，在《竹阳报》上发表的第一首小诗《求索》，象征着一个少年执着的起步：

向着十一月的天空
河流不再喧哗
它的怨诉

泥土里的种子
艰难地
蠕动
探索着
通向野草和鲜花的路

当代课教师写的小通讯见报了。刚当代课教师时，我对新闻写作发生了浓厚的兴趣，于是产生了人生第一笔贷款。为了学习新闻写作，我在农村信用社贷款 50 元（那时代课教师月薪为52.5 元），在邮政所订阅了全国各地的期刊（半年）。

"何武，你的大作见报了！"我走进办公室刚刚落座。一位同事将报纸递给我的刹那间，似乎溪水流进了干涸的河床。至今清楚地记得是《通川日报·星期刊》，通讯的引题是"不求花前月

下相偎依　但愿工作学习有长进",主标题是《一对恋人的"合同"》。

当联防队员自学考试毕业了。20世纪80年代的热闹,带着一种天真和向往,我也追求了当时的"自考热"。

当代课教师时在天城乡中心小学留影

我学的是汉语言文学专业,主考院校是四川师范大学。在几乎是中师中专和高中生的考试大军中,我这个初中生在人们复杂的目光中出入考场。

我的初衷不是为了拿文凭,而是为了阅读增加知识。得知最难考的是《中国古代文学作品选》后,我就首选了这门课程。首战告捷,这门课程我以63分的成绩通过了考试。

我抑制不住内心的喜悦将这个消息告诉了爸爸,他"哦"了一声。他的语气很淡,我却听出了愉悦。当时我们很少交流沟通,我只能靠这不多的字句来揣摩爸爸的心情。这也坚定了我参加自学考试的信心。

1989年春夏之交,我到石子区公所治安联防队工作。业余笔耕不辍,这段时期的文章不断见诸《四川法制报》《通川日报》等报刊,有时还上了《四川日报》。对于汉语言文学专业课程的自学一刻也没放松,大多数休息时间保持"头悬梁,锥刺股"的奋发状态。夜以继日地工作和苦读,竟然出现了两次令人难以置信的现象:一摊一摊的清口水弄得卧室满地狼藉。每周休息回家,差不多十公里的单程从不乘车,一路行走一路阅读。

终于,我通过了汉文专业课程的自学考试,成为大竹县第一个农民自考毕业生。

　　就这样，阅读融入了生活，阅读就是生活，就像活着就是为了美好一样。阅读的价值就在这里：一要有记性，永远记着读过的内容；二要有思考、反思和反省；三要有行动，不断完善和超越自我，让自己强大。阅读伴我成长，阅读伴我一路温暖前行。

醉忆似水流年

有人说，酒是一壶人间烟火：陶渊明悠然见南山、李白斗酒诗百篇、杜子美饮中醉八仙、辛弃疾梦里挑灯看剑……追忆似水年华，尘封岁月里少年时光飘出的美酒，迷了眼眸，醉了流年。

那是一碗串亲访友的相逢酒。

我断然不挤升学那座独木桥，告别校园回到了家园。我对苍天黄土唱起了几代人都不曾改调的粗犷曲子，扬起牛鞭扶着犁，翻起湿润而糯软的泥土，空气中泥土的芬芳令人莫名地兴奋。

灶屋锅里的猪食"咕嘟咕嘟"冒着水泡，我常常坐在灶前发着呆。灶膛里的柴火一点一点化成灰烬，锅里升起的热气在灶台四周弥漫着酸腐气息。

周围团转乡邻的红白喜事，景象壮观。一阵鞭炮声响，大家络绎不绝走向餐桌。一碗碗菜流水一样端到桌上，一桌坐满了12个人便伸筷畅食，举碗畅饮。人们端着酒碗喝一口酒，礼节性擦一下碗沿，递给下一个人。轮到我喝下时，有一种久违的感觉。这东西醇中带辣，有劲儿、横，直往脑门上冲。酒席的香气混合着空气中微微的火药味儿，我陶醉其中了。

那是一壶少不更事的阅历酒。

20世纪80年代，是理想激荡澎湃的年代，人们在蓦然发现了无限可能性的同时，内心的迷茫也在不断增大。史铁生说："白昼是看的，是现在；你要是沉思，你要是谛听，那你一定是在黑夜之中。黑夜降临，你周围沸沸扬扬的世界进入了沉静里，你什么都看不见了，那你就开始能够想了，开始能够听了。"乡村的夜晚，我闻到了季节的气息，听见了村庄呓语和暗夜的喟叹。自己想法林林总总，愿望若有若无。梦里走了很远的路，醒来仍然在床上。

有道是"生活润泽了文学，文学斑斓了生活"。当我的生活与文学尚未相互作用时，因循大半年的生活斑斓了一下：妈妈亲戚托亲戚让我去当了名代课教师。代课教师属编外人员，一个学期一聘，就这样，我的生活在原有的范围内增加了一个接触社会的窗口。

"社会是达成世俗目的的伟大手段。"伟大的路德维希·米塞斯的这句话，让我终于有了深切的领悟。

一位在学校当教师的大哥请客，对象有区教办、乡政府和学校的领导，邀请了爸爸和我作陪。鸡鸭鱼肉在餐桌上热气腾腾，刺激着丰富的味蕾；刚刚烤出来的双河高粱白酒香气四溢，脑细胞被浸润得快活无比。满屋子氤氲着热烈的酒香菜香，充盈着欢声笑语。轮到我敬酒了，我依次敬了区教办和学校领导。

学校距家里有五华里远，我踉踉跄跄走到公路的黄桷树桥边。乡村小路已被夜色藏起来了。爸爸用手电筒把路找回来，扶着像踩棉花的我走向家里。后来得知，敬酒顺序不妥，要先敬乡政府的领导。

那是一壶酸甜苦辣麻的生活写意酒。

我依然扮演着代课教师的角色。平凡的生活浓缩在酒中，时而小酌一杯，时而开怀畅饮。网鱼融入了怡然自得的小日子，有小流水般的美酒潺潺开怀，甚好。

每每走到王家桥，老桥墩押着古韵，流水抑扬顿挫，桥下溶溶的水面，鱼儿的唼喋声似在窃窃私语。

有一次，"临渊羡鱼，不如退而结网"的念头忽闪而过。爷

爷已去世，渔网破烂不堪了，我决心自己织一副渔网。找师傅学技术，买尼龙线，挑灯夜战，一个月的时间，一副捕鱼的手网诞生了。

网鱼与饮酒是标配，是心情，也是乐趣，只有痴迷其中才能够体会。我有时，去河边撒一网。收网了，没有鱼，只有纯真的浪花，让我品味着五味人生。

我执着往复，乐此不疲。一次在秀才滩打涨水鱼，激流中一个大石头似乎形成了回水，一网撒去，人和网就差点儿被洪水冲走。

我从此领悟到，要让生命和自然处于对等位置，甚至低于自然。河水于是贴近了我，悄悄告诉我它们生命的秘密：鱼儿什么时候在回水，什么时候在花水，什么时候在深水，又什么时候在滩口……

我喜欢的响水滩，有时水波上雨脚如麻，那分明是写满往事的文字；更多时候，是满眼的澄碧，满眼的狂野。跳蹬脚下的水，是生命之水、文化之水，也是精神之水，把少年的执着写入奋进的生命！

肥美的参仔鱼常常成了我的下酒菜，不时网到鲤鱼那心情啊，就是爽歪歪！鲤鱼嘴上的胡须肥厚而卷曲，尾巴红得像红公鸡的冠子，身上的鳞片饱满而带着光泽，跃动的金黄色照亮了多彩的生活，翕动的嘴巴似乎在呼唤："快快来！"

那是一壶少年时光的人生

在响水滩网鱼

态度酒。

　　我代课送走那届小学毕业生，就到了石子区公所治安联防队工作。其间，我通过了汉语言文学专业课程的自学考试，成为大竹县第一个农民自考毕业生。

　　几多泪水，几多失落，等待和希望那么久，喜悦似乎来得猝不及防。我应聘了希望集团办公室工作人员，他们已来函让我到成都面试，爸爸阻止了我："不要走那么远，就在本地工作。"为了带好女儿，我又有了回老家天城学校当代课教师的念头。

　　当时聘用代课教师，由石子区教育领导小组统一组织考试。我是应试中唯一的大专毕业生，石子区教育领导小组决定予以免试，安排我回老家的初级中学任代课教师。要与朝夕相处的领导和同事们惜别了，他们为我举办了饯行聚会。地点在周渝酒家这个整洁的小饭店，区委书记和区长在百忙中也赶来了。席间，区委书记豪放地要与我干三杯白酒。我的血液呼呼啦啦又在身体里奔涌，端起酒杯心生豪迈地欲碰杯时，区长拖下我的酒杯。我愣了愣，回过神主动敬了书记的酒，小酌一口，含在嘴里，醉了远方。

　　"花看半开，酒饮微醺"，这既是最好的人生态度，又是对酒起码的尊重。不苛求圆满，这就是人们获得幸福的真谛。

　　含在嘴里，我感受到回味醇长！我曾经沉浸在赫拉说的"幻想着走进文学艺术的天国"，却也在纷繁杂呈多棱角多方位的残酷现实面前碰得遍体鳞伤，我借酒麻醉，舔舐疗伤。伤痛让我迷茫，同时让我明白：迷茫，其实是努力配不上梦想；同时让我猛醒，澡雪浴德，磨砺志行，使自己的生命意义更加充实。我深深知道，一次次迷茫的穿越，便是一次次执着的考验，便是一次次成长的历练。成长源于父老乡亲的热情期许和暖心鼓励，也包括自己要离开时同事的真诚话别、书记的豪饮欢送、区长劝酒的关

爱，无数的深情厚谊……

过去的永远不能再追回，未来的遥遥无期难确定，人生唯一拥有的就是现在。我们寻找少年，就是寻找过去的印记，就是为了完完全全地拥有现在。

经历过的都是宝贵的。一句歌词说得好："过多的忙碌冷落了温柔！"最残忍的莫过于发现太多，隐藏在时光深处的温柔已被自己轻易辜负了。"鸡鸣茅店月，人迹板桥霜"，晓月残霜地上一行行凌乱浅浅踩踏下的脚印，是少年不谙世故困惑沧桑的痕迹，也是少年人生羁旅意气豪爽的见证。她无疑是涵养我的一笔宝贵精神财富，助我坦然行走于天地间。

夜雨淅沥哭恩师

又迎来一个清明节，又是一个断肠日。

淅淅沥沥的夜雨如泣如诉——作古快十载的恩师甘志和的音容笑貌又一次浮现在我眼前。

20世纪80年代初，金秋时节，我怀着忐忑的求学心情走进了石子中学校园。语文老师中等身材，干练威严，自我介绍甘志和（有同学给他取谐音诨名"柑子壳"），他佯装不知，一笑而过。

他扎实科学的现代汉语教学方法，令自以为是的我眼界大开；他抑扬顿挫的古诗文教学，令人折服不已；他非常深厚的文学素养，令我"虽不能至，然心向往之"也。

我与大多数同学一样，在校住宿，离家约10公里，周末回家返校均是步行。那时，我念家情结特别浓，经常赋诗无病呻吟。先生发现后，多次与我谈人生、谈创作。虽很感动，但拗不住念家情结，最终还是辍学回家了。

先生任初三班主任时，我念其感召，又回到了石子中学校园。在其教诲下，虽品学兼优，可又是个"小愤青"。

后来正式考试时，作文我又去抨击时弊，平时的语文"学霸"仅得了70多分。名落孙山后，我最终未挤升学的独木桥，而是回到农村老家，扶着犁唱起了亘古未变的牧牛曲，气得父亲几个月未和我说一句话。

　　后来当农民、代课老师、参加自学考试。一个初中生参加汉语言文学专业专科的自考谈何容易？《现代汉语》考试时我并没费力就考了 76 分，这全凭先生初中的教学知识，我一下子又怀念起老师来了（据说老师已调至老家邻水县丰禾中学）。后来我又当过治安联防队员、初中代课教师、农技员、党政办代理文书、副乡长等。无论如何变化，我一直都在苦寻先生。

　　终于，我与先生取得了联系，并将先生和师娘于暑期邀请到我家住了一个礼拜，畅叙师生友谊和离别之苦。

　　2008 年的冬天霜雪异常严寒，闻知先生因肝癌离开人世的噩耗欲哭无泪，先生仅五十三岁啊！在其出殡的日子，我因工作繁忙而托徐达祥先生代为吊唁。未能前去吊唁是我今生的遗憾！

　　年年岁岁花相似，岁岁年年人不同。

　　先生之风，山高水长！

岁月淘沙党报情

快临知天命之年了，心湖中也卷存典藏了许多甜蜜与苦涩的故事，岁月淘沙，与《达州日报》(原名为《通川日报》)的情结常常不知不觉地从角落里飘出来，留下挥之不去的缕缕温馨……

1985年，我不顾家人的强烈反对，坚决不升学，回到农村务农。劳累之余，《通川日报》成了精神家园。

那个年代邮递员配有自行车，可杨通乡到天城乡没通公路只能步行。我几乎每天要去天城寨堰塘边(这是邮递员的必经之路)守候，领取党报一睹为快。偶尔没等到还怅然若失。

党报信息燃起了我参加自学考试的希望，我遂报了四川师范大学为主考院校的汉语言文学专业自学。

人生总有几段黑暗的隧洞要独自穿行，没有乐队和鲜花，必须学会自己伴奏，高歌向前！

后来我应聘到天城乡中心小学任代课教师。学校青年教师蒋学智和熊建容这对恋人为了函授学业推迟婚期，我写了篇稿子刊登在1988年的《通川日报·星期刊》上，引题是"不求花前月下相偎依，但求工作学习有长进"，标题是《一对恋人的"合同"》，引发热议。

1989年，作为代课教师的我申请参加了石子区公所治安联防队，曾数次舍生忘死追逃犯，不顾安危抗洪灾。石子派出所的新闻稿子不时见诸党报，赢得了领导和同事们的赞许。1990年7月，我终于成为大竹县第一个农民自考毕业生。同年9月经石子区教育领导小组批准，我又到天城初级中学任代课教师，接任初二一班班主任和上语文课。此间，阅读报纸仍然是我雷打不动的习惯，从报纸中，我更加深入地领会到国家倡导的农村办学宗旨，加强自身职业教育素养。我根据教学实践写的稿件刊登在《通川日报》教育版头条上（1992年8月），标题《天城乡初级中学开展"四个园"的劳动技能教育活动》。

虽然我的工作岗位一直在变，但是我与党报之情始终不变。

令人难忘的是1995年跨入神圣的达州日报社大门，参加了为期十天的通讯员培训。编者、作者、读者共叙党报情，各位编辑老师的谈笑风生至今历历在目。

从那以后，我写的农村变革新闻不时见诸《达州日报》。天城乡场镇"晴天一身灰，雨天一身泥"的环境让人怨声载道，启动水泥路建设时在外游子纷纷解囊。写沈忠厚院士的《小山村出了大院士》，写北京沈来平先生心系故土的《碧绿的真诚》，写沈智渊教授的《留美博士桑梓情》、写沈祖志高工的《发明家沈祖志的故事》等通讯、散文相继在《达州日报·都市周末》刊载。通讯《不信民心换不回》被评选为2001年达州市好新闻二等奖。本人也在2002年入选"大竹县第八届十大杰出青年"。

2006年我赴任四合乡乡长后，一直在思考如何用先进的人物引领人、用先进的事迹鼓舞人。先进村女支书张海清先进事迹在《达州日报》刊载后反响强烈。时任达州市副市长、主持大竹县委全面工作的何平同志，阅读了其先进事迹后，主持召开县委常委会做出了"全县共产党员向张海清同志学习"的决定。

四合乡的特色产业发展和党建工作受到党报关注，举办的两届"院地共建特色产业交流会"被党报重点报道。2012年四合乡获得了全县乡镇唯一特殊贡献奖（奖金10万元），我也获得了"大竹县第二届十佳公仆"的荣誉称号。

　　随着到县城工作和"互联网+"的深入推进，学用党报概率相对减少，但其作用对我而言是无可替代的。无论从事新农合还是旅游工作，小有成绩时党报给予鼓励；单位干部职工思想迷惘时党报给予指导；自己偶有所思向党报倾诉过……党报成了我的莫逆之交。

　　光阴是河，在潺潺地流动着，不露痕迹地把长长的几十年岁月带走了；岁月是浪，在哗哗地奔跑，延续着党报情。大浪淘沙，那良师益友的党报情得以厚厚积淀，得以永恒延续！

古州府地焕新机

四合乡地处大竹、邻水、垫江三县交汇处，御临河、白水河贯穿其境，距沪蓉高速出口 12 公里。公元 537 年南梁时期，四合场时称金城，设置邻山县并置邻州。随着历史的演绎、岁月的变迁，昔日盛世繁荣的景象早已不在，四合渐渐被人们遗忘……

近年来，四合乡这个被人遗忘的角落引起了川渝农业科学界的关注，特色农业发展方兴未艾。2011 年，全乡综合目标考核由倒数几名后进乡跻身全县前十名，荣获县委、县政府表彰的五十个乡镇唯一优秀贡献奖。

"黑色产业"催生国家级基地

四合花生以其色鲜粒满、余香悠长特点闻名遐迩，但农民效益却较为低迷，这一直困扰着我。

一次偶然的机会，我在《四川农业科技》杂志上看到了黑花生的简介，眼前为之一亮。种子从何而来？激动的心又黯淡了下来。经过多方求助，在北京工作的小学同学黄向阳，向我推荐了中国农科院油料作物研究所的刘胜毅老师。兴冲冲地与刘老师取得了联系，他遗憾地告知是研究油菜的，好在他热情地推荐了廖伯寿老师。廖伯寿研究员时任国家油料作物改良中心副主任、中国农科院油料作物研究所副所长。几经周折，我喜出望外地与廖所长取得了联系。记得当时他从北京回武汉刚下飞机，淡淡说了句"后面联系"。因相互之间不认识，估计事务繁忙，后面打了几次电话，他都没怎么理睬。

为了黑花生种子，心里着急了，只好厚着脸皮"一缠到底"——电话不接，就发短信；短信不回，又打电话……廖所长百忙之中被这种科技情结感动，免费提供了黑花生良种。2009年春节前夕，他莅临四合乡实地考察后，啧啧赞叹："比我想象的好！比我想象的还好！"他还当即与全国人大代表、国家花生产业技术体系南充综合试验站站长崔富华通电话，委托他为四合乡做技术指导。

崔大姐常年在四合乡进行课堂培训、田间指导，廖所长每年抽时间做一次实地考察。针对我对黑花生发展前景的忧虑，廖所长激励说："全国不能都种黑花生，你们一个县全力打造，效益还是非常好的！"在他关心支持下，"中国农科院花生新品种示范与繁育基地"落户我乡。在专家们的精心指导下，黑花生引种和

廖伯寿研究员（右二）在四合调研黑花生生产

示范栽培被列入了达州重点科技项目，黑花生种植基地被中国科协和财政部认定为示范基地。益寿黑花生专业合作社被农业部命名为"农民专业合作社国家级示范社"。

崔富华研究员（左二）在田间指导黑花生生产

随着黑花生产业的风生水起，紫薯以其营养价值高、经济效益佳、市场前景好的特点，引发了我的苦苦追寻。凭着一片真情和一股韧劲，又一次敲开了紫薯的科技大门。项目负责人傅玉凡博士系国家甘薯产业技术体系重庆综合试验站站长、西南大学甘薯育种栽培研究室主任。他不仅提供了最新研发的紫薯品种，数次实地指导考察基地生产，还破例将其申报为"国家甘薯产业技术体系四合示范基地"。

"黑色产业"催生了国家级基地，基地生产又辐射带动了黑糯玉米、黑大豆、黑米稻、紫马铃薯等作物种植的迅猛发展，四合乡的黑色作物生产正阔步向着规模化、集群化、品牌化之路迈进。

鸭产业链孵化农业新品牌

四合乡河流纵横交错、塘库星罗棋布，当地村民有着养鸭的习惯并传承着相应的技术，但鸭产业一直徘徊不前。

我先与重庆白市驿板鸭食品有限公司达成合作意向，与乡长朱治蜀邀县畜牧局局长黄尤江一行前往大足养殖基地考察，考察结果是养殖基地建设要求不符合四合实际，于是我便放弃合作。后又慕名前往号称全国水禽养殖第一镇的雅安市草坝镇考察，并率 5 名养殖大户到四川农业大学与有"王鸭子"雅称的王林全教授面对面

王林全教授（中）在川农大宿舍客厅接待了我们

交谈，就鱼鸭混养生态循环养殖等话题进行了交流。雅安之行，坚定了大家发展鸭业的信心，明确了我乡花边肉鸭面向重庆及周边城市的市场定位。

乡党委、政府扶持成立了鸿发养鸭专业合作社，大力发展鸭

西南大学食品科学院尚永彪教授（左一）、侯大军专家（左三）在厂房指导鸭蛋腌制

产业。2009年金融危机，肉鸭行情大跌，鸭农们差点血本无归。这引发了我们党政一班人的深刻反思。明确了"养殖蛋鸭，蛋卖钱后老鸭身价百倍"的稳赚不亏发展思路后，我们顿有"柳暗花明又一村"之感。我又率乡村干部和种植养殖大户到广安盐皮蛋厂进行实地考察，并多次向华中农业大学、西南大学教授请教有关鸭产品深加工，延伸产业链的问题。乡政府出资为产品注册了商标"老衙门"，可鸿发养鸭专业合作社一直未能迈出深加工的步伐。为了引进业主，我们通过会议、电话等方式广为动员。终于，在外创业一直想为家乡做点儿事的谢小刚有此意向。我们在电话里多次与其长谈，并邀其返乡，一起到广安蛋厂、渠县黄花、东汉醪糟等成功企业考察观摩，坚定其发展信心。乡党委、政府扶持成立了御临河畔鸭业专业合作社，并对鸿发养鸭专业合作社进行了资产重组。因地域靠近，我们决定与西南大学进行技术合作。

2009年春节的鞭炮声庆祝了"老衙门"绿鸭蛋的诞生。可随着天气变暖，送出去的绿鸭蛋有的成了"臭蛋"。这让我寝食难安，在电话里与西南大学专家教授们说得很不愉快，并与他们"较起了真"。通过反复查找原因，我们发现是杀菌方面出了疏漏，于是及时进行了改进。如今，生产出的"老衙门"牌"飘香彩蛋""风味咸蛋""水晶皮蛋"深受市场欢迎。"老衙门"喜获"2010四川公众最喜爱的十大农业品牌""达州市知名商标"等称号，御临河畔鸭业专业合作社被省农业厅评为"农民专业合作社省级示范社"。全乡年出栏肉鸭150万只、产鸭蛋1000万枚，被县委、县政府评为"水禽一乡一业示范乡"。

生态天然创建"三品一标"

"三品一标"是指政府主导的安全优质农产品公共品牌，是当前和今后一个时期农产品生产消费的主导产品。无公害产品、绿色食品、有机农产品和农产品地理标志，统称"三品一标"。

在特色农业发展中，我乡注重"三品一标"的创建。省农科院吕世华研究员选择新寨村作为他在全省的六个生态农业示范村之一进行培育，他屡屡深入村社召开"坝坝会"进行宣讲培训。

我多次率队赴成都郫县、简阳市等地观摩学习，与种植大户、专家等交流。还率队到正打造中国西部有机食品示范县的西充县考察学习。并选派农业服务中心干部、村社干部到省绿办培训学习。

如今，邻山黑色农产品专业合作社的黑糯玉米、紫甘薯、黄瓜，益寿黑花生专业合作社的黑花生和御临河畔鸭业专业合作社的绿鸭蛋等五个农产品严格遵循绿色食品生产流程要求。

围绕"半岛·田园·水乡有机·生态·古镇"的主题，全乡正着力打造国家有机食品生产基地。邻山黑色农产品专业合作社拥有基地面积900亩，今年将黑糯玉米、紫甘薯、黑大豆三个产品送检绿色食品。

生态半岛

融入重庆挂牌综合试验站

由于我乡与重庆市地域相邻、气候相近、地貌相似，为了让特色产业更好地融入重庆，我们加大了与重庆农科院的合作力度。

为了发展特色优质稻，我联系上了重庆农科院水稻研究所副所长李贤勇研究员。李贤勇研究员水稻研究在国内外享有一定的声誉。他到四合考察后感慨道："我走了西部许多乡镇，像你这样抓农业的党委书记难找了！"他还多次赠送优质良种给我乡示范基地。今年邻山黑色农业品专业合作社流转土地200亩，在李所长精心指导下，合作社率先在川东北成功种植了粳稻。粳稻原产于东北，喜欢冷凉气候，李所长通过十余年的攻关，实现了"北种南移"，让东北珍珠米在高温伏旱下也可以种植。

为了探索提高种植水稻效益，在重庆市农科院农机所的支持帮助下，我乡实施了水稻全程机械化工程，为实现特色农业现代化奠定了基础。

随着玉米保健功能的开发利用，黑糯玉米的生产成了特色农业发展的一个重要内容。在重庆市农科院玉米研究所所长杨华研究员、特用玉米研究室主任蔡治荣的支持下，我乡建起了黑糯玉米生产基地。蔡治荣研究员多次来乡进行课堂培训、田间指导，农民效益颇丰。

为了最先享用重庆市农科院最新研究成果，大力推进我乡特色农业发展，重庆市农科院破例在我乡挂牌成立了唯一跨行政区域的"重庆市农科院大竹综合试验站"，这标志着我乡特色农业发展步入了一个新的里程碑。

发展特色举办科技合作会

为了将四合作为全县特色农业发展的试验区，总结探索与科研院所合作发展特色农业的路子，我萌动了举办"院地共建特色产业科技合作交流会"的念头。我的想法得到了当时主持县委全面工作的县委副书记、县人民政府县长许国斌同志的肯定。他将我的短信转发给县政府办公室主任朱裕江同志并做了重要指示。

2011 年 3 月 31 日，"首届大竹县院地共建特色产业科技合作交流会"由县人民政府副县长木扎塔主持，重庆市农科院、西南大学、省农科院、国家花生体系建设南充综合实验站等科研院所的专家出席会议，市科技局、农业局有关领导莅临指导。与会专家学者实地观摩了现场，以四合这个实验区，围绕大竹的优势和特色，以加快全县特色农业发展为主题，积极建言献策，共谋发展大计。

2012 年 4 月 10 日，由县委、县政府主办，四合乡党委政府承办的"大竹县第二届院地共建特色产业科技合作交流会"在四合乡举行。川渝两地资深专家云集该乡：重庆市农科院副院长刘剑飞研究员，玉米研究所所长杨华研究员，水稻所副所长李贤勇研究员，科技合作处副处长欧毅研究员，特色作物研究所副所长张晓春研究员，国家甘薯产业技术体系重庆综合试验站站长，西南大学甘薯栽培研究室主任傅玉凡博士，省农科院吕世华研究员，全国人大代表、国家花生体系建设南充综合试验站站长崔富华研究员等。此外，市科技局有关领导也到会指导。会议由县政协副主席王守元主持，县委副书记蔡文华代表县委、县政府做了重要讲话。与会者从四合这个实验区，围绕大竹的区位、资源、产业优势和加快推进农业科技合作、促进全县特色产业发展等方面，提出了一些针对性的好思路、好建议。

两届"院地共建特色产业科技合作交流会"在我乡成功举

办，总结了特色农业发展的经验，找准了差距，明确了合作对接点，将为加速推进"西部特色农业示范县"的目标做出应有贡献。

大竹始县当邻山

　　我国是一个历史悠久、文化底蕴丰厚的多民族大国，自秦始皇统一中国、推行郡县制以来，县级行政单位一直沿用至今。悠久的区域历史、深厚的文化积淀，是娱乐文化之源、旅游文化之魂。基于旅游发展我对大竹县有三点思考，旨在抛砖引玉。

四合古镇黄桷树

大竹邻山是何"源"

基于"大竹"二字初次正式出现的时间,学术界认为大竹县于武周久视元年(700)建县。但个人以为,大竹县的历史可追溯至南朝梁大同三年(537),理由有三,如下所述。

历史上的邻山县与大竹县的"三分四合"

说起大竹县的历史沿革,首先必提邻山县。南朝梁大同三年(537),以南宕渠郡下的宕渠县,析置邻山县,并置邻州,州县治均设在金城。武周久视元年(700),分蓬州宕渠县东部新建大竹县,县治在今渠县汉碑乡沈府君阙南一里处。

大竹县建置后与邻山县历经了"三分四合"。第一次是唐朝至德二年(757),大竹县并入邻山县,不久复置;第二次是唐朝宝历元年(825),大竹县并入邻山县,后又分置;第三次是北宋至道二年(996),大竹县并入邻山县,大中年间又复置;第四次是元朝至元二十年(1283),邻山县、邻水县并入大竹县,县治改为原邻山县境内的木门镇(今竹阳镇)。明朝成化元年(1465,或说二年)又分大竹县南部复置邻水县。

四合古镇全貌

邻山县与现大竹县的地形境域一致

历史上的邻山、大竹二县地形均为三山两槽，查阅谭其骧《中国历史地图集》和任乃强《四川州县建置沿革图说》，可以看出，邻山县的主要境域就是今大竹县的主要境域。

邻山县与大竹县人文、特产同源

唐宋以前，邻山、大竹两县原住民主要为巴人、賨人，明清以后大多为湖广移民。历史上，邻山县盛产美酒、醪糟、麻布、竹制品等特产，这些特产与今大竹县特产相同。民国时期在现天城镇（四合镇上游河畔）成立的私立初级中学名为"邻山中学"，革命人士徐相应、徐永培和语言学家徐仁肖等曾在此执掌教鞭。

邻山县治今何在

四川大学历史系教授任乃强、四川省社会科学院研究员蒲孝荣等专家认为，古代邻山县治在今大竹县庙坝镇、牌坊乡一带。民国《大竹县志》认为，邻山县治在今大竹县四合镇。个人以为县治在四合镇更具说服力。

川东平行岭谷明月山、铜锣山、华蓥山三山并列，故名邻山（并非专指一山）。南梁大同三年（537），析宕渠之东界置邻州，辖邻山、邻水二县，二县均以"邻"为名，"邻山县"直接以邻山为名，"邻水县"则以发源于邻山的河流命名。邻州和所辖的邻山县同城而治，州、县治所均设在金城。"邻水县"则以发源于邻山的河流命名。南梁至唐宋，谭其骧编绘的《中国历史地图集》将邻山故城（俗称金城）记于邻水河流上游处，按图索地此处在今大竹四合场。四合场之水今名东河，唐、宋、元时名邻水。《元和郡县志》记：

"邻水源出东邻山二十六里处有大石磧，流十丈。"东邻山指

高洞瀑布

四合东的明月山。大石碛在四合场东北面 1 公里处,悬流 10 丈,如惊湍电泻。《寰宇记》载:"涅水在(邻山)县东二十步,自忠州清水县界入当县。"东河源头在垫江县界的滴水岩和界牌梁子,顺流 20 多里,经四合东南汇三古、神合、文星三水,于场南迂回半转,形成三面环绕,再南向流入邻水境内。

邻山县并入大竹县后,万历年间四合镇曾设置顺庆分府,辅治大竹、垫江、邻水、广安四州县,不久即废。乾隆四十九年(1784),恢复顺庆四合分府,仍辅治原辖州县至嘉庆五年(1800)。时间步入到 2011 年,广安市地方志办公室钟再元主任一行前来四合场考察、寻根问祖。

"渝"说还休何时说

历史上行政区划调整时大竹县曾归属重庆,与重庆区县联系密切,这为大竹融入重庆发展奠定了坚实基础。唐武德元年(618),分垫江新置盐泉县。邻山、邻水、垫江、盐泉四县同属邻州。1362 年,明玉珍在重庆建立大夏政权,大夏天统元年至开熙五年（1362—1371）大竹县为大夏政权所管辖。1939年重庆市改中央直辖市；1940年，国民政府实施新县制，在大竹建立四川省第十行政督察（保留1935年区划），辖大竹、渠县、广安、邻水、梁山、垫江、长寿等七个县。1949年12月，中共建政后，仍设川东人民行政公署大竹专署。行署驻重庆，专署驻大竹，至1952年9月，撤销行署恢复四川省建制。1953年2月，撤销大竹专区，县改属达县专区（今达州）。重庆建直辖市时，大竹因种种原因未被纳入。

综上，大竹县的置县时间可以确定为南梁大同三年（537），距今约1500年。大竹县与重庆市关系源远流长，四合镇曾是州郡县治所所在地。

此文《达州日报》2021年1月29日以《邻山县考证》为题刊用，引起县委、县政府高度重视，县志办组织了专家讨论，中共大竹县委办公室和大竹县人民政府办公室发出《关于规范大竹县建置沿革表述的通知》（竹委发〔2021〕69号）。《通知》指出目前大竹置县通用表述为"唐武则天久视元年（700）始置县，迄今有1300多年历史，因'竹多竹大'而得名。"事实上，南梁大同三年（537）析宕渠县之东界置邻山县是大竹境域置县之始，"武则天久视元年"是以"大竹"命名之始，大竹境内首置县比以"大竹"为名早163年。鉴于采用"南梁大同三年"始置县的表述更符合历史事实，现将大竹置县通用表述完善为"南梁大同三年（537），以宕渠之东界置邻山县、邻州，州县并治在金城（今大竹县四合镇），是今大竹境内置县之首，迄今有1400多年历史。唐武周久视元年（700），析宕渠县东界置大竹县，其因'竹多竹大'而得名。"

第二章

诗和远方韵

隽永书香贾平凹

有史以来，人类从未停止过对美丽风景和美好生活的追求。美好生活，既包括丰衣足食的基本要求，也包括诗与远方的精神追求。"诗"代表"文化"，"远方"代表旅游。"诗"与"远方"都追求美，都是人生的美学散步。而我的诗与远方则在西安，在那座香气深沉绵长的古城。

自带幽香西安城

很多时候，国家太大，景点太小，城市刚刚能装进我们的记忆里。人们在西安游览兵马俑、大雁塔、小雁塔等世界遗产的间隙，往往会来一块辣子锅盔馍，再定制几件耀州瓷……这些具有爆棚人气事物总是糅杂着西安自带的香气。

西安是历史文化和现代文明交相辉映、传统文明与现代科技交融的"穿越之城"。西安的人文色彩，西安自带的幽香，我与许多游客一样，是从贾平凹的作品中了解到的。

那么，人们不禁要问：贾平凹是西安城市文化的标志性品牌作家吗？要知道，一个作家成为某个城市的标志性品牌作家，是有一定前提条件的。复旦大学陈思和教授认为要具备三个条件：其一，必须长期居住在一个城市里，并且留下许多实在的事迹可以供人瞻仰；其二，他的创作风格必须与这座城市的文化风格、美学风格相吻合，并且仅止于这座城市的风格；其三，必须经过较长时间的检验而在公众中获得信任。

贾平凹之于西安，贾平凹的作品之于西京，均有独特意义。他曾说："自 1972 年进入西安城市以来……我赞美和诅咒过它，期望和失望过它，但我可能今生将不得离开西安，成为西安的一部分，如城墙上的一块砖，街道上的一块路牌。""我生不在此，死却必定在此，当百年之后躯体焚烧于火葬场，我的灵魂随同黑烟爬出了高高的烟囱，我也会变成一朵云游荡在这座城的上空的。"

城市人文是一座城市所呈现出来的精神气质。人和一个地方一旦签订了心灵契约，就得相守。贾平凹坦言："数年前南方的几个城市来人，以优越异常的生活待遇招募我去，我谢绝了，我不去，我爱陕西，我爱西安这座城。"

一座城一个人。西安这座城内住着贾平凹这个人，贾平凹这个人住在西安这座城内。有人说一个名人就代表了一方水土，贾平凹成了西安的名片。《废都》《秦腔》等作品的出现，让我对贾平凹有了进一步了解，有了想去西安的渴望与期盼。可是，我深知无缘与贾平凹相见，西安之行只有心香一瓣，被封存于记忆中了。

馥郁香气上书房

"上书房"是贾平凹老师的书房。这个传奇而神秘的地方，《西南文学》杂志总编曾令琪先生茶叙时提及过。"上书房"似乎又很寻常，取名之意就是，贾平凹老师闲了没事提醒自己上书房写写字、看看书。

令琪先生系贾老师的关门弟子，拥有一大堆头衔：中华辞赋家联合会理事、四川省辞赋家联合会主席、中国西部散文学会理

事、四川省社科院特约研究员、中外散文诗学会四川分会副主席、孔子学院·孔子美术馆客座教授。代表作：学术著作《周恩来诗歌赏析》《末代状元骆成骧评传》《贾平凹散文解读》，长篇小说

与原中国作家协会副主席贾平凹先生在"上书房"合影

《天路》，散文集《热闹的孤独》。但令琪总编并非浪得虚名之人。他之所以能成为贾平凹先生的关门弟子，自有其为人、为文个性独特之处。

因为各种巧合机缘，我与令琪先生结下了深厚的友谊。在了解我的夙愿之后，他安慰我道，有缘总会相见。如果下次去见贾老师，机缘合适，就带上我去沾沾文气。

一句话像一枚石子投进心湖，激起了一阵阵涟漪。去一座城，只为见一个人。可后来要么因为别的事，要么因为贾老师的繁忙，几次预订的行程都不得不取消，此事也就淡忘了。不知不觉之中，时间过去了整整两年！

今年盛夏的一天，令琪总编突然告知，要赴西安见贾老师。这个消息，如一股穿山风吹到身上，很是凉爽。

令琪总编先过去打前站、安排食宿，我在见面的前一天晚上赶到西安。此行还有《西南文学》杂志副总编周晓霞和李顺治二位老师。

第二天下午5时许，令琪总编与贾老师联系、确定之后，带我们前去拜访。

跨进"上书房"的刹那，一股香气顿时充溢我的心房。那股香气实在迷人。

只见西北大学文学院的几名学生，正围着贾平凹先生签名。贾老师欠欠身，笑着示意我们先坐一会儿。

各种形式的佛像、菩萨，大大小小的盆盆罐罐和其他出土古物，在书房四周挤挤挨挨，散发着权威、深邃和神圣的味道，震慑了我。

闻着淡幽的檀香，心里趋于平静了。这些物件上似乎留着古人的余温，承载着历史和文化的灿烂记忆，代表着人类早期的文明，见证着古老的社会制度，记录着国家的形成、朝代的更迭和礼义的教化。这分明就是西安古都独特的香气。

记得当代学者梁漱溟先生说过一句话：人活在世上就是要处理三大关系，人和人的关系，人和自然的关系，人和自己内心的关系。贾老师的作品展示着这三个向度的问题，而这三个关系恰好是儒释道的核心。作品将人道主义作为最高准则，艺术地引导人们走出人性与人生的困惑。帮助读者超越自我与认识自我。在这样的书房中，就不难理解贾老师这句话了——写作的时候可以体会到神的存在，与神相通……

正在我遐思悠悠时，贾老师送走了客人，随着令琪总编的一一介绍，贾老师端上了热茶。茶水未进嘴，一股沁人心脾的幽香已袭了过来。喝下一口，颇有晚唐诗人卢仝《七碗茶歌》中所说的那种喉吻润、破孤寂、搜枯肠之感。这种感觉，今天居然在"上书房"遇到了。在"上书房"里品着茶，聊着书里书外的事情，是一种静而美的享受。

一阵寒暄之后，令琪总编拿出他与晓霞老师合著的《贾平凹散文解读》的书稿，贾老一边看，一边颔首赞许。令琪总编与贾老交流了十多个话题，相谈甚欢。贾老不时对我们提出要求。他一再强调，写作一定要有真情实感，不能为赋新词强说愁地矫揉

造作，也不能足不出户凭主观臆想去闭门造车。在晓霞老师提及散文的风格及走向时，贾老严肃告诫：现在散文大多内容琐碎，文笔靡弱，处处可见"初为人妻""初为人母"等篇什，大多文章要么不注重感情，要么只关注个人小感情，追求华丽形式，走向唯美，这对于整个社会、整个民族是没多大作用的。

贾老师端坐在佛像中间，身上散发出禅意与清香，慈眉善目、敦厚祥和。

贾老师对面墙上的"耸瞻震旦"横匾耀眼夺目。这四字是巴金百岁生日时，贾老师写过并专门送去上海的。"耸"就是耸肩，"瞻"就是看，"震旦"是中国的古称，旦是太阳也是天。这四字横匾，让我不由想起了贾老师的一句话，"云层之上都是阳光"。让人猛地感悟到"太阳底下无新事"的常识，进入静下心踏踏实实做事的境界。"耸瞻震旦"透露着浓厚的文化气息，折射出文学修养是书法的"内功"，独具一般书法作品缺失的"人文气"。

贾老师忙着为我们带去的书签名了，这里还有一个小插曲。他给女儿何泼题写书名，将"泼"字似乎写成了"博"，写得龙飞凤舞，不易确认。同行的顺治老师说这是大家风范，我还是坦陈了疑虑。贾老师歉意地一笑，重新进行了签名。

循着翰墨香味，我们随贾老师来到了二楼书房。映入眼帘的是一张摆放了文房四宝的写字桌案，桌后的背柜面上贴着数张尺码不一的字幅，重重叠叠，面上一张"穆如清风"的横幅赫然入目。墨迹圆润而厚重，想必是贾老师的精心之作吧。贾老师开始为令琪总编和顺治老师题字：创作过程不能录视频，写好后欢迎拍照。

他神情自若，用笔似骨而柔，似柔而韧，显得雄浑流畅。不一会儿，"唐园赋""毗河之上"等字样跃然纸上，不拘一格的率性力透纸背。

拜见贾老师，在愉快的合影中作结，留下了欢声笑语，心灵深处带走了"上书房"的馥郁香气。

隽永书香贾平凹

西安之行，未能去打卡体验，心里略有遗憾。但我还是深深地感受到，文化氛围浓厚的地方，往往也是游客喜欢到访并给予好评的目的地。而承载文化、传播文化、创新文化的贾老师，则永远都是最美的风景。

没有传统的文化必然失根，没有文化自信的民族必然陷入茫然，不能正确找到自己前行的方向。现代人的迷失用物质和科技解决不了，就回到传统文化中求解。旅游是修身养性之道，中华民族自古就把旅游和读书结合在一起，崇尚"读万卷书，行万里路"。旅游发展也是人与人、人与自然和人与自己内心相互作用的复杂系统。

读书是一次旅行，漫步的是自己的心灵。贾老师的文学作品，具有民族性，也具有世界性，书香隽永。他努力传承长安传统文化，深刻反思现代西安城市文化，独立观照西安人的文化人格。贾老师没有把文化当成是文化人的专属，反对唱堂会和小圈子里的相互捧场，与时代紧紧联系在一起，真诚地为人民歌唱。文以载道，书以载城。贾平凹艺术研究院，开展的"贾平凹邀您共读书"全民公益活动，在西安等城市举办了108期。读书活动告诉我们：读书不仅要有思考，更要有行动，要推动民族精神、国民性的改造，真正实现人的现代化。西安因阅读而美好，因阅读而强大，西安人正让阅读走向一种生活方式。

游客需要为文化赋能。只有将文化精髓与各种活动融合，文明才能悠久延续。许多游客到达西安，完成城市地标观光后，会参与彰显城市文化内涵的深度游，例如参观博物馆、观看当地特色演出等。贾老师被誉为文坛"鬼才"，是中国当代文学的"支

柱性"人物,从事文学创作近五十年,出版的各类著作版本多达六百余种,仅长篇小说就达十八部,其作品被翻译成三十几个语种传到世界各地。不仅获得了包括茅盾文学奖、鲁迅文学奖、蒲松龄小说奖在内的国内顶级文学奖,还获得了法国费米娜文学奖、美国飞马文学奖等国际奖项。其艺术创作自然而然地孕育出了他的个人艺术馆。贾老师在西安建筑科技大学的文化艺术馆不能满足人们的需求,这促成了临潼的贾平凹艺术新馆的诞生。人动起来了,文化就活起来了。贾老师作品研讨会、新书首发式及众多文化交流活动屡屡开展,人、文化、艺术三方的交流平台也逐渐被搭建起来了。贾平凹文化艺术馆不仅是城市中的一个"心灵栖息地",更体现了以文化滋养城市,以城市承载艺术的人文情愫。

旅游是异地的生活方式,是人诗意地栖居在大地上的方式。万丈红尘最温暖,寻常生活客自来。游客们不再浅尝辄止于自然景区和文化遗产地,而是追求西安的生活体验。来自海内外的"贾迷"们捧着贾老师作品,循着主人公足迹从不同角度来体验西安。他们既玩味文物古迹,又漫步市井小巷;既品啖五星级饭店的鲍鱼鱼翅,又咬一口"苍蝇馆子"香喷喷的肉夹馍……很多游客对西安不是来了才感受,而是来之前就已经有城市印象浮现。他们不观赏外表整齐划一的高楼大厦,也不需要千篇一律的灯红酒绿;他们不必去辨识面目模糊的人群,也不必去辨听混杂相融后南北不辨的口音,他们在重温着贾老师作品主人公的故事……

任何时候,任何地方,"人都是最美丽的风景"。人在生活中的参与和创造,赋予了万物美的意义。有人利用贾老师的姓名抢注商标,有人长年记录与他的往来短信,将之作为资料收存;有人长年抢拍,对外出售照片。他的作品建构着西安的建筑空间、文化空间、城市生态,活灵活现地展现着感知、体验、记录城市

的人，这些人是道道美丽的风景。贾老师以他的同班同学刘高兴
（本名刘书征）为小说《高兴》的主人公，讲述这个一心想当西
安市民的农民，过着不得不拉着板车走巷串户的生活。刘高兴在
接受媒体采访时笑呵呵地说："我和贾平凹的关系，就是鲁迅和
他笔下的闰土。只是闰土的晚年没有事业，也没有成就。"小说
《高兴》让刘高兴走红后，他创作出版了《我与平凹》纪实小说，
成了文化商人。每天能接待 100 多名慕名而来购书签名的游客，
过上了比较富裕的老年生活。

贾老师为了以文会友、以文交友，在"上书房"附近开办了
"酱豆书屋"。《酱豆》是他 2020 年的新作。"酱豆"，反过来，便
是"豆酱"是将大豆猛煮、发酵、晾晒而成的美味食品，喻示
着他饱经煎熬又苦尽甘来的文学人生。"酱豆书屋"是中国首家
以收藏展示贾老师著作为主的专营书店，也是全国第一家仅售一
个作家作品的书店。这里为想要贾老师签名的读者提供了极大的
方便。众多游客惊呼，"酱豆书屋"是贾老师著作的小型博物馆，
一定要来这里打卡，兴许还能见到贾老师呢！

2000 年前张骞"凿空"西域之后，人类在这孤独的星球上越
走越远。当代西安这座城出了贾平凹这个人，西安"诗与远方"
的形象蜚声中外。从本质上说，旅游是一种文化体验、文化认知
与文化分享的重要形式，而文化又要通过旅游这一载体加以传承
和创新。

"诗与远方"，诗为根本，心中有"诗"就有"远方"。

忽地，我的脑海浮现出"上书房"中这段画面：贾老师端坐
在佛像中间，身体散发出禅意和清香，慈眉善目，敦厚祥和。

走进建川博物馆

　　国庆节长假第三天，游大邑县安仁古镇。上午刘氏庄园没有解说员，孙子孙女儿提出了"罢游"的严正抗议。下午去建川博物馆玉良同学提前成功预约了解说员（据说全馆仅8名）。

　　通往建川博物馆的大道上，游人熙熙攘攘，两侧苍劲的竹林在阳光下郁郁葱葱，行走在林荫下红砖铺设的通道上心旷神怡。

　　博物馆大门两侧和迎客大屏上"为了和平，收藏战争；为了未来，收藏教训；为了安宁，收藏灾难；为了传承，收藏民俗"的办馆主题赫然醒目。建川博物馆是由一个叫樊建川的企业家建的，占地500余亩，建筑面积近10万平方米，拥有藏品800余万件，其中国家一级文物425件。博物馆拥有抗战、民俗、红色年代、抗震救灾四大板块系列30多个展馆。

　　走完全馆，小朋友是没有这个精力的，解说员与我们商议，突出爱国教育。

感恩祖国

　　抗震救灾展馆是震撼日记5.12—6.12馆，馆如其名，震撼。

　　刚踏入馆内，我们便看到墙壁上当年人们为了缅怀汶川大地震逝者而作的诗歌。"妈妈别哭，我现在已经没有痛苦，不用再看我，你一辈子也会记住……""宝贝，痛了吗，那些沉重的物体，剧烈的坍塌，你们丝绸一样娇嫩的皮肤，你们花枝一样脆嫩的骨头啊，心疼，好心疼，宝贝，睡吧，睡下就不痛了……"

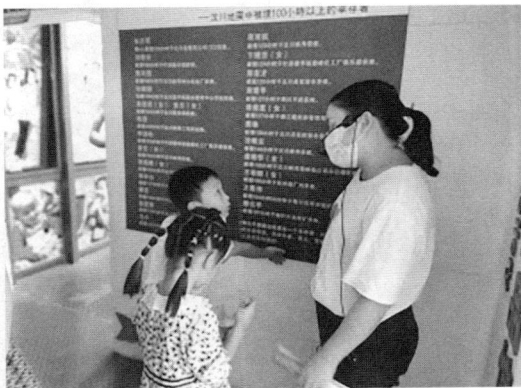

历史，一直是一个厚重的话题，不仅仅是指史料文物的厚重，更是指人们心情的沉重。无法想象当时失去亲人的人们经历了怎样撕心裂肺的痛，照片上那一个个鲜活的生命，差不多在一瞬间就告别了有他太多牵挂和不舍的人间……在生死面前，一切都显得那么渺小，生活中的琐事更显得微不足道！

照片和展柜中再现了大地震以来每天的救援场景，展柜里面放置了包括时任国家领导人在赶往灾区的飞机上使用的军用地图、湿巾纸，以及我们曾在电视里看见过的在灾区废墟上用过的扩音器等重要文物，这些无不让我们仿佛置身于那分秒必争的黄金 72 小时内。

解说员低沉的诉说，让两位小朋友也为当时灾区的情况感到揪心。孩子们在这个展馆中学会敬畏自然、学会坚强、学会感恩、学会勇于奉献的精神……孩子们清纯的脸上多了一份对生活的自信，幼小的心灵感受到了祖国大家庭的温暖，稚嫩的思想多了一份关爱他人的美好爱心。

爱我中华

抗战正面战场馆是一座素白色的方形建筑，位于中流砥柱馆

旁，取自国共合作抗击日军之意。建筑面积千余平方米，展馆体型简洁、格调庄严、气势磅礴，体现了"博物明志，宁静致远"的气质，让人们清晰地嗅到了历史的味道。

这里，主要以国民党军队在抗日战争中的二十二个重大战役为主要展示内容，真实地重现中日军队对决场景，展现了当时空中战场的艰难残酷和我国空军以弱战强的无畏精神。

一段段芳流千古的画面纷至沓来："一·二八"淞沪抗战的硝烟，长城抗战的悲壮，卢沟桥抗战的英勇，淞沪会战的勇敢无畏，南京保卫战的惨烈，徐州会战的自信，台儿庄大捷的民族士气，武汉会战的谋略，南昌、随枣和枣宜会战的抵抗，三次长沙会战的振奋，豫湘桂会战的血训……

真可谓一寸山河一寸血。中国人民自古以来就有着爱国忧患之心，团结是一股强大的力量。

鲁迅先生"灵台无计逃神矢，风雨如磐暗故园。寄意寒星荃不察，我以我血荐轩辕"的呐喊犹在耳畔。孩子们的幼小心灵要铭记民族历史，爱我中华，感恩、珍惜今天的太平生活！

强我中华

听说去国防兵器馆，孙子眼睛一亮，手舞足蹈，别提有多高兴了。

国防兵器馆具有展示兵器的发展历史和普及国防知识两个功能。展馆根据兵器形态，分为室内展厅与室外展厅两个部分。

室外展厅主要展陈坦克、飞机、导弹、鱼雷艇等大型重武器。室内展厅以兵器发展为线索，分为冷兵器、火器、现代兵器三大部分。主要陈列的武器有：老式步枪、捷克式机枪、汤姆逊冲锋枪、德普转盘机枪、40反坦克火箭筒、56式轻机枪、82毫米无后坐力炮、加农炮、62式轻型坦克等。

孙子对现代兵器非常感兴趣，不时与解说员阿姨争得不可开交。

"国无防，则不宁。国防兵器馆分为玥暗两条线索，明线讲述中国兵器发展史，暗线讲述中国国防史。我们今天能过太平生活，是因为边疆有卫国军人，流血流汗，一代一代，在战斗守卫着。我们应该永远铭记他们，感戴他们。"建川博物馆馆主樊建川如是说。

老山战斗主攻营的营长——战斗英雄臧雷说的一段话发人深省："树欲静而风不止。丛林文化，弱肉强食依然在这个世界大行其道。我们崇尚和平，却当铭记，批判的武器，不能代替武器的批判。我们在建川博物馆聚落看这座国防兵器馆，就是看历

史，就是看发展，就是看精神。不仅看人民解放军的精神，更要看中华民族的精神。"

兵器是人类保卫和平的工具，也是战争灾难的元凶。随着兵器的不断革新，战争也变得越来越惨烈。据有关资料介绍：在5000多年的人类文明史里，人类共经历了14550次战争，完全的和平时期仅为292年，战争吞噬了35.4亿人的生命……

展馆与其说是一部兵器演变史，不如说是一部残酷的人类战争史，更是一部国家发展史。人类保卫和平，制止战争愿景的实现，恰恰需要正义之手来拿起兵器浴血奋战。

在和历史、文物的对话中，孩子们深感和平来之不易，落后就要挨打。作为祖国未来的他们，从小就应培养自立、自省、自强的品质。

后记

2021年国庆节，趁着"阴霾"隐遁，我携家人应邀走进了蒙顶山。

岳玉良、柴旭光乃四川省2018年赴台学习的乡村旅游产业带头人。他们数次邀请我去蒙顶山游览，如今终于成行。国庆节长假第一天，住进了柴旭光同学的民宿——蒙山躬舍。当晚我和岳玉良、柴旭光以及蒙顶山的吴朝仁同学，相聚民宿，把酒言欢。

个人以为孙子孙女儿美景美食的热爱值得被记录下来。

依依不舍的蒙山

孩子离科技越来越近，离自然越来越远。电视、网络等，这些东西让孩子与自然日益疏离。孩子缺失了自然，不仅仅是缺失了蓝天、白云、芳草、碧水，更重要的是缺失了与自然本能亲近的天性，这违背了儿童健康成长的规律。

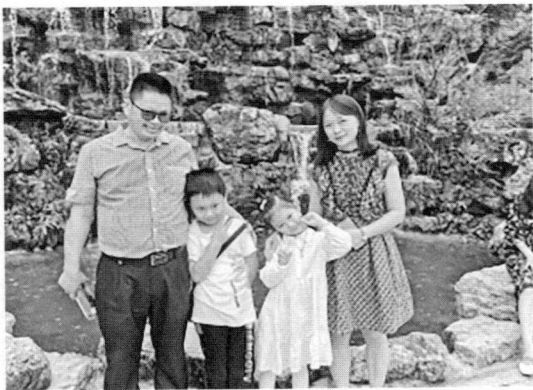

蒙顶山，因"雨雾蒙沫"而得名，这里雨量充沛，常年云雾缭绕，古称"西蜀漏天"。山顶五峰环列，状若莲花。原野平畴，山峦起伏，溪涧纵横，风景如画。

孙子孙女国庆节走进蒙顶山，培养观察力、专注力，并增加自然知识与经验，感受大自然的奥妙与智慧，从而学会欣赏自然、尊重生命，产生对自然界周围事物的好奇心、探究欲，在大自然中寻找成长智慧。

这次出游可苦了导游阿姨，小朋友太多的为什么期待着回答，导游阿姨乐此不疲。分手时，小朋友们与导游阿姨难舍难分，孙子还掉了眼泪。

念念不忘的美食

淅淅沥沥的秋雨阻挡不住"好吃嘴"的激情，中午不到 12 点钟，崇州市怀远古镇的根子黄喉火锅已座无虚席。

好在玉良同学提前预订，我们才得以进入雅间品味。火锅分为鸡和兔两种锅底，汤汁不辣不燥。素有怀远三绝之一的豆腐帘子，无论采用什么方式都掩饰不住它又酸又臭的本色，唯独在这锅里升华成"人间至味是清欢"的境界。

约莫一个小时光景，我们走出火锅店，又翻一轮了。秋雨仍在淅淅沥沥，进出的车辆仍络绎不绝。

一连几天，孙子孙女还念及黄喉的美味。

我带外孙游新疆

如何让孩子健康成长？要么阅读，要么旅游，身体和灵魂总要有一个在路上。外孙张越洋在念小学三年级了，旅游乃他每年的"必修课"。广东、新疆、贵州、云南、重庆等地留下了他的欢声笑语，他刚满三岁的新疆之行至今令人玩味。

小顽童出游趣事多

新和县加依村是国务院命名的"国家级非遗传承基地"和国家旅游局命名的"乡村旅游示范村"。小家伙在龟兹文化乐器展示中心转了一圈，径直走进手二乐器制作销售合作社二作室。从没碰过提琴的他，拨弹起提琴引得自治区非遗传承人肉孜·巴吾东也忍俊不禁。

不知是不是外孙生长于城市的缘故，抵达禾木村时他就哭闹着要回家。

禾木村在美丽的喀纳斯湖旁，人称"中国第一村"。禾木村是图瓦人的集中生活居住地，是仅存的三个图瓦人村落（禾木村、喀纳斯村和白哈巴村）中最远和最大的村庄，总面积3040平方公里。这里的房子全是原木搭成的，充满了原始的味道。炊烟冉冉升起形成一条梦幻般的烟雾带，宛若仙境……这对小家伙来说是个陌生提不起兴趣的地方。好说歹说不管用，我用零食转移了注意力。可一会儿他又闹开了，遂用手机让其体验儿童游戏，他这才趋于平静。

夜幕时分晚餐了，从寒冷的户外走进温馨融融的小木屋，他高兴地边吃面条边手舞足蹈。走到住宿的地方，他好奇地打量着小木屋，在床上蹦跳着哼起了歌谣，直到夜晚12时才酣然入梦。

翌日上午9点把他从睡梦中叫醒，吃过早餐他欢快地在大道上奔跑，外孙竟喜欢上这个小山村了！

此番旅途何以选择新疆呢？弟子沈明发赴疆发展廿六载，近年数次诚邀未能成行。明发来电话说："今年'活路'少，可好好陪陪我！"适逢小孙子放暑假，我便欣然前往。他从库车县来乌鲁木齐接机，小汽车开了9个小时。这次11天行程3000余公里，他邀了好友周宇轮流开。从乌鲁木齐到布尔津700余公里，中途仅在克拉玛依市停留午餐。

我们成年人面对驰骋而过的美景很容易产生审美疲劳，小朋友又是如何度过漫漫旅途的呢？

他喜欢在手机上玩"宝宝巴士"的游戏，这游戏引得他一路兴奋不已；他喜欢吃新疆麻辣牛肉、瓜子等零食，整得车厢内一片狼藉；他喜欢顺势靠在大人怀里呼呼大睡，均匀的鼾声应和着有节奏的季节。

更多的时候，小朋友得出"飞机与宝马车轮子不一样，所以飞机既可以地上开也可天上飞"的结论，嘴里不断吐出"为什么"的稚音；更多的时候，小朋友缠着我讲故事，既要听《小兔子拔萝卜》，又要擅自改变其故事情节，并争得面红耳赤……

小朋友经常唱歌，点击率最高的就是《世上只有妈妈好》《我上幼儿园》和自编的歌曲。是不是一路美景拨动了他想念爸爸妈妈老师同学那根情弦？

一路美景一路歌，心醉小孙子那酒窝窝！

地道美食的诱惑

新疆的美食绝对地道，红柳烤肉、手抓羊肉、胡辣羊蹄、大盘鸡、烤鱼、椒麻鸡、干牛肉、抓饭、拌面、烤包子等，辅之纯正的伊犁老窖，令人回味无穷。

新疆美食历史悠久、种类繁多。时间和口碑是检验美食真理的标准。小孙子不知是因零食不断还是吃不惯民族风味的缘故，无论是到乌鲁木齐、克拉玛依还是到布尔津、博乐，无论是民族风味还是川湘风味，都没啥胃口，最多吃点米饭和面条之类。

第四天傍晚我们来到了伊犁（全国唯一的既辖地级行政区，又辖县级行政区的自治州，也是全国唯一的副省级自治州。被誉为"塞外江南""中亚湿岛""花城"）。当天晚餐去的是金凯生态音乐美食城，大厅内绿色的吊顶给人以春意盎然的清新感，配有灯光和乐器的演艺吧，台上精彩的歌舞演出令小朋友开心不已！他"痴情"地欣赏起了歌舞，忘情地喝起了酸奶，怡情地啃起了红柳烤肉、咬起了肉馕、品起了拌面、吃起了抓饭，吃饱喝足后跑到演艺台情不自禁地舞了起来……歌舞翩跹，胃口自开，这后来在库尔勒市也得到了验证。

小小旅行者在旅行中对娱乐要求还是蛮高的！

高原湖泊美不胜收

有人云：水的灵魂是高山的眼睛、绿叶的心、沙漠的情人、游人的腿，湖泊、河流、山泉是大自然的杰作。

喀纳斯湖是中国唯一的北冰洋水系，位于新疆最北端的中俄边境，系中国第三大淡水湖，由冰川融水和降水形成，平均水深120米，外形呈月牙，是一个坐落在阿尔泰深山密林中的高山湖泊，被称为"神的后花园，人间仙境"。

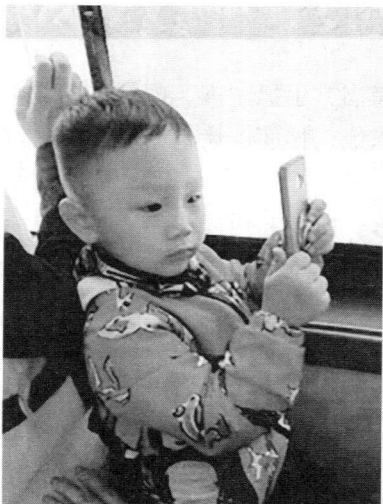

等候游船的间隙，小孙子看到湖水又不能亲近，很不耐烦地直嚷着要离开。奶蓝色的喀纳斯湖，像一位美丽的姑娘恬淡而温柔，小孙子也效仿人们，拿起手机留存美景。看得出来，小朋友心里痒痒的：要是能亲近一下湖水该有多好！

从精河县向伊犁迈进，临到赛里木湖时，道路两旁是绵延起伏的山脉。沿途都是草原，还能看到远方的雪山。赛里木湖，国家级风景名胜区，是新疆海拔最高、面积最大、风光秀丽的高山冷水湖泊。有"天使之泪"和"大西洋最后一滴眼泪"之称。湖里不走船，据说湖心有强大的磁场致船沉没。

赛里木湖美得让人窒息。走进湖边，"蓝蓝的天空，青青的湖水，绿绿的草原……"腾格尔的《天堂》犹在耳畔。湖水蓝得让人刻骨铭心，透出深邃的神秘感。小孙子忍不住将脚伸进湖水，冷得他急忙缩了回来。

大龙池地处南疆库车县境内，海拔2390米，水面2平方公里。龙池四周环山，山头白雪皑皑，终年不化，雪线以上生长着名贵中药材——雪莲。高僧玄奘西去印度取经时曾途经大龙池，在其所著的《大唐西域记》中对大龙池有生动描述。大龙池地处著名的独库公路旁，池水澄碧，池中水草丛生，微风起处恰似有游龙潜游，彰显出独特的神韵。

在大龙池午餐时，小朋友倚栏赏水静静地品味……

峡谷草原风景好

夏塔大峡谷蜿蜒曲折，到达温泉宾馆下车时，我弄醒了酣睡的孙子，他很不乐意。

这里的温泉 6 月涌水 11 月干涸，达到饮用矿泉水标准，传说可治百病。宾馆旁的夏塔河水流湍急，做向导的孙营长教小孙子在岸边捡石头掷向河里，这一下子激发了他的兴趣。

夏塔大峡谷古道是丝绸之路最为险峻的一条，是唐僧西行之路。前方的汗腾格里峰 6995 米，号称"天山之父"。水在这里果敢地变成了冰川，河水自耸立的冰川下喷薄而出，米汁色的河水勇敢地直冲河中石龟浩荡前行。

小孙子玩兴正浓时，突然刮起了凛冽的寒风，天空乌云翻滚，暴雨将至。大人将上衣脱下裹在他身上，尽管他冷得直打哆嗦，仍笑哈哈地勇敢面对，又见小酒窝！

那拉提大草原名列世界四大河谷草原之一，原野上涧溪交流、河川纵横、清泉喷涌、森林茂密，被誉为"空中草原"。"四面青山绿屏障，河流纵横水浅吟"，小孙子在溪流里忘

情玩水，激情四射。河水溅湿了衣服，那喜嘻哈哈的笑声，无不映衬出草原的宁静与祥和。

　　新疆峡谷草原因为与水的融合，呈现出一种如梦似幻又迷人的大美。

　　一程又一程的"异域"风情体验，对孙子而言不仅是感官的享受，也是心灵的陶冶，还是精神的洗礼！

阳光沉醉

今年气候反常，立春后尚未到雨水，气温飙升到了三十多摄氏度。这天气就像坐过山车似的，直接从冬季穿越到了夏季，厚衣服于是束之高阁。冷不防一雨成冬的"恶作剧"，让人们寒战战地竟然找不到御寒的衣物了。五一小长假，阳光正好，微风不燥。难得的小长假，难得的好天气，我没有结伴出游，而是在家坐等一位珍贵的客人。

客人何以珍贵？他是一个充满阳光的人。

阳光的客人是谁？吴健宏先生，香港国泰达鸣集团总裁。挚友谢小刚称他为老板、师父和导师。

吴先生散发的阳光很奇特，这阳光是长了翅膀的，不然小刚怎么会展翅翱翔呢？

小刚父亲英年早逝，母亲出走，他十四岁就当起了五个人的家长（八旬高龄的奶奶、未出嫁的二姐和年幼无知的两个弟弟）。他十七岁闯荡福建，十八岁结婚生子，十九岁谋生南下广东时，兜里仅剩两元钱了。

异乡的阳光是暗淡的。每当暮色降临，几只猫在垃圾桶旁觅食，一群脏兮兮的流浪狗四处溜达，他就要露宿街头了，有时甚至在当地人的坟坝过夜。异乡的阳光是惨淡的。每当饥寒交迫，天空的阳光发射出辽阔无边的凄凉和哀伤……突然的一天，异乡阳光和煦了。他第一次看到了这南方城市的美，被这美丽的阳光感动！他走进了深圳市观澜"国泰达鸣制品有限公司"，感受到了吴健宏总裁散发出的阳光。

吴先生对国内外加工制造业有强大的影响力，小刚有幸成为国内第一批学习车床技术的员工，他刻苦努力又爱岗敬业，深得吴先生这个公司老板的赏识。后来小刚离开公司自己创办了东莞市勇飞五金制品有限公司，因为原来的公司培育了小刚，所以小刚便将原公司亲昵地称为"母公司"。小刚创业一直受到吴先生这个业务师父的帮助，同时奋力拼搏，他又成为国内第一代高端复合机的践行者，勇飞公司展翅飞翔。如今，小刚家庭幸福，家族兴旺，勇飞团队在敢拼敢闯中健康发展。

忆往昔，小刚永生难忘。他曾在一个时期曾迷上了赌博。从2009年去香港外海赌船开始，到后来三四年时间赌遍亚洲高端赌场，他见了形形色色的人，享受了从未享受过的高档生活，欠下了2000多万的赌债，当时公司资产不足800万。为了痛忘赌博，他又开启了飙车、飞马、海泳、开海上摩托艇和飞行等极限运动模式，数次与死神擦肩而过。飞马摔下险丢性命，养伤期间，吴先生第一次参加了小刚的生日宴，令小刚唏嘘不已。离开母公司后，无论是母公司各种庆典、各类考察，还是吴先生家庭各样重要宴会，小刚都被邀请出席参加。每一次活动就是一缕阳光，给他增添了必胜的信心，让他看到了前进的方向，增加了他翱翔的力量。尤其是母公司每次庆典唱起公司成名曲《爱拼才会赢》时，他心潮澎湃，这激励着他勇往直前。企业发展壮大了，他不忘吴先生这个人生导师的引导，回报社会。小刚不忘父老乡亲，捐资助学、助力基础设施建设等，家乡传为佳话；广西大化县七百弄乡对口扶贫、助学等，社会传为美谈。

吴先生散发出的阳光很奇特，这阳光是沁人心脾的，初次相识就让人心生美好。

吴先生一行5月2日下午抵达县城，我们在城边湖畔一农家

乐见面了。

吴先生满面春风，浓眉大眼，天庭饱满，举手投足洋溢着豪放和大气。两眼深邃有光，一看就不同凡响。小刚将我与吴先生相互进行介绍，我们把手言欢。

晚霞灿烂的黄昏，清新湿润的大院。群鸟啁啾，燕子低回盘旋。微风在耳边低语，随霞光与花香轻轻飘散。

庭院慵懒，江湖已远，唯有可口的酒肉招待朋友，大家鱼贯步入餐厅。一张大大的圆桌上置有大转盘，旋转着的菜品让人目不暇接，荤素搭配得当，色彩吸引人眼球。这是每人一个小锅的自助火锅餐。

晚餐是小刚弟弟谢小强的一位朋友安排的。吴先生在主宾位落座后，主人家就发起了以酒会友的开场白。备了白酒和啤酒，白酒是当地产的哈儿酒。

小刚曾多次谈及，吴先生是一个非常能喝酒的人，从没有看到他醉过。尽管这样，小刚还是受远在香港的师娘所托，要管好吴先生的饮酒量。

桌上的食材陆续进入热气腾腾的锅中，味蕾高涨不断，可谓样样都好。

当吴先生谈及母亲是教师时，我马上提议："我们的成长离不开老师，让我们为老师情结干杯！"吴先生站起来了，大家纷纷起身，脖子一仰，杯底朝天。

介于小刚转述的"限酒令"，一杯酒按我一口闷吴先生喝一半的模式进行着。推杯换盏之间，吴先生放下了矜持，热情奔放，谈笑风生。人们那种陌生人之间的戒备、客套和敷衍荡然无存。

就餐完毕，我俩携手到大院合影留念。我微醺地拉着吴先生的手说："相见恨晚啊！"吴先生呵呵一笑："只要相见了，就不会晚！"这声音既陌生却又熟悉，仿佛阳光明晃晃地从记忆甬道照来。如此相识，就是记起，就是永不遗忘。

我邀约吴先生第二天去体验山村生活，他满脸愉悦，又犯难道："明天上午要抓紧时间哈！"原来他预订了重庆江北机场5月3日下午2:30的返程机票。最后，我们临别互道："明天不见不散！"

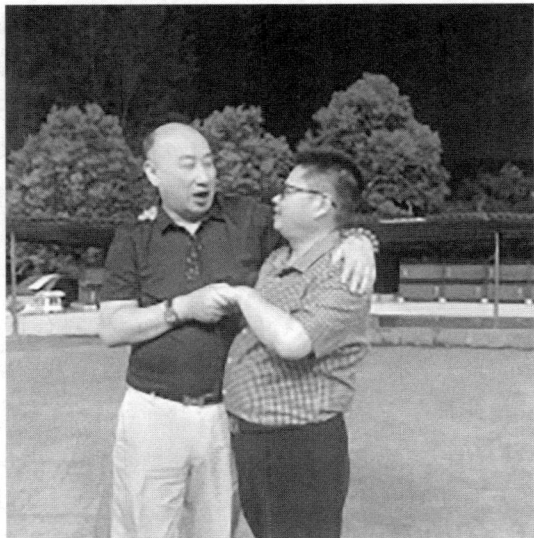

与香港国泰达鸣集团总裁吴健宏在城郊农家乐

吴先生散发出的阳光很特别，这阳光是会唱歌的，我们在交往的过程中碰撞出了动听的旋律。

5月3日吴先生起床去满园春吃过面条，我们一同向东南方向的云峰茶谷进发。途中得知吴先生将机票改签到了下午4:55。

顺着吴先生的目光，窗外禾苗清秀，风姿招展。五月的阳光洒在田野上，生机盎然。约莫二十分钟，车就到了弯弯曲曲的山乡公路。草木混杂的山野气息荡进车内，新鲜馥郁，吴先生神情为之一振。

闻着潺潺的水声，一个急转弯冲上陡坡，就来到了云峰茶谷停车场。

云峰茶谷依托万亩白茶海搞起了乡村旅游，是国家3A级旅游景区。

领着吴先生越过停车场，眼前为之一亮。两条石板镶嵌的小径蜿蜒向前。不知谁打翻了颜料桶和香水瓶，路旁的花草鲜艳欲滴，有的花涌出来漫过小石桥形成彩色的瀑布；飞来飞去的蝴蝶像纷纷扬扬的纸屑，山花野卉肆意地吐着芬芳。茶谷三面环山，茂林修竹，郁郁葱葱。右侧石径通往的建筑依山势而建，背山临水，错落有致，穿斗式的木架民宿掩映于青山绿水之中。左侧石径越过小石桥，伸向一排矮楼的深处。正面这排房主要是品茗区，左侧这排房提供餐饮地。

我们不时交流着前行，沿着左侧石径，在正面矮楼右拐弯处有一潭水，水流沉碧，波光映日。我介绍道："这是景区是有'九龙潭'之称的垫底潭。九个潭错落有致，直径在 1.3 米至 2 米不等，潭深 1 米至 6 米。"顿了顿，我指着潭的源头方向说："上面还有八个潭，沿潭边拾级而上，一道道竹溪景观曲折婉转，令人一咏三叹。长达 2000 米的竹溪林间石径，静静地向人们诉说着云峰茶谷的前世今生。"吴先生表现出了浓厚的兴致。

简短介绍完毕，我跟景区廖总说了几句话，转身不见了吴先生踪影。手搭凉棚向上望，在潭边竹林和茶树遮掩的石径上，最前面的他健步如飞。

我连忙追赶上去，气喘吁吁地走到他身前当起了导游。

弯弯的石径格外幽深，清脆的鸟鸣彰显了林间的静谧。热情的阳光似鸟的歌声渗透四野，穿过浓密的竹叶，筛落下了细细的光斑，像风吹蒲公英绒球落下的一柄柄降落伞一般，轻盈地落在地上，落在我们身上，似乎要让热情的阳光在地上生根发芽，在吴先生身上融合生长。

游遍名山大川的吴先生，竟然也喜欢上了这个茶谷。攀谈得知，吴先生 1961 年出生于福建晋江的山村，1972 年随母亲去香港与父亲团聚定居。这里的一山一水、一草一木，让他不禁遥想童年，遥寄乡情。

走过九个潭水的石径，空气中散发着茶叶味、青草味、苔藓味和竹木的气息。吴先生随口吟诵道："泉从石出清且冽，茶自峰生味更圆。"

到达梭梭滩，碧水倒映晴天丽日，产生"白云千载空悠悠"的奇妙意境。丛丛野菜扎根溪水边，与清风明月为邻，与竹茶花鸟为伴。吴先生啧啧赞叹："只要有阳光照耀的地方，就会有好菜生长、飘香。这野菜没有污染不说，肯定吸足了溪水矿物质的营养，就跟强身的中草药差不多！"

微风和溪水偷听了我们的秘密，想把一切都带走，却被阳光截留了下来，分别送去了茶房和厨房。

茶房里的玻璃杯洗得的确干净，杯里的白茶慢慢舒展，缓缓沉底，似一个个含苞待放的花朵即将在水中绽放。杯中蹿出的浓烈清香已经穿透了大家的鼻腔黏膜，激活了我们的味觉神经。吴先生端起茶不禁感慨道："新芽采天地之灵气，汲日月之精华，

与香港国泰达鸣集团总裁吴健宏（右四）在云峰茶谷

将春天阳光的味道浓缩在茶香里了！"

午饭时分了，餐桌上的酒菜分明就是满满的阳光味道。如果说鸡鸭鱼土猪腊肉体现的是原生态，那这几盘野菜则是大自然的馈赠。

清代戏剧家李渔曾言，食物的美在于清新、自然、洁净。当山萝卜、狗牙巴、苦菜等野菜走上餐桌时，吴先生的眼睛笑成了豆角。野菜清香，叶子青翠，油光闪烁。吴先生一脸阳光地说："我舌尖上已涸出那种大快朵颐的胃口来了。"他搛了几片菜叶在嘴里，兴奋不已："吃这菜有一种怀旧的感觉，只是岁月已老，那味道仿佛还在，但确也沧海桑田。"闻言，大家举箸夹菜，一时响起了牙齿和舌头欢快配合的轻快节奏。

是啊，《圣经》记载，最初上帝对人类一开口，说的关于食物的话是："我将遍地上一切结种子的菜蔬和一切树上所结有核的果子全赐给你们作食物。"奥维德在《变形记》开篇也说的是关于人的食物源："四季常春，西风送暖，轻拂着天生自长的花草。土地不需耕种就生出了丰饶的五谷，田亩也不必轮息就长出一片白茫茫、沉甸甸的麦穗。"由此表明天地初始时，神是圣明的，人是素洁的，仅果蔬、粮食就足为人类之美味了。吴先生品野菜，忆起的是物质匮乏的童年，念起的是故里的乡土气息，荡起的是永不忘本的情怀。

有道是，作诗少词意不佳，有菜无酒味难寻。老表吴长汉捧出了自己酿制的"佳欣"牌雪梨醇，吴先生举杯轻嗅一番，小啜一口，满脸的灿烂："这哪里是酒啊，分明就是梨园一夏的阳光！"那阳光的味道仿佛在舌尖打旋儿，进喉入肠，奔跑全身，整个世界也随之变得美好无限。吴先生向老表竖起了大拇指，得知与老表同宗同龄，相互留下了联系方式。

吴先生就要离开云峰茶谷了，热情的阳光很大方，均匀地照着静静的山谷里，照着怒放的花朵，照着依依不舍的我们，照着阳光四射的吴先生。突然，我感到一阵幸福的晕眩：吴先生散发的阳光是那么令人沉醉……

　　吴先生的车绝尘而去，留下了沉沉的思索。尽管现在季节有些反常，却改变不了亘古规律。春生夏长，秋收冬藏，节气时令谱写了乡土生活的内在韵律。吴先生散发的阳光，化解的疾苦，克服的困难，战胜的挫折……已成为时间的沉积岩，包上了岁月的浆。然而，他热爱阳光，为人阳光，予人阳光，年复一年，一直如斯。热爱生活的吴先生有一颗慈善的心。据不完全统计，吴先生家族向社会捐款上千万元。

　　明天就是立夏了，吴先生散发的阳光将更加热烈，温暖着众多在人世苦苦跋涉者的心。

故乡河畔的杨柳

每当想起故乡河畔的杨柳，渐失色彩的记忆如同雨后春草尖上的露珠又鲜活起来了。

那年乍暖还寒之时，我与她邂逅于御临河畔那条杨柳小路。

远处明月山隐约可见的残雪覆盖着早春的踪迹，迎面的河风挟裹着潮湿的气息。杨柳树下的野草还在半梦半醒间沉默，杨柳的枝条已相思发芽，鹅黄的"媚眼"缀满枝头。

柳梢绿了，柳絮飞了……蜿蜒在杨柳树下的石板小路清清亮亮、幽幽静静，承载了我们数不清的河岸徘徊。

杨柳树如烟似雾，河流声像碎玉溅落，空气甜润起来了。她柳叶眉毛下面的眼睛，黑葡萄似的漾着水亮的光。

春天是首诗，杨柳是平平仄仄的韵律。春雨蒙蒙，杨柳焕发出了迷人光彩，似乎在对着河水这面镜子梳理秀发，又似乎在轻吻流水。河水清澈见底，鹅卵石静静地躺着，鱼儿成双成对地来回嬉戏。

我们徜徉于杨柳小路，她迎面而来风拂杨柳的样子令人陶醉，我不时也生出离别的隐忧。

杨柳，这个优美动人、缠绵多情的意象，最初出现于《诗·小雅·采薇》"昔我往矣，杨柳依依"，此句被称为《诗经》300篇中最佳诗句之一。当初离家出征的时候，心里是悲伤的，却用杨柳春风这样的明媚春光来反衬。以柳传情，缠绵悱恻，杨柳的依依不舍之态和人们依依惜别之情水乳交融。从《诗经》这个源头开始，蕴含离别之意成了杨柳意象最本质的艺术特征。加上"柳"与"留"的谐音，古人就有了离别折柳相送的习俗。

莫名的烦恼如夏天的杨柳，越来越芜杂茂盛。伴随一场暴雨，烦恼如杨柳绿瀑般倾泻了。她要去远方了，惜别的话语像不知名的小鸟在河里浅浅掠水而过，她那眼里漾着水亮的光渐渐熄灭，整个世界都黯然了……

她走了，杨柳小路的空气沉闷得令人发慌；她走了，杨柳小路上一个"爱"字就都还没有出口；她走了，杨柳小路上空无一人，只有夏日的阳光轰然浇下，似乎这条杨柳路上什么都不曾发生过。

在一个雨凉如酒的夜晚，我提着半壶人约黄昏后的美酒，行在杨柳小路上，浅酌独饮。雨停了，月亮皎洁了。醉眼蒙眬中，"今宵酒醒何处？杨柳岸，晓风残月"这段词，好像是柳永千年前为我今夜而作一般。杨柳小路那晚的月亮像杨柳一样柔软，但再柔软的月光也没照耀到心灵深处那隐隐的失落和刻骨铭心的忧伤。御临河水浅唱着古老的歌谣，将我涌动着的失落和忧伤送去了遥远的地方——那个地方叫记忆。

人生如梦，似水流年，人事已非。只有那条静卧的杨柳小路，老眼厌看南北路，流年暗换往来人。那条杨柳小路时而怀旧，散发出的缕缕温情寸寸暖心。那场杨柳小路的邂逅，似梦境一般不真实，可又真真切切历练过。那场邂逅不存在谁辜负谁，只是两颗纯洁而年轻的心灵火热碰撞，惊艳了那段时光，留下了人世间的美好记忆。

在糯软的春风里，我又怀想起了故乡河畔的杨柳。

竹海采风记

　　自然界每天都是新的。芒种节气刚过的周六上午，我随同达州市科普作家协会团队走进了大竹县五峰山。

　　五峰山，是国家 4A 级旅游景区、国家森林公园。竹林绵延起伏，宛若清风碧浪的绿色海洋，或许是为了区别于蜀南竹海，游客美其名曰"川东竹海"。景区管理委员会负责人王勋平担任了采风活动的"导游"。

　　我们从老大门停车场步入游步道时，竹林中弥漫着蒙蒙的细雾。不知谁冒了句"这个天气适合作诗"，激起了一行人的诗情。

　　竹海以前种的主要是白夹竹，20 世纪 60 年代来的重庆知青开始栽种楠竹，核心景区已发展到 876 公顷。这是一片青春林，默默守护着少男少女的秘密，将曾经的浅笑和泪水封存于没有年轮的空荡心里。而那些毛茸茸的细节，挺拔出了新秀的华章。林里的每一棵竹就是一首诗。

　　"楠竹拱出土到成竹仅需两个月，生长快的每天可达 60 厘米，投缘的话，还能听到'咔咔'的拔节声！"导游的讲述引得人们一脸愕然。

　　竹海有个传说：一小孩玩累了，把帽子挂在竹笋上，坐在旁边打个盹，醒来帽子升高一大截，跳着都取不到帽子。看来，这不是传说的缥缈，而是科学的光泽。

　　这条游步道旁的林子，曾作为《十面埋伏》备选的拍摄现场，中央电视台《美丽中国乡村行》和《百年百城》栏目组曾在此驻足，向全国的观众朋友展示竹海的美丽。

行进间，老天爷偷偷下起雨来。有人抱怨："天气预报明明说的是下午才有雨，怎么上午就下起来了！"又有人回应："有可能竹海下雨，外面朗朗晴空呢。"毛毛雨形成的雾色抵挡不了照相机长长短短的镜头，扑灭不了自拍杆高高低低的激情。

走到林间置有石桌石凳的地方，导游一句"你们去找找哪节竹筒里有酒"，在趋于平静的队伍里掀起了波澜。

寻酒的间隙，导游对竹筒酒进行了科普：不是所有的竹子都适合种竹酒，竹嫩容易"大醉"而停止生长，竹老营养过于丰富，向阳竹酒挥发得快，合适的竹也以种 1—2 节为宜。

"笃笃"的敲竹声传来，人们雀跃起来，找到种酒的竹节了！"导游"用备好的小电钻在竹节的最上端钻个小孔，然后在最下端钻孔，科普作协常务副主席舒官文急急捧着玻璃器皿恭候。"导游"在钻出的小孔里插进管子，柠檬黄的液体徐徐流入玻璃器皿，竹香和着酒香四溢。"导游"提醒大家，60 度白酒植入竹节，3—5 天取出最适宜，1 个月后就像喝醪糟水，再往后就挥发殆尽了，市场上的竹筒酒大多是在误导消费者。

鲜竹内膜富含竹衣、竹茹、哈多糖、赖氨酸和多种微量元素，将精酿的白酒灌入竹节，只要彻底地融合，傲竹的傲骨就泡出了美酒的底色。一行人将酒凑近鼻孔，小啜一口，嘴唇上下轻碰，直呼"好酒"。

林间滴滴答答，烟雨满山。晶莹剔透的美酒浸入心田，如痴如醉，时针似乎也停止了转动……

清风过耳，大家回到现实，冒雨拾级而上。快抵达观光车道时，导游指着游步道旁的负氧离子监测仪，又不忘科普一番：

"目前这里每立方厘米有 8850 余个负氧离子，是城里的几十倍、上百倍，雨后可达数万个。负氧离子，是指获得多余电子而

带负电荷的氧气离子，在医学界享有‘空气维生素’‘长寿素’等美称，雨水与空气撞击很容易产生负氧离子。”

雨击水凼中，一点一个泡。导游发出通知，天公不作美，会峰楼和千年红豆杉两条采风线路取消，只能乘车观赏了。

车子在“竹王”标牌的楠竹旁停了下来，大家纷纷拍照留念。胸径超过20厘米的楠竹实属罕见，尽管生长在繁华的观光车道旁，想必竹王也盼望游人来与它亲密接触吧。

车子行驶到《竹海赋》景点时，大家不经意朝负氧离子监测仪一瞥，惊叹声此起彼伏，每立方厘米的负氧离子高达327660个。我没有醉氧的生理反应，只有醉氧的心理反应。恨不得在体内装个压缩机，排尽浊湿之气，将沁人心脾的空气存储起来。

竹海逢雨，赏景怡情环境受限，户外合影不便，“导游”遂带我们体验美食。

农家乐地处竹海新接待中心旁，老板夫妻俩忙得不亦乐乎。丈夫专注烹调颠勺，妻子张罗待客跑堂。一袋烟工夫，餐桌上腾腾的热气拧成一股绳儿，挟裹着久违的香气，直往鼻孔里塞。这是竹笋炖土鸡，是“导游”打了招呼早早地下了锅的。我也跟着大家舀汤入肚，五脏六腑稳稳地熨帖。

竹海为餐桌提供了天然、丰富、多样的食材，竹笋炖猪蹄、竹毛肚炒蛋、炝炒竹胎盘、清炒绞股蓝……陆续上桌。几个人用手机忠实记录着每道菜品。这美味好像在浑然不觉中会连舌根一起被吞掉。“人类最有创造性的，当推厨师。”美国管理学家杰罗尔德这句话，道出了桌上每个人的心声。吃到“竹胎儿”这道菜时，作家们严肃起来了：这么血腥的菜名很不好！短暂酝酿，共同“决议”：将“竹胎儿”更名为“竹宝宝”！

大家认真吃尽了桌上每道菜，就像文艺青年一口气读完了《唐诗三百首》。

透着浓浓竹海风味的午餐，让我们吃出了童年的味道，寻到

了乡野的岁月，感悟了竹海的美好。

天气也是生活的一种，采风竹海逢雨：有雨的烦恼，更多是雨的乐趣和雨的收获。

雨停了，来自竹海的阵阵微风催着我们去接待中心合影留念，催着我们各自返程。空气中蠕动着一团黏稠的气息，这是竹海的清新和文风的清新，风无论如何用力，都吹不走这清新的气息。

茶韵悠然

　　四川大竹县因竹多竹大而得名，三山两槽的地理特征造就了其物华天宝。竹林翠翠覆丘峦，茶海青青溢满山。三山两槽弥漫着幽幽的蕙兰茶香，嗅着茶香踪迹，源头在县城东湖旁的七莲花茶舍。

　　七莲花茶舍门匾上，中国书法家协会理事杨中良先生题写的"七莲花"三个金黄色大字龙飞凤舞，门旁丛丛茶树翠竹相映成趣，让来人进入了"竹有清光之影，茶可疏寂空灵"的美好意境。

　　说起七莲花茶舍，不得不提到王小敏夫妇。

江畔沉思

　　王小敏夫妇生活在大竹县城，节假日居住山城重庆。一个周末去了长江江边一茶舍，煮一壶茶，在热闹烦琐的世界里体验了返璞归真的诗意栖居。

　　茶舍给了王小敏夫妇强烈的震撼。现在大多数茶馆与娱乐结合，棋牌、足道、卡拉 Ok 等，背离了茶文化宗旨，一定程度损毁了茶文化形象。而这家茶舍呈现的是一种细腻与清新、古典与现代融合的文化氛围。

　　王小敏的丈夫何坤是大竹县旅游协会会长、大竹县优秀民营企业家。他们心中一直有个遗憾：随着旅游业的迅猛发展，大竹缺少一个品牌茶舍。现代人面对与日俱增的工作和生活压力，需要释放压抑，需要修身养性，需要茶文化的熏陶！

他们萌动了在大竹开设品牌茶舍的念头。取什么店名呢？何坤冥思苦想着。一个夜晚何坤在睡意蒙眬中想到了"步步莲花"的典故：相传佛祖释迦出生时，在地上走了七步，步步生莲。莲有佛性，所以世间百花中，"莲"是唯一能花、果、种子并存的植物。在禅宗中，它象征释迦"法身、报身、应身"三身同驻。以圣洁的莲花喻佛，其意为"菩萨""观音"在生死烦恼中出生，而不为生死烦恼干扰。他的灵感一下子呈现，茶舍何不叫"七莲花"呢？"七莲花"的"七"字代表分寸的把握，正所谓满招损谦受益，茶倒七分满，留下三分是情意……莲花寓意着清净高雅，又有吉祥丰兴的预兆，有着和茶相似的品格，所以七莲花茶舍象征着莲花与茶道的完美结合。

他兴奋不已，唤醒熟睡的妻子述说了自己想法，困倦的妻子睡意全消，禁不住拍手叫绝，唯恐遗忘忙起身郑重记下。

店名有了，开茶舍须专业人做专业事。王小敏想到了闺蜜陈琴玲。

茶山困惑

陈琴玲的青春是在福建打拼的，2000 年一个偶然机会，她与茶结下不解之缘。

"读万卷书不如行万里路，行万里路不如名师指路。"她访遍了各大名茶茶山，跟随了茶界名师学习茶的制作与品评。生活的艰辛里富有诗意，终于，陈琴玲成为国家级高级茶艺师。

十余年漫漫习茶路，她发现了茶产业的发展困境：茶品牌不适应人们的需求，茶馆数量多能带来精神享受的寥若晨星，茶这

一国饮年轻人不买账等，究其原因是茶文化缺失。

大竹白茶源于浙江安吉，而茶竹之缘值得玩味。大竹县是全国唯一以竹命名的县，此地生长的白茶氨基酸含量高达 11%（一般仅 4% 左右），散发出浓郁的蕙兰香味。竹乡独特的生态环境孕育了茶坛新秀——大竹白茶。但大竹白茶处在深闺人未识，何故？茶文化无创意。

中国茶文化源远流长，巴蜀是中国茶业和茶文化的摇篮。茶文化是构建茶品牌之魂，茶文化让茶品牌更具持久性和深远性。

一个国家级高级茶艺师的使命感促使陈琴玲返乡发展品牌茶舍，刚产生的念头如旷野中旺旺的柴火遇到暴雨忽地噤了声。开设茶舍千头万绪，凭自己单打独斗谈何容易？

2016 年岁末，当闺蜜王小敏告之一同开设茶舍的打算时，她简直不敢相信自己的耳朵，喜出望外地急急踏上返乡的征途。

茶舍悠然

茶，经过几千年的沉淀已成为抚慰心灵的神奇之物。茶舍就这样成了人们重要的精神家园。

走进七莲花茶舍，流淌着的舒缓乐声让你不知今夕是何年，小啜一口香茗，沉浸在听觉、视觉和味觉三重感官的缥缈境地，刹那间走向了诗与远方。中央电视台《芝麻开门》栏目主持人慕名体验，流连忘返。这里是茶文化交流中心！这里是茶文化传统与创新的平台！这里是茶文化轻松而有底蕴走入当代生活的空间！

茶器是茶文化的重要载体。茶器创意是七莲花茶舍的重要特色。茶舍打破传统文化，融入现代人的审美观，茶器融实用、装饰和艺术于一体。茶杯定制于景德镇，手绘的青花瓷茶杯上的字画没有一个是雷同的，各有韵味。小小茶杯盛装着世界的宁静，轻轻一吹，荡开了一片广阔的天地。竹茶盘是茶具中富有涵养和度量的君子，以竹纹、竹节象征着高昂气质。尤其是那精致的竹茶席，渲染了茶清纯、幽雅、质朴的气质，竹染茶色，茶借竹幽，相得益彰。

七莲花茶舍在传统文化的土壤下，用文化创意不断打破行业之间的边界，赋予茶舍满足现代人物质和精神方面的追求的内涵和价值。茶舍有文人的风雅，有市民的闲情逸致，有商贾的幽静接洽……林林总总，不一而足。

如何将茶舍和茶产业有机结合起来？利用茶舍更多地与茶企、茶客互动，更多地与百姓大众互动，创新了茶舍推广大竹白茶的新方式，开拓了茶舍走向整个茶产业的新局面，开启了茶舍步入更广阔天地的新征程。

七莲花茶舍的茶艺走出大竹，走进博览会，走进名师大家，走进香港，宣传大竹白茶茶文化，受到了时任省委书记、省人大常委会主任彭清华等领导的肯定。参与了大竹白茶申请国家地理标志保护产品评审会，娴熟的茶艺展示令专家们叹为观止。

七莲花茶舍在文化创意道路上将目光投向了名茶的原乡。陈琴玲带领团队成员深入名茶产地，与种茶人交流，学习采制机制，这极大地提高了服务人员的综合水平。引回了知名品牌茶，通过创意茶产品提升消费者与茶文化的互动。引进了古树茶、水仙、肉桂等一批名优茶树种，在弘扬创新茶文化领域进行了大胆尝试。

七莲花茶舍茶文化创意注重与活动相结合。茶文化成为一种生活方式走进千家万户。每月举办科学健康饮茶品鉴会，通过茶知识的科普引导健康品质生活。在情人节、妇女节、劳动节、重阳节等不同节日推出主题活动或优惠活动，在潜移默化中向消费者传播茶文化。茶舍成立三年来，举办活动200余场，参与人数8000余人次。不仅仅吸引了年轻人体验茶文化，还让五岁的小朋

友从小就感受了国粹的博大精深。特别是让年轻人在愉悦中完成了品茶到悟茶的升华，进而体会到茶为国饮的真谛与内涵。吸引了更多的年轻人了解茶，更多的年轻人参与茶，更多的年轻人品评茶，促进了茶舍品料、品质和品位提升。茶客熙熙雅而不俗，茶客攘攘优雅交往。

七莲花茶舍茶文化创意巧打旅游牌。茶舍拥有研学基地200亩，让学生能够动手动脑研究学习，今年2月县教育科技局批准为"中小学生研学实践基地"。同时，茶舍与白茶生产企业合作，发展"白茶休闲体验园"，从采茶、制茶、品茶等环节深挖体验活动的茶文化。茶文化与旅游结合，使深厚的茶文化得到创新，提升了大竹白茶的附加值，促进了大竹白茶产业的迅猛发展。

茶韵绵长

如果说茶舍经营的是文化，那么茶舍需要的就是品牌。

历时三年，七莲花茶舍商标注册终获国家工商总局批准，于七莲花茶舍品牌建设具有里程碑意义。

流火七月。七莲花茶舍连锁店在北城开业了，如火如荼的茶舍产业透着夏日的丝丝清凉，标志着茶舍品牌日臻成熟。

如何既能满足老客户又能发展新客户？茶舍在企业管理和产品研发方面又有了新谋划。

七莲花茶舍不断发展壮大，新培育了初中级茶艺师15名，致力打造茶舍精品。他们将秉承"茶人精神"，立足大竹，辐射全国，让七莲花茶舍走入寻常百姓生活，让大竹白茶走出四川、走向世界！

七莲花茶舍氤氲着茶韵的淡雅，袅袅着人生的诗意。无论时光如何变迁，在喧嚣的世界里我们心中一片清澈。

梦里米易

米易县，有诗云"取一米阳光，把米易煨成故乡；将陌生煮熟，恍若出生地；预约一生的阳光，就去米易"。

米易，像一个望族女子，虽然繁华事散，但气质犹在，骨子里那份端庄与雍容宛如一曲流淌的歌，仿佛走进了梦里水乡。

米易的气质在水。清代《宁河渔唱》至今脍炙人口：

> 一蓑一笠一渔舟，若水烟波任去留。
> 杨柳堤边歌韵起，芦花岸上笛声悠。
> 唱残旧曲惊鱼梦，听罢新腔遣客愁。
> 去怪滩高人不见，乘风又过白苇洲。

安宁河畔，蓑笠渔舟，烟波杨柳，芦花笛声，胜似江南。

春秋代序，斗转星移。米易县城日趋完善"花园县城、公园城市、康养基地"的定位，正以"阳光、运动、休闲、度假、康养"的主题奏出现代城市的交响曲。县城让水穿越得神采飞扬，好一个"水在城中，城在山中"。

米易的风骨在山。自古以来，龙肘山下幅员 2000 余平方公里的米易境内层峦叠嶂、流水汤汤。龙肘山半山腰的新山"藏在深闺人未识"。龙肘山最高峰 3586 米，县城安宁河畔海拔 1080 米，新山正好处于山顶与河谷的中部，海拔 1500—3000 米之间。

新山的梯田惊世绝俗。最为有名的云南元阳和广西龙胜梯田属低海拔梯田，而新山梯田依山盘旋，是登上最高峰的云梯，是傈僳同胞的鬼斧神工。层层叠叠的梯田，高高低低的山梁，隐隐汩汩的山泉，疏疏落落的村舍，起起伏伏的云海，恰似世外桃源。

那些热情好客的傈僳同胞，载歌载舞，此地无不洋溢着他们的幸福生活：枕青山而入梦，听绿水而安眠，住的是千脚屋，穿的是绣花裙，喝的是山泉水，吃的是原生态……

米易的热情在吃。米易铜火锅吃的就是一种文化，品的就是一种感情。米易铜火锅以"造型美、味道美、次序美、色彩美"吸引八方来客，历经岁月沧桑依旧保持着一种质朴和自然，浑身散发着历史的厚重。大家团锅而坐，繁华盛世的感触油然而生……

盛世盛会是我国的传统，四川省第七届乡村文化旅游节冬季版虽然短暂，嘉宾们铭记在心的是：新时代的安宁河，不仅仅是"渔唱"，而是"人与自然大合唱"！

后记

米易旅游启示录

米易旅游节会过去快满一周了，其大旅游格局折腾得我不吐不快。

"温度、湿度、高度、优产度、洁净度、绿化度"六度的完美结合，造就了米易"一山分四季，十里不同天"的立体气候。这得天独厚的康养胜地，成就了海内外"春赏花、夏避暑、秋品果、冬暖阳"的康养休闲度假旅游目的地。

温度：年均日照 2700 小时，年均气温 20℃，全年无霜期达 300 天以上。湿度：年均相对湿度 65%，年均降雨量 1100 毫米左右。高度：海拔 980 米至 3586 米，县城海拔 1080 米。优产度：蔬菜 30 余种，水果 20 余种，"三品一标"特色农产品 46 个，是国家"南菜北运"基地，国家现代农业示范区。洁净度：空气质量 99%，PM2.5 长期保持在 20ug/ 立方米以下。绿化度：森林覆盖率 62%，人均公共绿地 10 平方米，是名副其实的森林氧吧。

徜徉风光旖旎滨河长廊，探访颛顼故里。"沐米易时光，游康养胜地"，让时光停留；"孝敬爸妈，请带到攀枝花，最好在米易安个家"，让孝心永驻。

米易共 12 个乡镇，有汉、彝、傈僳等 26 个民族 22 万人，节会活动后预计来米易过冬的老人有近 5 万。

米易旅游对大竹旅游的启示主要有三：

一是大旅游。旅游业被县委、县政府确立为"十三五"时期大竹支柱产业。旅游业不仅仅是旅游局的事，需要改变部门之间"各吹各的号，各唱各的调"这种分散局面，要加强协作形成活力。

二是大规划。大竹县"十三五"旅游规划财政控制价 8.5 万元，数次挂网无人问津，这样价格控制下的规划很难说有很高的价值。乡村旅游蓬勃发展，部分业主亏空严重，究其原因：均无规划，连策划都没有。大竹乡村旅游规划迫在眉睫。省政府明文规定全省旅游业发展非禁即入，大竹旅游业要引进社会资本，首要前提是搞好旅游项目策划（规划）包装。

三是大宣传。大竹旅游形象口号有待再征集，"千年大竹三大美，竹海古镇温泉水"稍有味道，但如此传谁知"古镇"与"哈儿"的关系呢？一部电视剧《哈儿师长》(哈儿师长原型乃抗日将领范绍增，小名"哈儿"，系大竹县清河镇人）让"哈儿"名扬中外，业界朋友纷纷说他可是大竹旅游的无价之宝啊！

2016 年 12 月 9 日于竹城

乡城，远方的家

　　10 月中旬，由四川省旅游发展委员会、四川省委农村工作委员会、四川省农业厅、四川省旅游协会、甘孜州人民政府等单位共同主办的四川省第八届乡村文化旅游节（秋季）暨乡城县首届白色灌礼节在甘孜州乡城县举行。

　　本届乡村文化旅游节是乡城县承办的一次高规格、隆重的旅游盛会，也是甘孜州首次举办的省级乡村文化旅游节会。乡城位于川、滇、藏旅游区域的腹心位置，地处香格里拉生态旅游圈腹地，东临稻城亚丁，南与香格里拉市接壤，距离亚丁机场仅 100 公里，距离香格里拉机场 200 公里，被亚丁神山、梅里雪山、格聂神山如“品”字结构环绕，地理区位优越。乡城的生态环境、本土文化保持完好，这里的原生态、原文化和原住民共同构成了旅游竞相发展中的一片净土。人迹罕至的尼丁峡谷和查呈沟是探秘者的向往之地，特色浓郁的田园村落是休养生息的理想之所，沿袭千年的天浴文化能触摸到流逝的古老时光，佛缘深厚的菩提佛珠述说着这片土地的神秘，被称为“香格里拉之源”的乡城县荟萃了藏区自然和人文景观的经典。

　　以“田园白藏房·净土香巴拉”为主题，乡城县策划了“六大主题活动”和“四大配套活动”。通过开展系列活动，撩开乡城这座人间天堂的面纱，全方位展示了宁静原始的香巴拉部落。

　　达州市旅游局陈谋局长感慨道：“乡城县这次节会活动让人

震撼！主题鲜明，匠心独具，令人耳目一新！"

寻找"康巴江南"的灵魂

香巴拉——乡城，藏语意为"手中的佛珠"，地处川、滇、藏二省一自治区结合部，"中国大香格里拉生态旅游区"核心腹地，素有"康巴江南"的美称。

乡城曾经是众多游客的过往之地，人们并不愿驻足停留。"康巴江南"名不副实？非也！亚丁神山、梅里雪山、格聂神山如"品"字结构，将乡城环抱其中，而乡城独享平均 2800 米的低海拔和平均 12℃ 舒适的高原气候。如此守着富饶的"贫穷"，何故？过去的乡城缺少旅游"灵魂"的挖掘。

没有灵魂的旅游能走多远？文化是旅游的灵魂，有"康巴江南"美称的乡城旅游灵魂是什么呢？《乡城县白藏房保护与传承研讨会》似有所获。

西藏自治区建筑设计研究院总建筑师木雅·曲吉建才一语道破天机：乡城白藏房建筑风格、建筑特点、建筑艺术在世界木架结构的建筑群中都是非常令人震撼的，白藏房创造了乡城藏家文化，具备申报世界文化遗产的条件。

白藏房的特别之处在于，它是用乡城山上特有的阿嘎土拌水搅成白色土浆，盛于茶壶等器具里，从墙头慢慢浇下，直到变白的。白藏房既有防风雨侵蚀和美观的功效，还有点一千盏酥油灯和诵一千道平安经的功德。省旅游发展委的指导下，四川省第八届乡村文化旅游节暨首届乡城县白色灌礼节应运而生。

节会主题中"田园白藏房"不仅仅是乡城"休闲度假旅游目的地"对外的身份标志，更重要的是担当着推动乡城旅游由过境地向旅游目的地转变、由单纯观景型向观光休闲度假型转变的使命。

　　如自然生长一般，伫立在辽阔乡城大地上的白色藏房，远看如一颗颗洒落在人间的珍珠，展现了乡城人民特别而超凡的建筑审美情趣。在大力发展高端定制化民宿中，诚如四川省建筑设计研究院副总建筑师柴铁锋总结的那样：注重了外观与实用相结合，坚持了外部特色化、内部现代化，现代化后时尚化，细节再兼顾特色化的路子。

　　乡城白色藏房不仅仅继承了传统的构造与分层，还特别讲究室内装饰。既注重了室内宽敞、明亮和朝向等，又注重了局部细节。比如水缸柜、藏碗柜等处精雕细琢，力求精练优美。白藏房的每一处装饰都是精美绝伦的艺术作品，倾注了乡城藏家人对家的所有情结。

　　乡城的民宿逐渐让游客络绎不绝，"康巴江南"的灵魂化作乡愁缕缕入梦。

乡城旅游节会印象

　　四川省第八届乡村文化旅游节（秋季）暨乡城县首届白色灌礼节落幕了，同行人员惊叹："全县 3.3 万人办出了这么高规格的节会，我们应该好好学习其成功经验。"

　　乡城多彩的旅游节会活动给人以良好的形象力、精彩的视觉冲击力、强烈的心灵震撼力，展示了乡城，宣传了乡城，活跃了乡城。

　　窗口效应，展示乡城新形象。

　　志愿者兰卡更玛服务达州客人，事无巨细，无微不至。乡城县委书记曹建奎的晚宴祝词让乡城成了远方的家，宴会是地方特色自助餐，甘孜州各县市领导陪同客人圆桌席坐其乐融融。荷枪实弹的警察肃立，脸上绽放服务人民的笑容……每个细节无不显现乡城新形象。

气质效应，弘扬乡城新魅力。

　　旅游节会是乡城特色文化发掘和弘扬的过程，也是乡城城市精神的提炼和弘扬过程。旅游节会拼的不仅仅是"颜值"，还是"气质"。为了挖掘文化气质，举办的乡城县白藏房与传承研讨会理论成果累累，策划的大型实景舞台剧《梦中的香巴拉》惊艳八方来客。实景剧是乡城县委、县政府为"四川省第八届乡村文化旅游节暨乡城县首届白色灌礼节"特别准备的。该剧编排仅两个月，138 名演员均在乡城招募，群众演员均是乡城县青德镇的村民，所有的音乐都挖掘自乡城的民间音乐。此情景剧让乡城人来演绎乡城的文化，展现香巴拉乡城的历史传说、风俗民情、宗教文化生活和田园农耕的幸福生活。该剧共分序幕、菩提缘、白色灌礼、婚礼、收获五个部分，展现了香巴拉乡城深厚的菩提文化注入具有乡城特色的锅庄文化、山歌文化、农耕文化，精心挖掘乡城的笑宴文化、白色灌礼、婚俗文化、刀舞、蒙乖节等本土文化，是一场精心打造的民族文化盛宴。

　　回头效应，追寻乡城新卖点。

　　乡城的最大卖点是什么？"那就是蓝天白云，高原风光！"大家若有所思。

　　是的，锦绣般的田园，仙居似的藏房，令人流连。那去大棚、去地膜、去化肥、去农药的果蔬，齿留清香。节会活动所在的青德镇原住民心灵纯净，热情好客，守望着夜不闭户幸福生活的这片净土。

　　白云飘逸、翠绿如画的 5000 平方公里乡城，荟萃了藏区自然和人文景观的经典。乡城，远方的家！

补记

美景属于赶路人

为了赶上四川省第八届乡村文化旅游节（秋季）暨乡城县首届白色灌礼节，我从大竹县城黎明出发昼夜兼程迎来了乡城的第一抹晨曦，苦点儿累点儿心也释然！

乡城县毗邻稻城，接壤香格里拉。嘉宾活动 12 日晚结束，第二天凌晨 5 点启程返竹。大竹距乡城约 1300 公里，未去两个著名景点大家隐隐有种遗憾。

沿途高原风光令人心醉（来乡城时在黑夜中穿行），出于远途和安全的考虑，我要求同行人员仅在观景台处停留 1—2 分钟。近乎苛刻的约束发出后，又禁不住暗暗自责。

我们于 14 日早晨 6 点返竹，回顾此行感慨良多。美丽的高原风光没有错，是错觉在误导人。旅行不要因为美丽的风景停下脚步，再华丽绚烂的风景也只是路过。太深的流连是一种羁绊，会让我们错过更好的风景。美景欣赏要多角度，不经意地回头一瞥，兴许能看到正面无法看到的风光。旅途无法穷尽所有景色，我们是路人，是过客，那些美景不属于我们，要有人在画中的洒脱与淡然……路有多远，心知道。将阳光和风雨都收进背后的行囊，最宜人的风景在路上！

2017 年 10 月 15 日于竹城

小酌古井洞藏酒

"洞藏"二字，是一个带有神秘色彩的诱惑所在。"洞中方一日，世上已千年。"古人千年前留下的这句话愈发让洞窟之魅生姿逶迤、梦幻迭生。

古井洞位于风光秀美的五峰山 4A 旅游景区。洞穴面积上万平方米，冬暖夏凉，常年气温 13—19℃。重庆长丰投资公司投资五峰山"古井溶洞"开发项目，古井洞藏酒系首期工程。

将美酒琼浆置于洞穴中，历经时光洊炼，美酒目极洞中之色、耳极洞中之声、身极洞中之鲜——纳天地之灵气，清香氤氲浮动，愈发醇厚浓郁。洞藏酒，何以得道成"仙"？原因就在于洞穴冬暖夏凉，空气在洞内岩石间循环运动，微生物种群丰富，洞内的温度、湿度和负氧离子含量构成了与世隔绝的洁净环境。在天然洞穴中放置陶坛，将原酒密封入坛，藏入洞。白酒专家解释说，山洞四壁是岩石，更适合各种微生物生长，洞藏是最科学的白酒储存法。

山中藏酒，灵气自有。满腹美酒，就是满腹宝藏。相信，一坛坛琼浆在山洞中始终是醒着的，洞藏在岁月的深山里，香醇自闻知，没有浮躁，没有污浊，洞穴中只有时间走过的清音回响。

距五峰山景区新大门约 200 米处，便可望见一洞穴——古井溶洞。盛夏缓缓而上约 50 米来到洞口，顿感神清气爽。野外热浪滚滚，洞口凉风习习。洞内漫步，宛如行走在春天里。里面五个洞连接浑然一体，每个洞均显示为：温度18℃。掀开洞藏的酒缸盖顶，香醇的气息扑鼻而来，小酌一口，绵绵的清爽涌遍全身……日饮洞藏酒一口，不辞长作洞中人。

古井洞藏酒，香飘竹海，沉醉游客，名扬九州！

冬天不会再寒冷

刚刚走到刘老家门口，一股股香辣的气味扑鼻而来，我忍不住直吞口水。一踏进门口，壁柜上的饮水壶吸人眼球：大半壶酽红的液体中浸泡着大枣、枸杞等物，心里汹汹涌动着莫名的暖流。我被等候多时的刘老引入客厅，但见人们围着沸腾的火锅而坐，道一句"让大家久等了"，便急忙入席。

刘老名叫刘国希，是知名的油画家和摄影家。生于1943年的他，精力充沛，鹤发童颜。绘画是他的生命，美食是他的生活。我们相约于酷暑，相聚于这个深秋的夜晚，我终得机会一饱口福。

刘国希老师（右二）赠送个人画册

刘老端起酒杯，发出号令："开整！"顿时响起一片"滋儿滋儿"声，一双双筷子有条不紊地伸进了翻滚的锅中。火锅汤汁熬得很好，浓而不厚，香而不腻，那味道以绵绵不绝的情怀直抵肠胃。

这是与刘老第二次喝酒，脑海里浮现了第一次见面的情形：那是渠哥在金梅香小饭店安排的酒局，我与刘老初识便相谈甚欢。刘老多年养成的每天作画的习惯坚持至今。刘老深爱着养育他的这方热土，孜孜不倦地用笔不断提升乡土的温度。一件件作品就好像他一个个"儿女"，方寸之间凝聚了他的心血和汗水，通过画似乎能聆听到他的心声。那天我喜获刘老签名相赠的画册。画册是他向中国共产党成立 100 周年的献礼，作品选自在北京举办的"刘国希油画作品展"。

席间，刘老言道："火锅是用骨头汤熬的，每种配料有严格的讲究，选用的食材突出生态特色。"

望着我们纷纷搛卤菜，刘老禁不住眉飞色舞："这些卤菜，像猪肚子、肥肠等内脏，我亲手反复清洗，卤汁已有十几年了。"

刘老与大家碰杯，美滋滋地小呷一口，打开了话匣子："女儿买的韩国饮水壶'服役期满'，我变废为

宝，用它做起了简易的酒罐。小灶高粱白酒泡了些刺梨（又名金缨子）、大枣、枸杞，少许红花调色。时常饮用，取酒方便。"

火锅、卤菜和泡酒色香味俱全。这就是人们津津乐道的品尝，美食家还美其名曰"艺术"。其实，热爱生活的美食美酒奉献者才是真正的艺术家。

我们吃得热汗涔涔，口中喷着热辣的酒意。刘老兴致高昂："喜欢饮酒不是坏事，把握有度即可。武松打虎痛饮十八碗，李白斗酒诗百篇。往常我饮一杯就扣杯，今天陪你们喝两杯！"

刘老立起身指着门口方向对我说："小何，桌上的酒'消灭'后，你们自取，喝多少接多少。"

不经意间，桌上的泡酒告罄，我径直到门口接了三杯，大呼过瘾。酒足饭饱，人们陆续离席。

有道是：兔儿是狗撵出来的，话儿是酒赶出来的。我与刘老谈得兴起，很快就成"忘年交"了。

"醉翁之意既在酒，又在乎山水之间也。"我直抒胸臆。

随着刘老"哈哈哈……"爽朗的笑声，他领我走入了书房。

首先映入眼帘是"知难而进"遒劲有力的大字，大字匾额下面两侧置放有上百幅油画，令人目不暇接。油画有乡村景致，也有景物写生……件件都是赏心悦目的精品。

忽然，标有"东湖一隅"的油画在我眼前一亮：夕阳逆照，画面呈暖暖的热调子。在童话般美丽的湖光山色中，野钓者心无旁骛。怡然自得小天地，孤舟暮色一半仙。油画意境凸显了内在灵魂的倾诉，引人共鸣。

见我爱不释手的样子，刘老拍着我的肩膀："小何，好眼力！"

继而，他若有所思："这幅画取景于东湖公园湖尾、凤山寨脚，展现了东湖一角的田园风光。"

一提及东湖公园，刘老神色凝重，娓娓道来："我在县城东

门水库建设指挥部战斗了三年，担任规划设计的土工程师。我提议将公园命名为'东湖公园'，得到认同。上级委派我为东湖公园管理所所长，我婉拒了。原因就是为了追求自己喜欢的美术创作。"

刘老的语气和神色欢畅起来了："而今，我们亲手植下的香樟已参天蔽日，自己设计、放线、监造的石桥和小亭游人如织。对此，我深感无比的自豪。"

我一下惊呆了，想不到刘老与东湖公园有着这样一段过往想不到这幅画还蕴含着独特的意义。正当我欲放下油画时，刘老亲切地说："小何，既然你喜欢这幅画，我就把它当作朋友的信物送给你吧。"

欣喜若狂的我闪过这样的念头：装裱还是用《东湖一隅》这个标题吗？

我将画拍照传在群里，大家赞赏有加，谈及题目时，有人提议："刘国希老师的画是珍品，在东湖作画更是难得，可以命名为'难得湖图'！"我也心动了："难得湖图"与"难得糊涂"谐音，甚好！但又拿不定主意，遂传给了我的一位老师和同学。老师很快回复了："原题为好，后面这个属题外之意，不宜入题。"同学在微信上回了四个字：水木日子。

刘老看我在为油画题目纠结，和颜悦色地开导："这幅画既不写题目也不留篆印。油画是素描、色彩和光影的艺术，乃视觉艺术，让观者心动起来，观者会在体验中留下心中的标题。对于作者表达的意境，观者有各自的感受。作者不必提示引导，应尊重观者的修养，这也是尊重自己。"一席话让我茅塞顿开。

夜阑人静该说再见了，我掏出给刘老的润笔费，被他坚决拒绝。

他激动起来了："我是业余画家，退休后绘画是我的生命，它和我如影随形。我一直秉持'古为今用，洋为中用'的理念，不断吸纳中国传统的绘画语言和艺术思想，充分吸收中西文化的精华，努力形成自己的风格。我不为了图什么，只为了童年的爱和梦。老师说，这条路苦海无边，回头无岸。我却曲曲折折地跋涉在路上，今生无悔，今世永不回头……"

刘老的语调一往情深："我的油画竭力追求传统文化的意境与精神慰藉，金钱有时得不到，油画送给有缘人！"

与刘老握手道别，他吐出了一份心底的葱茏："物为人用，人为物悦，切不可人为物累呀！画也亦然。"

刘老的酒暖胃，刘老的话暖心。我微醺着行走在竹城大街上，深秋萧瑟的晚风似乎也温暖起来。明天就是立冬节气了，冬天注定不会再寒冷。

古镇油菜花儿黄

热门的景区，自然有其独特资源。有的地方还"养在深闺人未知"，但也风光秀丽。

这里有山野传奇，这里有碧河流水，这里有天蓝、云白、柳绿，这里有油菜花儿黄，这里是大竹县四合镇。

四合镇地处鸡鸣三县之地，与邻水县和重庆垫江县接壤。曾是古州府、县衙所在地。南梁大同三年（537），这里设置邻山县并置邻州，州县治均设于此，时称金城。今大竹县境内置县的历

史从此开启。邻山（这里指明月山和铜锣山）之水流入长江，之前途经四合镇，在此汇聚环绕。半岛田园水乡，有机生态古镇，具有得天独厚的自然优势。

不知是春天慢慢打开了油菜含羞的花蕾，还是油菜花急急敲开了春天的大门。

沿河两岸的油菜面积上千亩，先矜持地擎出一枝花，探探风头。然后，三三两两，窃窃私语。惊蛰一过，成片成片的暖黄在风中摇曳。和风含着油菜花香，拂过河水，泛起层层碎金，仿佛成了莫奈的油画。

一朵油菜花的美，在姿势；一片油菜花的美，在气势。近看，有的花还是花骨朵，像粒粒青色的大豆；有的花刚刚散了花瓣，微微张开小口；大多数花完全散开了，像颗颗耀眼的小星星。远看，油菜花忽而变成了小星星，撒满河岸，闪闪点点，随手可触；忽而变成了朵朵祥瑞的云彩，飘逸于河面上；忽而变成了片片纷飞的霞光，散落在古镇上。

醉美的油菜花，有河水映衬，灵动！油菜花儿黄，河水也欢腾起来了。河水清澈见底，油菜花倒影清晰可见。花在河中开，河在花中流。河流因迷恋油菜花，故意在古镇绕弯，走走停停。

不经意间，一首优美的田园诗篇《行香子·树绕村庄》在脑海浮现："树绕村庄，水满陂塘。倚东风，豪兴徜徉。小园几许，收尽春光。有桃花红，李花白，菜花黄。远远围墙，隐隐茅堂。飏青旗，流水桥旁。偶然乘兴，步过东冈。正莺儿啼，燕儿舞，蝶儿忙。"通篇勾勒出了一幅春光明媚、万物竞发的水墨画卷。古镇风光不就是田园风光图吗？这就是人们内心极其向往的世外桃源，让人痴迷陶醉。

春光里，翠竹黄花，蜂歌蝶舞。万千蜜蜂和蝴蝶的翅膀扇动起春风，纷纷抱住了两岸的油菜花，猛吸春天。阳光正好，赏花人不少，油菜迅速生长，金黄色的花儿展示了鲜有的热情奔放，这是油菜花最美的时光吗？

清朝乾隆皇帝有首题为《菜花》的诗写道："黄萼裳裳绿叶稠，千村欣卜榨新油。爱他生计资民用，不是闲花野草流。"乾隆喜欢油菜花的原因，是油菜可以榨油，可以改善老百姓生活，不是那种只能供文人雅士吟诗作赋的闲花野草之流。

"加油奋斗"是油菜花的花语，彰显了向着阳光、蓬勃生长、无私奉献的精神。油菜花是平凡而普通的，它的精神是伟大的。古镇有位名叫谢小强的人，他不正是一株油菜花吗？

谢小强家境贫寒，怀着青春年少的梦想外出广东打拼。一年稻子飘香之际，有个镜头镌刻在他这个请假回家的游子心里：许多老农用独轮车推着一袋袋湿淋淋的稻谷，行进在小路上，土路上留下了水滴成行的痕迹，这个痕迹深深刺痛了谢小强的心。为了给家乡修水泥路捐款，他不顾家人强烈反对，在外借款 10 万元。去年春节，谢小强目睹了农村的凋敝：昔日精耕细作的田土，一大片一大片地长满了灌木和杂草。飞禽走兽时隐时现，一条条乡间小道隐没在夕阳衰草里……他不禁在心里反复质问：这就是生我养我的故乡吗？历经几个不眠之夜，他慎重决定：将侄儿培养为新农人，投资农业新科技和新装备，为维护国家粮油安全尽自己的一份责任。侄儿注册了家庭农场，忙着流转土地，精心治理撂荒地，水稻收获后，又带领大家栽下了油菜。

谢小强不为别

谢小强在老屋留影

的，就是为了这季世上最绚丽的花事而来的。油菜花随风漾起层层叠叠金黄色的梦想，让古镇张扬得荡气回肠。

古镇拥有的油菜花不计其数，油菜花成就了古镇独特而永恒的风景。风景之所以永恒，是因为古镇遇到知音而永不衰老。

古镇，油菜花儿黄。

大师的大竹情缘

近日，中国夏布画研究院王少农院长传来喜讯：2017 中国成都国际非物质文化遗产节（经国务院批准，由文化部和省政府主办），以"夏布非遗文化产业"为主题，确定由他做策划方案。

说起夏布文化，就不得不说两位穿越千年时空的艺术大师：一位是当代"影响中国 100 位艺术大家"、国务院国礼特供艺术大师王少农教授，一位是唐朝书画家韩滉宰相。2014 年 10 月，"旅游经济强省市州局长培训班"在省旅游学校举行，我作为全省六十个旅游重点县市区旅游局局长之一参训。在旅校建校 35 周年汇报演出晚会上，王少农教授现场在夏布上挥毫泼墨创作国画《欣欣向荣》，夏布独有的材质与墨完美融合，特殊的纹理有效地补充了画面，令人叹为观止。观看演出的时任达州市旅游局副局长韦德安介绍："《五牛图》是中国十大传世名画，现存故宫博物院，系韩滉任通州（今达州市）长史时所作，是现存最早的纸本中国画，其画纸就源于大竹苎麻。大竹旅游要潜心研究寻求新的发展啊！"

夏布原料为苎麻，有"天然纤维之王""中国草"的美称。著名艺术家王少农首创的中国夏布画，让夏布继绢、宣纸之后，成为中国第三大国画材料。中国夏布画把中国传统的国画与中国古老的夏布文化融合为一体，推动了中国夏布这一非物质文化遗产的发掘进程。中国夏布画，使中国夏布的经济价值得到提升，使中国文化得到了弘扬。目前，中国夏布画已被列入四川省旅游的特色品牌，专家们十分关注，将进一步挖掘中国夏布的艺术内涵，尽快将中国夏布画产业推向国际市场，让世界了解中国古老的非物质文化遗产，让世界感知中国绘画艺术的博大精深。随着人们审美需求的变化，崇尚绿色自然、返璞归真意识的提高，夏布这一传统手工技艺品得到了更多人的喜爱，被应用于各类装饰装潢之中，开发出了一系列产品，逐渐走进了人们生活中。夏布将再展新姿，再现昔日辉煌。

培训参观省旅游学校中国夏布画研究院时，王少农教授得知我来自大竹，感慨地说："大竹是苎麻之乡，我曾陪同原蒋巨峰省长来考察过。"我邀请他来大竹指导，他欣然应允。

一月后，他来竹考察了玉竹、金桥、红星麻业，并就大竹夏布申遗及开发喷绘《五牛图》旅游商品提了建议。回蓉后，他将大竹苎麻引到四川旅校新校区，种植2亩示范园，向来校的专家领导展示了"中国草"的文明。

2016年国庆前夕，夏布文化产业职业教育联盟联席会在内江职业技术学院举行，成立了指导委员会和理事会。经少农教授推荐，我应邀出席会议，并被推选担任副理事长。

少农教授这次以联盟顾问的身份出席了联席会。他对大竹麻业寄予厚望："玉竹麻业系现代化纺纱企业，我们正寻求与其合作的结点；金桥麻业的产品好，但用量增大时会缺货，需备足存品；红星麻业的成本需降低，可探索半手工半机械化的路子。夏布目前仅占宣纸市场的0.9%，大竹县大有可为！"

前不久，王少农在电话中告诉我："2017中国成都国际非物质文化遗产节，展厅设计了五个篇章，一是夏布历史篇，二是苎麻种植篇，三是苎麻纺织篇，四是生活艺术篇，五是苎麻美术篇。前三篇主要由大竹组稿及样品资料提供。另外还有个好消息：中国成都华夏艺术城将建华夏麻艺术产业园，'夏布非遗文

化'将陈列麻艺术产业园，供中外游客参观！"

千年前的韩滉让夏布登上了大雅之堂，千年之后的王少农正为大竹夏布产业的复兴不懈努力。穿越千年时空，蝴蝶依旧狂恋着花，轮回记忆在风化，夏布画大师千年之恋情意不减。但愿"非遗节"这个平台，可以让夏布特色旅游商品记载大竹千古历史，描绘醉美山川，见证繁荣时尚美丽和谐的沧桑巨变。

大美汉丰湖

　　近日与重庆开州籍知名农业专家推杯换盏之际，聊起了汉丰湖。他有点儿惭愧地说起了"脏乱差"，我告诉他现在的汉丰湖是国家 4A 级旅游景区了，他愕然连声说"抽空回去看看"。

　　大美汉丰湖。据历史记载，重庆开州区在东汉建安二十一年建县，以"汉土丰盛"之意，取名"汉丰县"，距今已有 1800年历史。"汉丰湖"因此得名，是三峡蓄水后，长江水倒灌形成的。这座既古老又年轻的湖泊，已成为国家 4A 级旅游景区、国家水利风景区、国家湿地公园。湖里常年蓄水 175 米深左右，水域面积 15 平方公里，烟波浩渺，黛山环抱，丽城同生，湿地相依，荡涤心灵，令人流连忘返。汉丰湖荣膺"新三峡十大旅游新景观""2016 年重庆游客最喜爱十大景区"称号。

　　大众汉丰湖。开州在滨湖城市发展过程中，将汉丰湖打造为三峡最美湖滨旅游胜地。政府采取铁腕举措，市民形成环保共识，湖水现在是备用三级饮用水源。今冬，高峡出平湖，飞鸟相继来，磅礴奇观受央视关注。湖畔打造了举子园，湖光山色与历史文化交相辉映；登文峰古塔，开启独特的文化体验。历史照进了现实，让开州"举子之乡"文化得到传承。为了实现景观效应，汉丰湖大坝采用了"明清风雨廊桥"的古建筑装饰风格，为探索我国水利工程与景观工程相结合提供了成功范例。开州强力治理水环境，打造环湖旅游带，不断释放出生态民生红利，市民

近水亲水观水成常态。汉丰湖由文旅集团管理，湖里仅允许水务局公务船、交运局海事船和文旅集团的游船运行。人们行环湖大道，登文峰古塔，走风雨廊桥，坐画舫游湖，享天然游泳，赏湿地景观，钓湖里野鱼……每天到汉丰湖休闲娱乐的市民和游客达5万人次之多。

大兴汉丰湖。景即是城，城即是景，这就是滨湖开州的城市品质——一城一湖一景。通过品牌赛事聚集人气，开州举办了4届汉丰湖城市钓鱼对抗赛和首届汉丰湖摩托艇国际公开赛，大幅提升了汉丰湖美誉度和知名度；通过挖掘深化"走风雨廊桥、坐画舫游湖""游湿地公园、观百种水鸟""品开州大蒸笼、吃万人大排档""骑行西部水城、参与万人垂钓""坐画舫夜游汉丰湖"等汉丰湖特色旅游项目吸引游客，提升城市形象。以建水上乐园"运动休闲游"为引爆点，以建开州古城"文化怀乡游"为聚焦点，以建乌杨小镇"浪漫婚庆游"为兴奋点，打造旅游产品新生力。

"城在湖中，湖在山中，意在心中"的美丽开州，正着力打造秦巴古道线上的旅游精品，已渐次显现生态经济发展的核心竞争力。

终于找到紫叶李

一到满眼葱茏的夏天，我就想起了你——紫叶李。

紫叶李属樱桃李常见的园艺品种，蔷薇科属落叶小乔木。喜温暖湿润气候，有一定抗旱能力，对土壤适应性强。叶常年紫黑色，著名观叶树种。她生长在公园里，玉立在行道旁，突兀在草坪上，形成一道道靓丽的风景线。微风拂过，紫叶李的果实露出了红嘟嘟的笑脸，让人驻足仰望，生津垂涎，欲罢不能。

园林工人常施农药给果实造成的农药残留，加之私摘美化城市的果实属不文明举止，活生生扼杀了我品尝的念头。

越是放弃越滋生了关注果实功效的强烈好奇心。

通过百度得知：紫叶李果实不但有观赏的作用，也有一定的食疗功效。含有丰富的人体所需维生素和氨基酸，特别是还富含花青素，具有一定的促进肠胃消化和润肠通便的作用，在养阴生津，补中益气方面也有一定的功效。

有的资料说紫叶李又名红叶李，这种说法是错误的。红叶李和紫叶李都是园林绿化行业中的王牌树种。紫叶李树叶颜色呈紫黑色，叶子较大，叶片较厚；红叶李树叶颜色为鲜红色，叶形较小，叶片稍薄。在分布上，紫叶李主要在长江流域，红叶李主要在北方。

品尝紫叶李果实，成了我心底的愿望。

不曾想，心里的小九九近日在台湾农业园得以实现。

台湾农业园位于大竹县东柳街道办事处解放社区 318 国道旁，地处五峰山国家森林公园旅游环线。台湾农业园由达州宝岛农业科技开发有限公司投资建设，规划面积 1000 亩，首期占地 500 亩。公司以山林、田园、鱼塘、花园等自然景观资源为依托，以农、林、牧、渔等特色农业生产、加工、经营为基础，以乡土文化、农业生产、农村生活为引线，重点打造集农产品加工、旅游观光、采摘垂钓、水上娱乐、跑马运动、住宿餐饮、会议服务、休闲购物、节事节庆等于一体的农旅文融合发展业态。

走进台湾农业园大门，前行约 200 米，枝叶繁茂的紫叶李进入眼帘。细看紫叶李，紫色发亮的叶子在夏日绿树浓荫之间，像一株株永不言败的花朵，引人细细玩味极尽享受。那红玛瑙般的果实是一个不能拒绝的诱惑，摘一颗放进嘴里，"咯嘣"一声脆响，酸酸甜甜的汁液溢满齿间，爽了脾胃，意犹未尽，味道铭留心尖。

达州宝岛农业科技有限公司总经理谭连福介绍说，针对城市紫叶李仅作景观不能食用果实的矛盾，我们决定发展紫叶李。目前种植面积达 200 亩，春赏花，夏品果，常年观叶，是发展休闲农业的很好选择。生产过程注重有机标准，没有施用化肥和农药。紫叶李本身作为观赏植物，没有经过嫁接和品种改良，结出来的果实相当于野果子，营养价值极高。果子既可观赏，又可采摘，还可制作成果脯和果酱。

在谭连福总经理介绍的同时，我发现了一个秘密：果实无论球形还是椭圆形，紫红色的最甜，红色的就还有点儿微酸。酸酸甜甜的味道中我品出了馥郁的花香。

紫叶李属于第一批早春花树，是春的使者。一年的酝酿换来一周的枝头春意闹，在春花烂漫时断然回归大地母亲的怀抱，继续着花的神圣使命，滋养着叶和果的繁荣。

　　望着谭连福古铜色的脸，心中一颤，这些农旅人不就是一棵棵紫叶李吗？他们用农旅文三种颜色勾绘美好生活的多彩画卷，带给了人们无尽的欢乐和无限的向往。

在云峰慢煮时光

"一诗一盏茶，一坐一身净。"

馨香弥漫，祥云缭绕。云峰茶谷，好一个养生之地、栖息之所。

云峰茶谷，位于四川省大竹县铜锣山中段团坝镇，因云峰寨而得名。万余亩茶海依山就势，绵延起伏，郁郁葱葱。茶谷深处流水潺潺、鸟鸣啾啾，宛若仙境。

川东白茶海，大竹康养地。

康养旅游逐渐成为人们高质量生活的一种补充。绿浪翻滚的茶海，迎合世界生态体验休闲的大浪潮。茶旅康养是以"治未病"为宗旨的保养、辅以特殊人群的调养、防治疾病的疗养"三养"一体化发展的绿色生态产业。

云峰茶谷建设相应的

携孙子孙女与原《人民日报》副总编陈俊宏在云峰茶谷合影

民宿、配套建设茶博物馆、游客中心、游步道及亭台楼榭，形成了一个较为高雅而又生机勃勃的茶旅康养基地。

茶香缕缕称奇葩

鲜醇清幽的云峰茶谷白茶，引自浙江安吉，是用绿茶加工工艺制成的，属绿茶类。其白色，乃加工原料的嫩叶为玉白色。这白茶是一种珍稀的变异茶种，属低温敏感型茶叶，散发着"淡竹积雪"的蕙馥兰香。

茶是华夏民族代代相传的治病之药，后来不少医学家反复实践，将茶与其他中药、食品搭配，进一步扩大了茶疗的应用范围。唐代大医学家陈藏器在《本草拾遗》中曰："诸药为各病之药，茶为万病之药。"白茶可谓茶之奇葩。

白茶是保养茶。云峰茶谷的白茶，游离氨基酸含量高达9.4，远远高于其他地方的检测数据（一般≥5.0），具有防癌抗癌、抗衰老、防辐射等保健作用。

白茶是调养茶，对烟酒过度、油腻过度、肝火过旺引起的身体不适，消化功能障碍等症调养作用明显。

白茶是疗养茶。白茶有降血脂、血压，有抗病消炎等功效。

深居云峰茶谷，静听山涧溪水，耳闻马花语，推窗满眼绿。

云悠悠，水潺潺；喝喝茶，发发呆；缕缕茶香，慢煮时光……

以云峰茶谷为核心的大竹白茶，发展面积接近10万亩，培育了十三家白茶企业，组建了二十五家白茶专业合作社。大竹白茶被省政府授予"四川名牌产品"称号，是国家地理标志农产品，荣获地理标志证明商标，完成了国家区域公共品牌商标注册。

禅茶一味，润脾清心。"修禅"悟道，感念神仙之境界。茶淡、人淡、心淡，"茶至无味仍余香，人若无妄心自清"是也，尽享养心养身低调之奢华。

竹乡竹里洗心尘

"得佳茗不易，觅美泉尤难。"沏茶以泉水为最好，以本山之泉烹本山之茶，鲜香毕露，韵味尽显。

民间云"九龙潭中水，云峰寨上茶"。云峰茶谷的九龙潭，笔者曾偶拾《咏九龙潭》：

丛山静好酿甘冽，茶树深酌醉翠峦。
九龙栖息潭溅玉，万民品韵欲飘仙。

九龙潭地处核心景区竹溪流，九个潭错落有致，直径在1.3米至2米大小不等，潭深1米至6米之间。

"泉从石出清且冽，茶自峰生味更圆。"

九龙潭下面，长年滴滴流水形成的"滴滴洞"引人暇愁。沿潭边拾级而上，剑泉、光石滩、一口泉、梭梭滩、半边泉、花瀑……一道道竹溪景观，曲折婉转，令人一咏三叹。

长达2000米的竹溪林间游步道，静静地向游人诉说着云峰茶谷的前世今生。这里不仅仅是观光休闲带，还是游人与山水对话的裸心带。

独坐幽篁里，雅不过弹琴长啸，但有茶香绕竹丛，不是王维竹里馆，而是竹乡竹里馆。

取出溪边泉水烹煮上好的茶，茶与水的翻腾娓娓道来心灵的淡泊与静远。

茶在杯中醇香流韵，竹在溪边潇洒临风。漫步于茶韵诗语的裸心带，遇见美好，唤醒身心。

茶歌文创展特色

"喊山开茶"，是一种传统采茶民俗，既用以统一采茶时辰，也借此唤醒万物，祈求风调雨顺，茶叶丰收。

近年来，大竹县白茶带头人廖红军把这一民俗举办成"喊山开茶"节。"喊山开茶"仪式前，廖红军首先与众茶农一起拜茶山，表达他们对大自然的敬畏与感恩之情。伴着一曲《茶山春早》，近百名唢呐艺人同时吹响竹唢呐，欢快的乐声，应和着"开茶喽！开茶喽！"的深情呼唤。一群群花儿一样的采茶姑娘，趁着春光，挎着背篓，穿梭于茶树行间，心灵手巧地采摘着白茶首芽，成了云峰茶谷一道绚丽的风景。

"喊山开茶节"得到中央电视台、新华社、《人民日报》等国家主流媒体报道，采茶活动不仅仅把大竹白茶推向世界，更加彰显了云峰茶谷的独特魅力。

一曲茶歌携裹了浓浓的乡愁，一场节会就是茶文化的盛会，茶诗、茶画、茶舞、茶戏等茶文艺精彩纷呈。

文化是旅游的灵魂，是旅游产品生命力的精髓，是创造产品差异性的核心元素。云峰茶谷，以丰富多彩的"喊山开茶节"活动，将其旅游特色展现得淋漓尽致。

这里，茶文化博物馆和茶廊亭品质品位俱佳，小木屋民居建造老匠人老气息都在。茶艺馆、茶书馆和荟棋馆，川渝风情，一应全有，别具情调。

文创就是一种生活方式，消费者能参与、能体验、能消费，就是茶文、茶艺的生活化。

围绕"吃住行购娱"，在传统文化的传承中创新，保留和挖掘乡愁记忆，云峰茶谷吸引游客纷至如归。

栖息云峰茶谷，煮一壶乡愁，静静品味如烟的往事，缓缓回味那逝水时光……

云峰茶谷景区，2018 年被评定为国家 3A 级旅游景区，正在以白茶产业为引擎，旅游和康养双轮驱动，一幅清雅宜人的山水画卷在徐徐向您展开……

暖暖 "花房子"

在一个暖暖的冬日周末，暂时逃离 "柏油沙漠" 和 "水泥森林" 的喧嚣，让身心栖息在花房子景区。

乡野寂静日依依，何处炊烟寄乡愁？

乡愁是村子里那条古老而温情的河流。河水淡定朴素地怀抱着村庄、乡野和人群。掬一捧河水的甘甜，岁月在河里，乡愁在心田。河流上的小桥已越走越宽，而桥上的少年已越走越远。那半月似的石拱桥上，行着一位撑油纸伞的幽怨女子，这是多么唯美的画面。欲用堵坝将悠悠乡愁在黄滩河拦截，乡愁喷薄而出形成的瀑布齐刷刷地奔向了天涯海角。

弯弯的河水，弯弯的忧伤，迷离的村庄。

村庄，曾经多少人流水般逃离而又怀念得绵绵不息的地方，成了乡愁的安放之地。

花房子是清光绪年间胡贡爷修建的，房子山水图案、花草栩栩、滚龙腾飞。雨落青瓦，岁月无声。花房子在中华人民共和国成立后变成了村公所、村小学驻地。当年所有的热闹和繁盛，匆匆间俱成往事。那斑驳的花房子氤氲着时光的幽香，尘封着乡村的记忆，在一个失眠的夜里醒来了，要为后人留下文化的 "胎记"，让后人永远能找到 "回家的路"。

经过连绵冬雨的洗刷，乡野恍若凋零了一世繁华。

那山坡地里留下的苞谷秆竟也枯枝，遍坡的下田菊和白花草

疑似雪花飘零，那山野里的野菊花也在寂寞里争当冬季里的金黄主角。他们在静默中传递着欣欣向荣的信息，在萧索里尽情释放出生命的禅意。荒野里花花草草这些小生命，愉悦了当时不明白什么叫平淡或苦涩的童年。蜜蜂无声地钻在草花里，岁月草率地收割着荒凉的乡愁。

近树苍苍，溪山深远，蔡家院子农家乐如袅袅炊烟飘在眼前。那清甜的老南瓜，那酸辣的活魔芋豆腐，那劲道的麻辣鱼让人欲罢不能，小屋里弥漫着浓浓的乡愁竟源于那盘老咸菜……

白墙黑瓦乡愁色，小桥流水乡愁音。登上醉花亭，不是欣赏乡村野草闲花，而是寻望那来时的路。

"桃花源"在哪里？

　　中央有关文件特别强调，要把懂农业、爱农村、爱农民作为基本要求，加强"三农"工作干部队伍的培养、配备、管理、使用。作为发展、振兴乡村旅游的基层工作者，与"三农"工作有着密不可分的关系。

　　"当前中国最大的不平衡是城乡发展的不平衡，最大的不充分是农村发展的不充分。农村空心化严重，主要特征是土地利用空心化和年轻人口空心化。以乡村旅游带动乡村、经济、文化和生态文明等建设，推动实施乡村振兴战略，是一条极其重要的途径……"权威媒体的调查论述言犹在耳，那么新时期的乡村旅游如何理解和实施"一懂两爱"的新要求？

　　懂农业是"产业兴旺"的根本要求。要重视农业的本身价值，农业现代化是关键基础，一二三产业融合发展是趋势。乡村旅游是"锦上添花"，不是"雪中送炭"。乡村旅游与农业一样是长线投资，不可能一蹴而就，肯定是一个持久战，最快也得三至五年。

　　平昌县的驷马水乡 4A 景区重视现代农业发展，其现代农业示范区核心面积达 5000 亩。三十二道梁 4A 景区的基础就是兴旺的茶产业。

　　结合大竹县实际，庙坝桃花源乡村旅游发展得比较成功，是大竹县一二三产业融合发展的改革示范园区，究其原因就是抓住

了现代农业这个"牛鼻子"，纵向发展桃子醋的加工，横向发展乡村旅游。大竹县迄今举办了十届桃花节，每届接待游客约50万人次，秦王桃由当时2元/斤还滞销的状况，发展到一直稳定在10元/斤且供不应求。

爱农村是"生态宜居、乡风文明、治理有效"的内生动力。乡村是游子情感寄托的家园，是当代城市人回归自然、向往宁静、追寻记忆的故土，是传统文化的萌芽地。

"生态宜居"要求在乡村旅游发展中必须尊重自然、顺应自然和保护自然，给游客提供生态的民宿和食材。驷马水乡以环境塑造为主题，尊重现有自然景观条件，注重人口、绿化空间的整体性，以及二者的互通互融，强调人、建筑、环境共存融合，以健康生态休闲为统领，打造了优美自然景观与人性化服务设施相融合的度假胜地。走进锦绣森林主题餐饮庄园，不仅仅是环境生态，那南瓜汁、刨猪汤等生态食品让人们念起了儿时的农家生活。

"乡风文明"在强调精神文明的同时，乡村旅游也要传承乡村文明。历史悠久的乡村文明在滋养高速发展的城市文明，凝聚着民族情感。在乡村旅游的规划设计、建筑开发、经营管理、旅游产品设计等方面凝练乡土特色、弘扬乡土文化、挖掘乡村记忆等，从而使乡村文明得以自然传承和发展。驷马水乡的小青瓦、木花窗，一排排低密度矮层住宅凸显川东北水乡民居风情。行走在古朴典雅的巴山新居人行道上，似乎回到了盛世唐朝。依托孝女赵琼瑶"四下河南为父申冤"的故事和著名油画《父亲》原创地的文化根脉，在驷马水乡国家4A级旅游景区建成以新老"二十四孝"为主题的"巴山孝道"文化长廊，提炼了"山里水乡，父亲村庄"的旅游形象口号。

"治理有效"中乡村善治的目标是构建自治、法治、德治相结合的乡村治理体系，德治是基础，乡村旅游要更加注重旅游市场秩序的规范。而"陕西现象"值得关注，陕西袁家村把经营者的承诺挂牌出来，马嵬驿则通过一条条商业街的商户组成行之有效的自律商会，让游客吃到真的买到真的，他们在用爱心、善心、诚心规范市场秩序。

爱农民是"生活富裕"的出发点和落脚点。在乡村旅游的发展过程中，要通过提高农民参与度的方式来保护农民的利益。陕西袁家村一个62户不足300位村民的关中村子一年旅游收入达10亿之多，成功的重要原因就是解决好了农民的问题，激发了老百姓的积极性。这个村子是一个村景一体、全民参与的4A级旅游景区。

乡村旅游是农业转型、农村发展、农民致富的重要渠道，在乡村振兴战略背景下，围绕"记得住乡愁"的主题，担当"旅游新业态"的主角，是拉动消费让"生活更精彩"的主体。乡村旅游不是一个可以借鉴的行业，需要旅游工作者在"一懂两爱"的要求下不断实践，给游客一个愿意来的理由，这个理由一定是独特的、个性的和具有持久吸引力的。

"桃花源"在哪里？在陶渊明的著作里，在我们未来建设好的每个乡村中。

百里竹海话旅游

此文刊发《梁平日报》2018 年 7 月 13 日第四版整版，并题"编者按"：

按照高质量发展、高品质生活要求，梁平充分挖掘田园风光、农耕文明，突出农旅文旅融合，以核心景区为引领，彰显"山水田园·美丽梁平"魅力，打造"全域康养·四季度假"品牌。

今年 6 月 8 日，百里竹海旅游度假区盛大开园，我区邀请四川、重庆有关区县参加了开园仪式，其中，与梁平毗邻的四川省达州市大竹县也在受邀之列。大竹县旅游局局长何武见证百里竹海旅游度假区开园并实地参观、考察后，有感于两地地理位置、气候条件、竹类资源相近，特别是近一年来梁平全力推进百里竹海旅游度假区打造，全域旅游呈现方兴未艾之势，把对发展旅游的思考梳理成文，本报今日全文刊登，以飨读者。

民间云："大竹的竹子，梁平的柚子，万县（州）的妹子。"小时候就对此记忆深刻。入夏，收到重庆市梁平区"百里竹海"开园仪式的邀请函时心中一颤：素有"中国名柚之乡"美称的梁平怎么"恋"起竹子了？

梁平史称梁山，西魏元钦二年（553）置县，1953 年取"高梁山下有一平坝"之意更名为梁平。梁平区位于重庆市东北部，辖区面积 1892.13 平方千米，人口 93 万。东邻万州，西连大竹，南靠忠县、垫江，北倚开江、达州。境内交通便利，郑渝高铁、达万铁路、沪蓉高速、张南高速、G318 匝道、G243 国道贯穿其中。百里竹海位于梁平区西北部，地跨屏锦、竹山、龙门、新盛、七星、虎城、袁驿七个乡镇。因处于西山片区明月山中段，百里竹海形成了"两山夹一槽"的独特地貌，又因绵延百里，故名"百里竹海"。

中国是世界上最主要的产竹国，素有"竹子王国"之称。竹类植物是森林资源的重要组成部分，有"第二森林"的美誉。每公顷竹林可蓄水 1000 吨，释放的氧气比其他植物多 34%。现代的竹园不是一般意义上的环境绿化，而是集科技、文化、生态、旅游为一体的特殊森林资源。据悉，百里竹海是国内独有的以寿竹为主的竹海景区，竹产业已成为梁平的支柱产业。

"三蓄"让百里竹海脱颖而出

梁平区"痴情"于百里竹海的旅游发展，为此费尽了心思。

蓄积力量。科学技术是推动时代进步的催化剂，科技的投入将产生"乘数效应"。2007 年成立的西南地区唯一竹类研究专门机构——重庆市梁平竹子研究所，承接了众多国家、省、市、县（区）级竹子科研项目。实施的竹林低改二程效益显著，推行的"寿竹埋鞭育苗技术"达到国际先进水平，制定的以竹林资源培育为基础，精深加工为主导，科技进步为支撑的"三管齐下"的特色产业模式方兴未艾。目前，百里竹海竹种类近 100 种，拥有成片竹林 35 万亩。

"蓄谋"已久。20 世纪 70 年代开始，从建立竹子基因库和竹资源保护的角度着手，梁平开始打造竹子"百科全书"。在观音洞景区精选 20 亩土地，陆续从日本、浙江、陕西、四川等地引

进培育了多种竹类植物。所种的竹子由专门开设的工厂加工生产成竹类产品，远销各地。同时，梁平非常注重品牌建设。百里竹海早在 1995 年就创建成省级风景名胜区，注册了"寿竹鸡""寿竹笋""寿竹之乡"等商标，获得了"梁平寿竹"国家地理标志和"中国寿竹之乡"的称号。重庆梁平百里竹海入选首批"中国森林氧吧"，这提升了梁平竹产业整体形象。

蓄势而发。梁平素有"四面青山下，蜀东鱼米乡，千家竹叶翠，百里柚花香"的美誉。三山五岭，两槽一坝，丘陵起伏，流水婉转。在独特的地理环境孕育下，梁平人民创造了悠久灿烂的农耕文明。有梁平竹帘、梁山灯戏、梁平木版年画、梁平癞子锣鼓、梁平抬儿调 5 项国家非遗项目。被列入重庆市级保护名录的有 20 个，被列入县（区）级保护名录的有 86 个。梁平拥有国家级传承人 4 名，市级传承人 33 名，县级传承人 91 名，是"中国民间文化艺术之乡"。存有"天下第一禅堂""西南禅宗祖庭"双桂堂，全国第二高石塔文峰塔等自然人文景观。"巴渝第一大坝——梁平坝子"自古以来就是巴蜀粮仓、中国柚乡，梁平还重点打造了双桂田园、中华·梁平柚海、双桂湖景区、蜀道难·百步梯、万石耕春、巴渝传统菜式·百年张鸭子等景区。国家生态保护与建设典型示范区和国家农村产业融合发展示范区的梁平区，以生态打底，以全域旅游为统领，不断挖掘田园风光、农耕文明、历史文化，尤其以百里竹海为龙头进行深度开发和精品打造，制定了"五湖四海"的总体布局（明月湖、观音湖、花石湖、镜湖和竹风湖，蝶海、竹海、寿海和琴海）及"五年规划，三期建设，分期呈现"的总体目标。提档升级后的百里竹海旅游度假区第一阶段开园，游客就纷至沓来，一条富有梁平特色的生态旅游之路脱颖而出。

"三竹"促百里竹海世人瞩目

"百里竹海·康寿福地"的形象定位旨在打造国际知名养生旅游目的地。养身是基础，养心是核心，养性是最高境界，三者协调发展实现游客的身心和谐与健康发展。

保健养身竹。竹子全身都是宝，竹笋、竹叶、竹根、竹汁、竹沥、竹菇都有很高的食用和药用价值，可作为食材或养生药材，帮助人达到益体疗疾、康体益寿的效果。尤其是寿竹笋，鲜嫩可口、味道鲜美，具有清热化痰、益气和胃、治消渴、利水道、利膈爽胃等功效。竹林四季常绿，枝叶繁茂，具有巨大的生态保健作用，可以有效地达到改善小气候，降低空气颗粒物浓度，增加空气负氧离子含量，以及释放许多对人体健康有益的有机挥发物。据研究，百里竹海寿竹笋的粗蛋白含量平均为 32.53%，高于 27 种竹笋的平均值（28.99%）；氨基酸种类比较齐全（共检测出 17 种氨基酸，含量比较丰富）；VC 含量平均为 10.1mg/100g（VC 又名抗坏血酸，是治疗贫血重要的辅助药物），食用寿竹笋有利于满足人体对 VC 的需要；总含糖量平均为 9.27%，粗纤维含量平均为 5.6%，远高于其他竹类和常见蔬菜；寿竹笋含有多种矿质元素，其常量元素具有高钾低钠的特点，K、Mg、Zn、Mn 的含量均高于毛竹和常见蔬菜。寿竹笋所含营养物质丰富，笋味鲜美，对人体有极强的保健作用，百里竹海年产竹笋 2 万吨以上，大量出口日本等国家和地区。

休闲养心竹。几千年的历史发展长河中，松、竹、梅被誉为"岁寒三友"，而梅、兰、竹、菊被称为"四君子"，竹子并列其中，可见竹子在我国人民心目中的地位。人们称赞竹子是"东方美的象征"，誉中国为"竹子文化的国度"。英国学者李约瑟说得好，东亚文明乃是"竹子文明"。寿竹竿高可达 20 米，节间较长，箨鞘无毛，叶耳半圆形。竿形挺拔秀丽，枝叶潇洒多姿，林

形千奇百态；寿竹四季青翠，脱俗不羁，虚心有节，具有多方面的观赏特性。寿竹之美体现于姿、色、声、韵诸方面。寿竹生长快，生命力顽强，点缀山野湖畔，象征着生命的活力、长寿和幸福。当人们悠闲地漫步于青青翠竹之下时，一种心旷神怡、荣辱皆忘的心境便油然而生，苏东坡的"宁可食无肉，不可居无竹"的慨叹犹在耳畔。景区内竹林茂密，峰峦多姿，景象万千，犹如人间仙境。一丛丛一片片的寿竹既美化了人们的生活，又陶冶和升华着人们不畏逆境、不惧艰辛、中通外直、宁折不屈的高尚情操。百里竹海开展了竹海观光休闲游、民俗风情游、科普教育游、竹笋采挖游等活动，打响了梁平"百里竹海"旅游品牌。

体验养性竹。竹与人类的生活关系，正如苏东坡所述："食者竹笋，庇者竹瓦，载者竹筏，炊者竹薪，衣者竹皮，书者竹纸，履者竹鞋，真可谓不可一日无此君也。"徜徉百里竹海，品味道鲜美的全竹宴、住弥漫清香的竹屋酒店、睡清爽宜人的竹席竹床、逛乡愁浓郁的竹海小镇、购匠心独具的竹工艺品……因满满的竹而满足了。如果说漫步竹桥荡湖竹舟是情有独钟的话，那么百里竹海塑造出的全新场景式体验则令人拍案叫绝。竹，自古以来便以正直气节象征君子的美好德行，梁平以百里竹海为主要展现地点，创造出一种具有表演性、观赏性、艺术性和互动性的本土文化实验性戏剧，塑造一种全新的场景式体验。为追寻竹禅和尚（双桂堂第十代方丈）的琴风文德，一场别出心裁的本土文化实验戏剧在寿海拉开帷幕，并由"人生七雅"为主题倡导向善向美的生活态度。沿寿海的竹间小路漫步，徜徉在绿色山水间的同时，道路两侧是禅韵悠然、文化氛围浓厚的主题空间。演员们着汉服现场进行"琴棋书画诗茶花"主题表演，一边走一边欣赏，在移步换景中体验着寿竹山水和人文的交相辉映，荡涤着城市的喧嚣和人世的铅华，流连着郁郁苍苍的寿竹和百岁老人辈出的福地。

"三联"助两地竹海魅力绵绵

　　四川省大竹县五峰山竹海学习借鉴百里竹海要主动，两地竹海要联动，全世界的游客一定会感动。

　　竹景区联动。梁平区充分挖掘利用田园风光、农耕文明和历史文化资源，突出农旅文融合，大力推进全域旅游发展，彰显"山水田园·美丽梁平"魅力，打造"全域康养·四季度假"的品牌，在加快建设区域旅游集散中心和国际旅游目的地的进程中，着力把百里竹海打造成为国际知名旅游目的地、国家级旅游度假区和国家5A级旅游景区，给游客带来诗和远方。无独有偶，《四川省"十三五"旅游发展规划》等规划和报告也提出了将四川省大竹县五峰山珠海打造为国际知名旅游目的地、国家级旅游度假区和5A级景区的目标。全域旅游的发展给梁平与大竹打破省区市县行政区域的界限，提供了良好的发展机遇。梁平和大竹地理气候相近，人文习俗相通，自然环境相似。1950年中华人民共和国成立初期梁平区（县）隶属大竹专区，1953年撤销大竹专区，此地被划归万县专区。大竹竹产业资源丰富，唐武则天久视元年，此地因竹多竹大命名大竹，始置县，素有"川东绿竹之乡"的美誉。全县竹林面积达39.8万亩，占有林地面积的47.9%。五峰山系国家4A级旅游景区、国家森林公园和省级生态旅游示范区，其成片的百夹竹面积达18万亩，处于全国之最。大竹县若能加大科技支撑和文化旅游挖掘开发，并且成功申报"中国百夹竹之乡"，两地携手共建国际知名旅游目的地气势磅礴。

　　竹遗产联动。遗产旅游囊括了人文及自然的遗产资源。非物质文化遗产作为人类文明的重要载体，传承着一个国家和民族的历史文化和价值观念，体现了世界文化的多样性和特色性，是可被旅游业利用并能满足游客共享人类文化成果需求的重要战略性

资源。梁平与大竹在竹海景区应做好竹海古道遗产的保护申遗和传承利用两篇文章。

竹海古道的保护申遗工作。"古道游"是眼下悄然流行且标榜个性的小众游出行方式。中国古道大抵可分为两类：一是驿道或官道，所谓"一骑红尘"，所驰的即是官方军需通道；其二是商道，对应于官道而言，多指私道或民道，是贩运茶、马、丝、瓷、煤、石等生活资料的通道。竹海里的古道属第一类，也称荔枝古道（是大蜀道的分），以传说为杨贵妃送荔枝而得名。

"一骑红尘妃子笑，无人知是荔枝来"，唐玄宗为满足杨贵妃对新鲜荔枝的喜好，建起一条专供荔枝运输的驿道，在重庆涪陵建荔枝园，置专驿直达长安，全程 2000 里。唐时此道每 20 里设驿站，官商邮旅称便，盛极一时。明清时，此道再度兴盛，成为川陕客商往来的重要通道。从梁平县城出西门，经兴隆街、福德铺、沙河（仁贤）、老营（礼让）、文家（竹山）、袁驿至大竹石桥铺镇、永胜乡、蒲包乡、石河镇、李家乡、柏家乡、柏林镇而入达川区。古道至今还有拦马墙、饮马槽、关墙、摩崖造像、寺观等遗迹。在所涉及的涪陵、垫江、梁平、大竹、达州、宣汉、平昌、万源、通江、镇巴、西乡等地中，荔枝古道唯在梁平和大竹穿越竹海，其中百里竹海小镇现存 5 公里、礼让镇方向 2 公里，共计 7 公里，长长的石梯和石板铺成的道路还没受到公路的干扰，被岁月打磨得嶙峋而斑驳。大竹五峰山竹（蒲包）要加大对竹海荔枝古道的挖掘和保护（当时荔枝驿使把从产地采摘的荔枝带叶密封盛装于新砍的楠竹内保存，可见竹子对于荔枝古道的重要性），共同启动竹海荔枝古道的申报非物质文化遗产工作。荔枝古道静匿于茫茫的竹海深处，向世人诉说着历史的厚重和苍凉。在日益壮大的户外运动群体中，竹海荔枝古道游是撩人的集结号，召唤着野性和理性，这让人们仿佛穿越到盛世唐朝。

竹的"非遗"传承。13 世纪就有"梁山百里寿竹沟，以帘护室、护檐"的记载，国家级非物质文化遗产梁平竹帘的制作工艺有上千年历史，竹帘在北宋时期就被列为皇家贡品，饮誉四方，人称"天下第一帘"。运用传统工艺，结合书画、刺绣、植绒等表现手法，制作的各种形式的挂帘、屏风、装饰画及实用工艺品，具有浓郁的地方特点和民族风味。四川省非物质文化遗产大竹竹唢呐，是明代产生并流传于大竹境内的民间乐器，此项非遗包括乐器的制作工艺和乐器的演奏技艺。经过发展，竹唢呐制作工艺日臻精熟，由天心、哨、杆子和喇叭四个部分构成。哨由当地燕麦秆做成，杆子利用当地的罗汉竹制作，喇叭由当地的黄竹篾编成后，再刮灰涂上土漆，套于杆下端。现大竹竹唢呐为六孔，五音音阶定音，曲目达 200 余种，堪称汉族民俗瑰宝。这两个竹的非物质文化遗产的开发，不仅要重视"非遗"本身，更要重视"非遗"传承人。采用专题博物馆、旅游商品展销、工艺流程展演、非遗传习教育、乡村休闲娱乐等聚集开发手段，采用"主题村落再造"的旅游开发模式，在竹海形成极富活态的文化生态博物村落，从而实现"非遗"的保护传承与旅游开发良性互动，让主题文化体验旅游成为旅游时尚的靓丽风景。

竹禅养联动。禅宗养生旅游是现代旅游发展的一种新业态。禅宗是佛教与儒道的融合，是中国心理文化的集中体现，是中国传统文化的重要组成部分，高度契合了现代养生"精神性"的核心。竹方圆空性的特征暗合佛教禅理，寻禅风竹韵，入"百里竹海·康寿福地"。独特的禅风不仅仅源于度假区观音洞内建于唐朝香火鼎盛的小寺庙，更多的源于百里竹海度假区 20 公里外的双桂堂。这座享有"天下第一禅堂""西南禅宗祖庭"之美誉的名刹，由破山海明禅师于清顺治十年创建，迄今已有 360 多年的历史，是全国重点寺庙、全国重点文物保护单位和国家 3A 级旅游景区。

破山海明禅师何许人也？大竹县双拱人，是明末清初我国一

位著名的佛门巨匠、诗人、书法家，是明末清初的重要宗教禅师，世有"小释迦"之称。他十九岁在家附近的五峰山竹海立石寨寺修行，"海明湖·五峰山"省级旅游度假区的海明湖温泉就是因破山海明禅师得名。研究从破山海明禅师初次入门五峰山竹海立石寨寺修行，到梁平创建主持双桂堂弘法的鼎盛时期，对联动深度开发两地竹海竹禅养生旅游度假目的地将产生深远的历史意义。

渔人部落寻春记

早春二月，草芽未萌，天连衰草，山抹微云。如果不是温暖的阳光照耀着大地，禁不住要怀疑春天尚未回归。

人们走过寒冷的冬天，寻找春天的期盼早已"蠢蠢欲动"。

2月17日下午，四川大竹县老年大学文学班一行走进了渔人部落风情园。

渔人部落风情园位于大竹县庙坝镇五桂村，四川省东部，达州市南部，重庆北部，紧邻210国道，距达渝高速路出口1.5公里，离场镇1公里，交通便利，区位优势明显。其规划面积是58公顷，定位于依托优美生态环境和特色农业产业为基础，打造乡村休闲养生精品旅游，为游客提供吃、住、行、游、购、娱为一体的度假村。主要内容涵盖生态养鱼、盆景园林、婚纱摄影、休闲养生、成人拓展运动、亲子互动儿童游乐场、成人游泳池、滑草场及农耕文化、孝文化、川东民间文化等。聘请西南大学和四川省林勘院对整个项目进行规划设计，已投入资金9000余万元，建成云中漫步、水上乐园、消防主题体验区、儿童天地、沙池、彩虹王国、水晶塔、儿童游乐区、星空滑道、水上游船、白岩栈道、树王亭、凤凰观景台、野战训练营、百泉山瀑布及演绎中心舞台等游乐区域。2019年7月正式开放成人游泳池，为不同年龄段人员建成主题亲子乐园和成人拓展项目。渔人部落内设福寿鱼庄、中餐厅以及各种民间传统小吃。另可为游客提供60个床位休息。

渔人部落风情园的春天在哪里？

春天在池水里。

渔人部落建成养殖水面 125 亩，有江团、胭脂、丁桂、鸭嘴鲟等名优鱼类 30 余种。渔人部落大力发展现代休闲渔业，现已投入 2500 余万元建成标准化精养鱼池 11 个，其中国内标准钓池 2 个，国际标准钓池 1 个，竞技池建成后成就了各类钓鱼比赛。2017 年成功举行了百人以上的钓鱼竞技比赛三次，2018 年成功举办第一届四川大竹庙坝圆塘"金花杯"黑坑钓鱼争霸赛，2019 年中国西南地区五省一市钓鱼邀请赛，吸引了陕西省、湖北省、湖南省、重庆市 200 余名钓鱼爱好者参赛，大力弘扬了传统钓鱼文化和体育竞技文化精神。

望着鱼池春光，大家情不自禁吟诵起了"半亩方塘一鉴开，天光云影共徘徊"的诗句。池塘里的水泛起了久违的涟漪，鱼群欢快地游到水面上，探出可爱的小脑袋，连绵不断吐着水泡，荡起了迷人的水花。池里的野鸭时起时伏，似乎在与水面飞花似的碎金嬉戏。一对对黑天鹅不负春光，尽情地用红红的脚掌书写着"春池水暖鹅先知"的美丽诗行。

春天在微风里。"吹面不寒杨柳风"，微风拂过，传来了草木的清新气息和鲜花的幽香。园区种植苗木达 300 余亩、6 万余株，有红豆杉、紫荆、红枫、茶花、碧桃等 300 余个品种。

那一枝独秀的蜡梅先花后叶，在隆冬绽蕾，初春怒放，伴随那清脆鸟鸣，发出了"鸟儿成双，花儿芬芳"的深情呼唤。那一树树繁盛的金黄色金合欢，花语为稍纵即逝的快乐，寓意为享受当下时光，告诫我们要珍惜当下美好的时光。

春天在同学们的笑容里。同学们在草坪上唱歌、跳舞、丢手绢。欢声笑语在园区内荡漾。萨克斯独奏《月亮代表我的心》，醉人的旋律灿烂了同学们的脸庞；电吹管吹奏《美丽的草原我的家》《当做没有爱过我》，悠扬的曲子流淌着同学们的痴迷；口琴独奏、男声独唱、诗歌朗诵，欢歌笑语与暖暖的春阳相融。杨柳老师感慨道："舞台虽不大，却能见证我们不算太老的青春，歌声虽不专业，却能承载我们欢快的心情。快乐因为大家而在，生命因此刻而精彩。"

春天在同学们的心房里。寻找春天，带给人们是那种朝气蓬勃的境界，带给人们的是那种生发一切的希望，带给人们的是那种铿锵有力的步伐……春天，具有永恒的魅力；春天，具有永恒的吸引力；春天，具有永恒的生命力。

渔人部落春来早。花有重开日，人有第二春。让我们彼此手拉手，徜徉于渔人部落风情园内，沉醉于万紫千红的人间春色中……

唤醒沉睡的乡村

拯救乡村

阳春三月的一个周末，毗邻县野外踏青。

但见许多院落人去楼空，苔藓爬满了墙壁屋顶。昔日精耕细作的田土，如今一大片一大片地长满了灌木和杂草。飞禽走兽时隐时现，一条条乡间小道隐没在夕阳衰草里……

在慵懒夕光的映照下，乡村已然沉沉入睡，犹如"废弃"的生命。曾几何时，梦里依稀美丽的乡村显得破败不堪了。青涩的记忆何以寄存？浓浓的乡愁何以安放？魂牵的精神家园何以找寻？

乡村建设，不简单是建设乡村，它是中国"五位一体"建设和中华民族伟大复兴不可分割的有机组成。自民国起，一代又一代的知识分子"前赴后继"地致力于乡村建设。民国时期有成百上千的团体机构实验区，除了黄炎培、徐公桥试验和陶行知的晓庄模式，梁漱溟、晏阳初、卢作孚发起了乡村振兴。卢作孚外号叫"中国船王"，国家领导人曾说中国民族工业是"四个不能忘"中的运输业大亨，率先提出过乡村现代化的口号，你知道他的愿景是什么吗？是愿人人皆为园艺家，将世界造成花园一样。费孝通的《江村经济》于乡村治理乃经典之作。新中国成立至今，全国范围内的乡村建设没有停止过。近年来诸如温铁军、李昌平等

"三农"专家，致力乡村建设的耕耘，不遗余力。

在全球化发展过程中，在城乡二元对立的现实语境中，迅猛的城市化进程遇到了瓶颈，回归乡村成为必然。由于城市土地快速扩张，入侵乡村，而同时农业本身受到了传统增长和发展的制约，乡愁逐渐消失，农民难以回归……实现经济社会转型的步伐迫在眉睫，"民族要复兴，乡村必振兴"的战略振聋发聩。

乡建历程

大竹县大力发展乡村旅游，将其作为乡村振兴的重要抓手。翻开大竹旅游发展史，乡村旅游发展史也是一部厚重的乡建史。

起步于农家乐。1998年，借助临近县城的农户，利用自己家庭院、果园、花园等自然条件，开展起了集娱乐、餐饮、购物于一体的农家乐。1999年，东汉醪糟、玉竹醪糟、五香豆干被评定为四川省旅游商品。农家乐随着乡村旅游的景点发展而迅猛发展。

2003年，"云顶生态休闲山庄"欧式建筑在九盘山落成，内设山庄、果园、茶房、牧场等，吸引了大竹周边众多游客。

发展于乡村观光休闲旅游。2006年9月，达州市首届旅游发展大会暨竹乡文化旅游节在东湖公园召开，将可供人们休闲的五峰山竹海、傻儿故里、幸福桃园亮丽呈现。2008年4月，达州市第三届乡村旅游节暨清河古镇文化旅游节在清河镇开幕，助推了大竹乡村休闲旅游的迅猛发展。

成熟于乡村度假旅游。2013年10月，总投资约6亿元的海明湖温泉酒店正式对外营业，标志着大竹乡村旅游处于成熟阶段。随着现代化进程的加快，高压、快节奏、程式化的生活，激发了众多都市人对慢节奏生活的渴望。海明湖温泉酒店吸引了八方度假游客，有力促进了乡村旅游的蓬勃发展。

创新于要素演变的乡村旅游。2016 年 3 月，四川省温泉旅游节在大竹县海明湖温泉酒店举行，这是达州市举办的首个省级旅游节会，标志着大竹县乡村旅游进入新的里程碑。省级旅游节会引领了大竹文化演艺、旅游节、赛事如雨后春笋般地兴起，持久不衰。吃住行游购娱旅游要素成为前所未有的多元组合，商养学闲奇情等新的需求和要素正在积聚，居民度假旅行与休闲旅游叠加而成多元的旅游要素组合。随着旅游深度发展，旅游行为也由观光旅游向现代农业观光旅游、度假旅游、休闲旅游不断地演变，旅游要素从原先的多元组合化向独立化演变。

乡建咏叹

乡村是中华文明的根脉所系，是滋养生命、涵养精神的重要载体。竹乡大地散发着浓浓的乡建气息，大竹的"乡建"之味耐人寻味。

附加的"价值链"。太极岛 3A 旅游景区原来仅仅是一个苗圃，由于具有地处城郊和高速出口的区位优势，每年春暖花开时节，吸引了大量的观光游客。如太极图案的河水将拥有苗圃的岛一缠，整个岛就活了。业主萌发了发展乡村旅游的念头，绿植在苗圃增值，旅游又增长附加值。

神奇的"桃花运"。十年前，业界人士幽默地将"农旅融合"称为"农业嫁给了旅游"后，几十元钱一斤的水果出现了。庙坝桃花源连续举办了十四届桃花节和摘果节，每年数十万游客赏桃花，不仅有了门票收入，而且秦王桃从当时每斤 2 元滞销的窘况发展到每斤 10 元供不应求的喜人场面。

曲折的"景区名"。"渔人部落"原名"小金花养生风情湾"，因名字太长且未能突出主题，业主试图更名。景区有 200 余种植物花卉，200 余亩标准化养鱼池和不同类型的游乐场，经过多次讨论，最终更名为"渔人部落"。看似是景区名称的改变，实则是提炼了"乡建真实"的根基——产业。可以这样说，"渔人部落"前景无限。因为长江流域十年禁捕，随着人们生活水平不断提高，嬉鱼、钓鱼、吃鱼将使"渔人部落"四季鸟"鱼"花香，引人入胜。乡村在浪漫主义那里常常代表朴实，但现实中更多的是观念落后、人性裸露的代名词。乡村是我们的前世今生，是我们永远的痛。

乡建过程中，乡村旅游沿袭了"圈山圈水收门票，人山人海吃红利"的传统模式，在发展中出现了淡淡的"忧伤"。

一个破碎的"花乡梦"。有人追赶时尚潮流，在某乡街场口大片租赁土地种植花卉，风风火火建起了"四季花乡"景点。将原住居民排斥在外，圈地围墙，收取门票搞旅游，终因同质化严重，景点荒草丛生，无人问津。

一副洋相的"大洋房"。有人曾在海拔上千米的青山大兴土木，修建了洋气的欧式建筑，闲置数载出洋相。

一朵凋零的"百合花"。由于市场行情好，某地百合花发展初具规模。花开时节，观光游客络绎不绝。正当大家激情高涨发展乡村旅游时，由于百合市场行情低迷，百合花"凋零"，游客变过客。

乡建是一个复杂系统。一些传统形态的恢复、地方风貌的打造、乡土民俗的再现、传统技艺的延续等，尽管都在客观上表达了纯善美好的愿望，但是这些看似"接地气"的尽心竭力的过程，忽视了对"乡建真实"的关注，那就是产业。

乡村景观和文化之复兴，不要困惑于"景观"这个镜像，而要潜心于其背后"产业"这个实相；不要热衷于所谓的"生造景观""弘扬文化"，而要脚踏实地振兴其产业。

乡建之鉴

产业是乡建的血液，是乡村发展的根本。如何振兴其产业？

乡村景观和乡土文化如何服务于其产业振兴？不妨借鉴这个成功案例。

由于日本吃海鲜的人很多，芥末有很强的解毒功能，而芥末出自一种叫作山葵的植物。大王山葵农场是日本最大规模的山葵园。农场成立于1917年，以种植和加工山葵为主要产业，山葵年收获量150吨，每年吸引120万人次到访。

农场是一大片连绵不断的山葵园。那圆圆的叶片，长着小白花的芥末，不是种在泥土里，而是长在水里。虽处山谷地形，但临近北阿尔卑斯山，积雪融化后汇成涓涓细流，昼夜较大的天气温差，满足了山葵生长极为苛刻的条件。自观光小径一路走去，周边树荫遮天蔽日，水田上一座小小亭桥，亭桥点景，导引客流。山葵加工厂和体验加工房让整个农场动静分开，北阿尔卑斯山观景台让山葵田美景尽收眼底。

这些景观设计，看似平淡无奇，实则大有作为，以服务于产业为第一目标。

此处小径是为了引导动线避免对水田的踩踏，树林是为了防止阳光对作物的过度暴晒，亭桥最大限度地减少了对农地的占用，使种植面积最大化。亭桥名为"幸福桥"，因为山葵的花语为"承载幸福的花朵""醒来""幸福的眼泪"，在幸福桥上可以纵观山葵田美景。山葵加工厂和体验加工房主要有利于采摘、收割、烹制。阿尔卑斯观景台开始并不存在。伴随着山葵产业的发展，这些从河流中挖出的碎石，最后变成了一个可以俯瞰阿尔卑斯山美景的观景台。大王山葵农场不断提高科技含量，原始优质水生山葵一般需3—5年时间才能收获，改良培育的山葵新品种1年便可收获。

产业催生景观和文化，景观和文化反过来作用于产业。产业离不开科技支撑，景观和文化是产业的"晴雨表"。乡村旅游发展，表象是旅游，看的是景观，目的是乡村振兴，其实质是产业的复兴。因此，乡村旅游发展的根本是产业振兴。

乡建新探

"十四五"时期适逢百年未有之大变局，国际国内环境日趋复杂，引导众多乡村产业、乡村结构和乡村要素深刻变革，乡村产业迭代、乡村产品创新、市场拓展成为城市经济高质量发展的关键变量。加快构建现代乡村产业体系，创新乡村治理模式，提升乡村振兴途径是未来乡村发展的必由之路。

总书记提出："一定要走农旅融合发展道路。"由此可见，提振乡村产业活力，激发产业融合发展才是乡村再出发的根基。乡村凋敝，是因为产业凋敝，没有新的产业，传统产业既无利，更无力维持。乡村要振兴，产业必复兴。

清明节刚过，踏上大竹段的铜锣山和华蓥山，春光明媚，满目的风景如诗如画。大竹出现的三种产业复兴模式引人注目。

延伸传统产业链条型。

在大竹县铜锣山中段，云峰茶谷景区的万亩茶海依山就势，绵延起伏。经过十余年的发展，四川国峰农业开发有限公司生产的白茶享誉海内外。周边村民大多学会了种茶、制茶，过上了安居乐业的小康生活。景区依山傍水建起了民宿，为游客休闲度假提供了好去处，成功创建为国家 3A 级旅游景区。

将白茶从浙江安吉引入并发展成为当地支柱产业的廖红军董事长，对乡村旅游实现乡村振兴信心满满。

从云峰茶谷驱车 20 余公里，便可抵达铜锣山中段五峰山 4A 级景区脚下的月华镇。进入东汉醪糟 3A 级景区，董事长唐祥华热情相迎。除了供游客参观的糯稻生产基地和醪糟自动化生产线之外，东柳醪糟非遗传承酿制工艺和醪糟文化博物馆，也吸引着一拨又一拨慕名而来的游客。醪糟公司靠产业吸引了数十名工人，易地搬迁在厂区附近做起了永久的居民。景区成功创建为四川省首批工业旅游示范基地，开达州工业旅游之先河。

云峰茶谷和东柳醪糟景区，深谙乡村景观和乡土文化根植于产业之道，没有生造乡土文化。茶叶从如何种植、管理、采摘到炒制，醪糟从如何栽种、收获、加工到酿造，将传统的农耕生产、民俗生活摆放在游客面前，让游客融入乡土文化氛围中，品味到特有的乡愁。

"喊山开茶文化节"是"龙头企业牵头，茶农自发组织"发自内心的欢庆。一脉相承的是"紧紧依托产业，密切结合群众、突出文化元素"的传统。

注入传统产业科技元素型。

石门梨园3500亩种植面积乃达州之最，尽管也搞起了赏花、摘果节的乡村旅游，仍然入不敷出。梨园出现可怕的沉寂，四川恩必报农业发展有限公司的发展难以为继。董事长吴长汉认真分析了梨子产业凋敝的原因：尽管梨园具有海拔高、梨子味道好的优势，但品种老化、品质低，旺季烂市的现象时有发生。吴长汉痛下决心：科技投入势在必行！

为此，吴长汉做了两件事：一是外出学习梨子酿酒（白兰地）技术，二是请省农科院专家分批对梨树高桩嫁接品改。

如今，石门梨园酿制的佳欣牌雪梨醇香飘神州，游客赏花摘果时不忘带走特色旅游商品雪梨醇陶醉一番。去年金秋时节，有"中国雪梨之乡"的金川县梨子烂市告急，闻知吴长汉拥有雪梨酿酒技术，急急拉了3万斤雪梨送到石门梨园雪梨醇酒厂。雪梨醇的清香沉醉了金川县和甘洛县，两地纷纷办起了雪梨醇的分厂。

科技成了大竹与少数民族金川县的友谊纽带，科技让石门梨园又荡漾起了笑声。

融入传统产业创意活力型。

华蓥山脉海拔高达 1000 米的庙坝镇白槽村欢喜坪，土脊水缺，恶劣的生产生活条件几乎让村民四处迁徙殆尽。这里重峦叠嶂，视野开阔。四川欢喜文旅有限公司将创意产业融入乡村旅游，巧妙将曾经妨碍农业种植的石林、溶洞等用创意打造成集野奢酒店、主题娱乐、庄园牧场、运动休闲等为一体的乡村旅游度假区，使之成了人们心之向往的地方。只要融入创意，产业便可"点石成金"。

与欢喜坪遥遥相望的淳年小院，地处铜锣山大竹县团坝镇白茶村蓼叶沟，海拔 800 余米，四面群山环抱，溪水潺潺。淳年小院前身是一片废弃闲置的农舍，在重庆做了十几年设计师的黎森做起"新村民"，注入创意活力将之打造为民宿。淳年小院火爆了得，随手拍一条不到 10 秒的视频，就被网友刷了 40 多万次。小院视频在抖音的播放量 200 万的有 10 条，一年多时间小院占据抖音上达州市好友聚会场地排行榜第一名，"淳年小院"话题在抖音累计播放量达 2566 万。探访淳年小院慢生活需提前预约。注册了"淳年"商标的传统老手艺豆腐乳蕴藏着山的味道、风的味道、阳光的味道、时间的味道，更有人情的味道。因为融入创意产业便可"变废为宝"。

产业复兴的创新探索模式是在不断变化的。产业复兴道阻且长，如何稳住产业这个"根"，让乡村旅游枝繁叶茂，开花结果？立足资源实际，利用区位优势、先进科技、高精人才等要素，复兴传统产业，拓新产业发展新赛道和细分领域，做强特色产业，培育新兴产业，乡村产业兴旺可待，乡村振兴可期。

东汉醪糟漫醇香

近日，四川东柳醪糟有限责任公司创建国家 3A 级旅游景区通过了现场评定，这将开达州市工业旅游的先河。

四川东柳醪糟有限责任公司地处达州市大竹县月华镇，公司是国家龙头企业，其产品"东汉"商标是中国驰名商标，是原四川省旅游局（现四川省旅游发展委）命名的四川省旅游商品定点生产单位。公司以工业旅游作为产业延伸，在县委、县政府领导下，实施三大战略：游客走进来寻新看点，品牌带出去增新卖点，农民奔小康成新热点。

景区总体布局为"一环、一核、两星、一片"。

"一环"，指景区大旅游环线。串联生产加工园区、玉皇庙中国醪糟文化博物馆、月华老街、九银村易地扶贫搬迁安置点等主要景观景点。

"一核"，是指花园式生产核心区。公司现有员工450人，园区占地10万平方

《西南文学》总编曾令琪先生为东汉醪糟题写《汉风》

米，拥有全国首条醪糟自动化生产线，建有全国出口原料安全生产基地，置有企业文化生态公园，设有达州市院士工作站，产有醪糟、糯米粉、醪糟汁饮品、汤圆芯子、免煮汤圆、米酒等7个品种80余个规格，年综合生产能力6万吨，产品销售覆盖全国各大中城市，已出口加拿大、荷兰等三十多个国家和地区，是世界上最大的醪糟生产企业。

"两星"，是指玉皇庙醪糟文化传承体验点和九银村易地扶贫搬迁安置点。分别是景区文化展示体验区和接待服务区，一古一今，演绎着东汉醪糟的前世今生。东柳醪糟据记载有1000多年历史，四川东柳醪糟有限责任公司成立于1995年，东柳醪糟是四川省非物质文化遗产，董事长唐祥华是非物质文化遗产传承人。九银村易地扶贫搬迁安置点，是大竹县委、县政府"以产带迁，以迁兴产"的创举，聚集政府引导、搬迁户奋进、企业支持等"三方力量"的样板。距生产园区500米，园区专门提供就业岗位120个解决贫困户就近就地就业。安置点成功经验得到时任中央政治局常委、国务院副总理汪洋同志高度肯定，省委常委会专题研究向全省推广。依托安置点新居农家接待解决景区餐饮接待需求，让居民增加收入，形成多样化的造血功能。

"一片"，指围绕在生产园区的糯米稻田。糯稻基地的展示体验片，是景区的休闲娱乐片区。

东柳醪糟景区的创建，将加强醪糟加工业文化遗产的保护，丰富旅游产品供给，更好地满足人民群众日益增长的美好生活需要。国际著名旅游学者魏小安说："种植业保障生存，制造业解决短缺，服务业提供便利，这些都是日子，但是没有旅游就没有好，所以好日子旅游当先！"东汉醪糟添旅游配方漫醇香，吸引了游客，强大了企业，乐坏了农民！

2018年1月8日于竹城

以地为册绘新图

最美人间四月天。

重庆市石柱土家族自治县中益乡华溪村一派生机盎然。"太阳出来啰儿，喜洋洋啰儿嘟啰……"阳光正好，走进华溪村，但见一栋栋"蜂蜜黄"的土家吊脚楼掩映在绿水青山间，漫山遍野五颜六色的山花，白的似雪、粉的似霞、红的似火，一群群蜜蜂辛勤地飞舞盘旋，触目皆是一幅幅美丽的乡村画卷。

地处武隆山集中连片特困地区的华溪村，因总书记的视察调研受到全国人民的关注。华溪村的发展规划引领大发展，重庆意境规划设计研究院一时获得业界关注。

以心当墨意境深远

企业为什么取名为"意境"？周和平院长道出了初衷。意境是中国诗词的最高境界，规划设计的表达最高级层次就是歌以咏志，画在诗外；同时，做事做人有格局、有追求、有操守。

重庆意境规划设计研究院前身为重庆市发改委下属的重庆居正社会事业咨询中心，市领导给中心定位"为年轻的直辖市提供智库支持"。

重庆居正社会事业咨询中心 2004 年从国有事业单位改制成民营企业并更名，同年取得国家级规划设计资质。

一提起重庆意境规划设计研究院，总经理魏大献便打开了话匣子。

作为西南地区较早取得国家级规划资质的设计机构，从多元化的动态观点出发，始终坚持以高效、创新、与时俱进的价值体系，发挥综合性的专业技法，突破项目的发展瓶颈，提高项目的体验品质，创造出可持续发展的设计理念和植根于文化原创的旅游设计和城市规划。经过 20 余年的努力，意境规划共承接各地各类项目 600 余项，出版专著 20 余部，获得省部级奖励 10 项。

在城乡规划、旅游规划、乡村振兴、建筑设计、景观设计等专业领域广获赞誉。

重庆意境规划设计研究院的企业文化是：路为纸，是对天地自然的尊重；地为册，是对生命个体的张扬；行作笔，是对自由自尊的膜拜；心当墨，是对商业智慧的诠释。

重庆意境规划设计研究院的宗旨是"让未来先来"，有何深意呢？规划谋划的是未来，终极目的是谋划人的未来，未来可能是明天，可能是后天，但是大多项目是死在黎明，明天等不到，后天等不来，他们的理念就是让明天先来。

周和平院长认为：百年乡村，是一场围绕"民生"展开的具有中国特色的伟大乡村实践。未来三十年，乡村是主战场，振兴是主旋律，农业强、农村美、农民富是总目标。

如何在广袤乡村描绘出强、美、富的画卷，分享一个多年扎根乡村文旅规划设计专业机构——重庆意境规划设计研究院的个案，可能对诠释乡村多一种维度和思考。

产业振兴富美乡村

"无论是农家乐、林家乐还是新民宿，无论是新农村还是美丽乡村，无论是田园综合体还是农业公园，无论是农业园区还是共享农庄，都可以说是乡村振兴的前奏和序曲。我们的乡村走过这么多年，到底如何调整才能真正兴？答案就在乡村的田间地头。"

周和平院长一语道破天机，产业的振兴是前提，换句话说，明明地里出红薯、土豆，总不能栽当归、三七。

重庆市石柱土家族自治县是革命老区县、民族自治县、边远山区县、国家扶贫开发工作重点县、三峡库区移民县，集"老、少、边、穷、淹"于一体。中益乡华溪村坐落在"两山夹一槽"地带，位于大风堡原始森林深处，人均耕地不足一亩，90%以上是土家族人，属国家级贫困村。华溪村大部分属大风堡自然保护区，所在石柱县是《太阳出来喜洋洋》以及啰儿调的发祥地。《太阳出来喜洋洋》是国家非物质文化遗产啰儿调的代表作，又是世界级文化精粹，传唱六十余年被列入联合国教科文组织认定的《世界经典民歌》。虽坐拥生态与文化的双重优厚资源，但因交通闭塞、产业落后等问题，仍面临着深度贫困落后的局面。中益乡建档立卡贫困户465户，1590人，7个村为贫困村，其中4个为深度贫困村，占比57%；2016年全乡农村居民人均可支配收入10345元，低于全县平均水平；全乡外出务工人员2921人，占劳动力的59.8%，外出人员人均收入在2000元左右，劳务收入是当地农民的主要收入来源。

华溪村是重庆市主要领导定点联系的扶贫村，领导多次调研反复强调"要让华溪村发生翻天覆地的变化"！在周和平院长看来，翻天覆地的变化不是推倒重来，不是大拆大建，而是"产业兴旺、生态宜居、乡风文明、治理有效、生活富裕"（乡村振兴二十字方针）的总体体现。周和平院长数十次深入现场调查，走田间，访农舍，对华溪村贫困落后的深层次原因进行全面剖析。经过无数次的交流、座谈、调研、推演，最后，规划团队六条重要举措终于形成。第一，以农户为重点对象，借鉴贵州省的"三变"政策，壮大村集体经济；以蜂蜜为主导产业，建设中华蜜蜂小镇，壮大主产业，培育新兴产业。第二，以"游、学、乐、美、养、富"为主线，构建乡村旅游生态产业链，打造乡村旅游扶贫示范村。第三，以建设景区景点为抓手，完善华溪村内外交通，特别考虑通达性和可行性。第四，以全域旅游为背景，建设服务配套设施。第五，以接待住宿、农产品售卖为功能诉求，对农户房屋进行改造、升级或新建，包括社会资金进入后的经营性文旅项目包装。第六，以乡村信息化建设为手段，实现城乡信息互通和乡村旅游扶贫培训。同时，以此为纲，细化到乡村设计导则和运营计划中。

2019 年 4 月 15 日，习近平总书记来考察调研时，华溪村已发生了翻天覆地的变化。华溪村大多数村民原来只种玉米、土豆和红薯，粮经作物比为 9∶1，农户主要经济收入靠外出务工。精准扶贫六条举措出来后，华溪村把产业扶贫作为扶根本、扶长远之策，大力发展脆桃、脆李、吴茱萸、木瓜等经果林大约 1080 亩，树下套种了黄精、西瓜、赤芍、花荞等，粮经比已经从 9∶1 变为 1∶9。所有的这些，都是在培育蜜源。"目前我们村发展集体中蜂 260 桶，村民有 700 多桶。村集体今年计划达到 1000 桶。中药材发展了，有了足够的蜜源，再扩大中蜂的数量。"中益乡华溪村党支部书记王祥生表示，村里最终目的是让乡村旅游成为乡村振兴的"金钥匙"。"改善耕种作物只能让老百姓脱贫，但是无法让他们致富，为此，我们决定发展中蜂产业，将打造蜜蜂小镇。"石柱县中益乡党委书记谭雪峰直言，中益乡属于大风堡自然保护区范围内，紧邻黄水和邻水。

石柱县正在大力发展大黄水片区的避暑和乡村旅游，以此为契机，中益乡通过蜜蜂小镇发展乡村旅游，各种各样的水果、蜜蜂、景观等，可提供游客游览观赏，购买水果、蜂蜜，在旅游中达到消费升级。

华溪村 293 户农户以 925 亩土地经营权入股且占股 20%，以保底分红或经营收益分红等方式获得收入，带动建档立卡贫困户 85 户、302 人增收。2018 年实现村集体收入 20 万元，带动农户户均增收 2500 元。2019 年，中益乡华溪村成功摘掉了国家级贫困村的帽子，入选全国"一村一品"示范村镇。

好花可常开，好景应常在

"文旅项目的规划和开发，都有一个推导过程，都是一套思维模式，都有一个痛点和难点，而设计师的责任就是梳理问题、发散思维、聚焦难点、发散亮点。没找准痛点，不能形成共识，没找到难点，不能形成亮点。"周和平院长的设计逻辑，对目前千篇一律的乡村规划有一定的启迪。

垫江牡丹樱花世界位于垫江县新民镇，以明月山脉为主，东至省道 S102，西至石人寨，南至烂泥沟，北至罗家湾，占地面积约 527.34 公顷，是垫江县以花卉为主题的重要景区之一。原为华运农业公司投资打造的华运国际牡丹园，三年种植牡丹 6 万余株，运行不畅，面临关闭。垫江县樱之花生态农业有限公司接管了景区。接管后做的第一件事就是与重庆意境规划设计研究院合作。

规划团队实地调研，发现景区面临着文化主题缺乏、核心景观不突出、体验项目不足、业态较为单一的四大主要问题。同时，全国称为牡丹之乡的城市不只是垫江，如何突出山水牡丹的优势，与垫江生态田园的自然基底完美结合，又能突破花这一旅游产品的季节性限制。为此，规划团队建议业主：一是扩大规模，为长足发展打下基础；二是提升景区体验，把田园观光和农耕体验融合进来；三是以花为媒，延长花的产品链条和产品设计。

重塑"中国山水牡丹"发源地的这一形象基础,做"深"文化,做"亮"特色,助力垫江打造独一无二的"山水牡丹"品牌。主题上,聚焦牡丹的大众文化内核,以"富贵、吉祥、幸福、繁荣、圆满"为文化主题,讲好故事,做够氛围,景观上将"山、水、石、林、田"作为主要景观元素,融入景区核心观赏区中;体验上,设计深度体验类项目,配合多档次的美食、养生、度假等产品设计,做到有颜值更有气质;业态上,立足牡丹观光基础,提升"山水牡丹"实用价值,延长牡丹加工产业链,实现产业增收、业态丰富。

2016年3月垫江牡丹樱花世界景区正式开园,成为西南地区最大的牡丹、樱花观赏基地。开业以来,牡丹节期间,带动垫江累计接待游客达650万人次,年均增长13·5%;实现收入超过40亿元,年均增长45%的目标。2018年6月,垫江牡丹樱花世界景区被批准为国家4A级旅游景区,成为垫江县全域旅游的重要一环、乡村振兴的精品示范项目。

IP引流内容制胜

"建设乡村休闲目的地最大的问题是资源同质化,大致类似的山、水、田、林,耍法单一的打打麻将散散步,吃吃喝喝钓钓鱼。消费升级倒逼产品升级,产品升级追溯IP设计。"在周和平院长看来,乡村旅游IP设计,从来不是一个全新课题,景区核心竞争力的建设,是一个向死而后生的过程。

万盛经开区关坝镇凉风村背靠黑山谷·龙鳞石海国家5A级景区、奥陶纪主题公园、九锅箐国家森林公园,地处渝黔高速复线和大黑山旅游环线上,距主城87公里,距万盛26公里,距黑山谷景区15公里。

凉风村所在的关坝镇位于渝黔边界,过去是以煤炭经济为主的市级重点产煤镇。以前这里有一个凉风煤矿，当地大多数老百姓都靠在煤矿打工为生。随着煤炭资源枯竭和供给侧结构性改革的推进，2013年乡镇煤矿全面关停，凉风村的村民们也因此失去了稳定收入来源。凉风村成了国家级贫困村。

凉风村耕地面积1500余亩，是纯农业村，山多耕地少，森林覆盖率达70%以上。2015年凉风村总人口467户1716人，有建档立卡贫困家庭79户，贫困村民236人，行政村贫困发生率高达13.7%。

"做项目过程，思路没出来，如诗词创作，吟安一个字，拈断数茎须。辗转反侧，夙夜难眠，因为我们是做原创，是解决问题。不说正确的废话，不说无谓的假话。"周和平院长无不感慨。他率领团队通过数次考察，激烈研讨形成了四点共识：首先，授人以鱼，不如授人以渔；其次，以鱼为产，打造产业集群；再其次，以鱼为景，塑造文化景观；最后，IP引流，实现人流转换。

规划从凉风村资源实际出发，一是确立了发展渔主题乡村旅游的思路。以渔产业为核心重构产业链条，促进乡村各大产业与乡村旅游的高度融合发展；二是将鱼塘作为区域最大的旅游景观和旅游吸引物进行提升，构建湿地生态景观鱼塘体系；三是构建返乡老百姓、下岗矿工创业就业和微企发展的产业平台，将凉风村建设为大众创业就业示范基地和重庆市微企创业发展第一村；四是，配套科普教育功能，打造以渔业科普为特色的复合型科普教育基地；五是，开发钓鱼—赏鱼—戏鱼—烤鱼—吃鱼—买鱼链式全观感体验产品体系，丰富游客体验感。

凉风村认真实施规划，乡村旅游发展取得显著成效，成为凉风村发展全域旅游和乡村振兴的重要抓手。其年游客接待量超百万人次，全村家家户户兴办农家乐、发展渔业产业，实现人均年增收3万—5万元以上，凉风村成功实现脱贫摘帽，成功被打造为重庆市乡村振兴示范村、重庆乡村旅游网红点、重庆市乡村旅游新名片。凉风村成功创建全国第一批绿色村庄、全国运动休闲（垂钓）特色小镇、中国乡村旅游创客示范基地、全国科普惠农兴村先进单位、中国散文之乡重庆万盛创作基地，实现了昔日国家级贫困村到"梦乡村"的美丽蝶变。

　　面对重庆意境规划设计研究院的可喜业绩，总经理魏大献踌躇满志地说："树高千尺源于根深，大厦巍峨靠的是地基坚固，我们满怀信心撸起袖子加油干，为乡村振兴贡献我院的力量！"

　　因为有梦，所以勇敢出发，踏上征途，便风雨兼程！重庆意境规划设计研究院秉承"让未来先来"的宗旨，带你寻找最美"乡愁"，神州大地一幅幅秀美乡村的画卷正徐徐展开。

旅游大师话大竹

夏天满目苍翠，蓉城旅游大师荟萃。

《大竹县"十三五"旅游发展规划》专家评审会在成都千禧大酒店举行。原四川省旅游局局长何一心高级工程师为评委会主任，四川大学李柏槐教授、四川师范大学杨国良教授、西南民族大学李如嘉教授、成都信息工程大学郭创乐教授担任评委。规划中的"两极驱动"引发热议。

规划文本表述为："第二节　两极驱动"。

海明湖·五峰山康养度假极

依托五峰山竹海、海明湖温泉和百岛湖湖泊资源以及避暑度假环境资源，以竹乡休闲度假、温泉康养为核心，整合沿 G318 国道县城至五峰山沿线旅游资源，加强景点之间的衔接，打造大竹康养度假极，成为全县旅游发展的核心增长极和全域旅游发展引爆点。重点建设海明湖·五峰山国家旅游度假区和 5A 级旅游景区、百岛湖国家级湿地公园、海明湖温泉小镇、海明湖汽车露营地、木鱼村精品乡村旅游点、"绿水竹"休闲农庄、朝阳乡竹园村精品乡村旅游点等项目。

清河袍哥文化体验极

依托清河古镇、清河李子园、万里坪，以袍哥文化体验、红色文化体验、农业休闲为核心，对华农街建筑群、楠轩公馆、陈家大院、罗家大院等进行修复，打造集古镇休闲、文创体验、农业休闲等于一体的川东渝北袍哥文化体验旅游目的地。重点建设清河旅游特色小镇、清河文创旅游基地、南大梁汽车露营地、清河李子园精品乡村旅游点、万里坪精品乡村旅游点等项目。

大家认为，大竹形象可定位为"袍哥文化古镇，生态康养大竹"。将五峰山、海明湖、清河古镇做成龙头引领项目，来带动大竹旅游发展。海明湖·五峰山创国家 5A 级旅游景区，同时创建国家旅游度假区要有所取舍。创 5A 级景区需要世界级景观资源，资源评估通过较难，而海明湖·五峰山于 2014 年创建了达州市首个省级旅游度假区，有山地、竹海、温泉、湖泊，旅游资源组合得天独厚，适宜休闲度假，创建国家旅游度假区大有可为。清河古镇承载的是袍哥文化，是巴蜀文化最经典的部分，展示的是正能量的忠义精神。本土的文化是民族的，民族的就是世界的，加之清河古镇是西部唯一保存完好的中西合璧古建筑，清河古镇"十三五"建成 4A 景区，启动 5A 景区创建，"十四五"创建成功。

何一心高级工程师对清河古镇情有独钟。清河古镇四川唯一，中西合璧建筑很有特点。旅游不争第一争唯一，唯一才有差异性。袍哥文化体现忠义、爱国正能量，以后的专项规划要对其历史对社会影响正能量部分深度研究，加大宣传。现在很多地方都在讲袍哥文化，但没有一个地方能落地，而清河古镇独具条件。如何落地？一是硬实力：对中西合璧建筑进行保护修缮，使之恢复到当时建设的状态，禁止周边无规划乱建。二是软实力：这是核心。建筑方面袍哥文化的软实力怎么展示，要形神兼备，

不能旧瓶装新酒。巴蜀的茶馆文化、民俗文化、袍哥文化时代的市井生活（有形有神），袍哥文化的影视基地可大手笔地做。成立袍哥文化旅游公司，在政府的支持下设置项目，让公司演员在规划的居民区里来展示袍哥年代的人物、事件、故事。也可引进投资商来打造，居民全部搬出，所有街道按投资方设计理念来打造，演绎当时的市井生活。

四川大学李柏槐教授侃侃而谈："两极驱动"的提法我不反对。但"海明湖·五峰山康养度假级"宜创"国家旅游度假区"，"清河古镇袍哥文化体验极"明确创 5A 级旅游景区。五峰山的景观资源不具备世界级条件，但其环境宜人，与海明湖温泉创国家旅游度假区还是可行的。清河古镇的"神"就是袍哥文化，袍哥文化（在中华人民共和国成立前）是巴蜀文化最经典的部分，即在国家危难时冲在前面，在社会需要时勇于奉献，从不对抗政府。本土的就是民族的，民族的就是世界的。

2017 年 7 月 6 日于蓉城

绽放的文学之花

文墨飘香九州远，沃土植绿四季长。蓉城时值春寒料峭，新华饭店的小会议室春意盎然。《西南文学》杂志创刊一周年座谈会如期举行，编辑、顾问、理事等齐聚一堂，回顾过去，共话发展。

《西南文学》杂志首席顾问、中国作家协会副主席、茅盾文学奖得主贾平凹，《西南文学》杂志顾问、原文化部政策法规司司长康式昭，《西南文学》杂志顾问、原海军装备部政委、海军少将黄代培，贵州省军区副政委、陆军少将萧茂光，分别以贺信、贺词、贺联的形式，致以热烈的祝贺！

《西南文学》杂志现已覆盖中国所有的省市自治区（包括港、澳、台），还发行到了美国、澳大利亚、新西兰、新加坡、俄罗斯、加拿大、法国、南非。

《西南文学》杂志首席顾问、中国韵文学会副会长、中国散曲研究会会长、四川师范大学文学院中国文学首席教授、博士生导师赵义山先生应邀出席座谈会。他高兴地说，《西南文学》作为四川省文联主管的刊物，其发展成绩不得不说是一个奇迹，并就该刊作家的多样性、文学体裁的广泛性、作品内容的多元性给予高度评价。座谈会上，赵老就如何立足西南、办出西南特色提出自己的看法。赵老师认为，无论是历史上还是现在，巴蜀大地都是一片丰厚的文化沃土，要注意讲好我们西南的故事，然后走

出巴蜀，走向全国，走向全世界。赵老师举李白的词与司马相如的赋为例，提到我们巴蜀文人具有敢开风气之先的勇气。特别强调要注意继往开新，让《西南文学》杂志一步一个脚印地走向辉煌。他对文坛的一个现象忧心忡忡：个别作家生活在真空，作品与生活脱节，沦为小圈子的自娱自乐。赵老谆谆告诫，《西南文学》要根植人民这块沃土，贴近生活，写出群众喜闻乐见的好作品。说到群众喜闻乐见，赵老提到了白居易，白居易的作品不仅妇孺皆知，连少数民族地区也广为传诵。赵老师还指出当今古典诗词作者与新诗作者之间互不相知，且有很多作品都是在一个相对狭小的圈子里传播的现象。认为一些诗人们创作的才情与才华并没有融入社会，影响社会，造成了作家的创作与时代的脱节。另外，古代诗词曲的创作与大众的歌唱是密切结合的。大众的时代心声可以及时体现在文学中，文人创作的一流作品可以及时地传递给社会，形成良性互动，但今天我们的文学创作与音乐之间又常常是脱节的。因此，我们的文学创作要注意思考文学与社会、文学与音乐之间的关系，更好地发挥文学的作用。

赵老的教诲引起了与会者强烈共鸣，大家一致表示要学习好、领会好、实践好。

"文学，需要咬定青山的坚持，百折不回的坚韧，心无旁骛的坚守，矢志不渝的坚定。唯其如此，才能在艰辛而寂寞的文学之路上走得更远；才能在蜿蜒而曲折的文学小径上，走得更稳健。"这是《西南文学》总编曾令琪的口头禅，也道出了他朴素的追求："我们是离离原上的小草，因为有了文学，我们便融入了阳光灿烂的春天，漫向诗意盎然的远方！"

是啊，周年乃是序章，将来皆为可盼。愿我们风雨同心，遵循文艺为人民服务、为社会主义服务的"二为"方向，秉持文心、文化、文学、文旅的"四文"宗旨，着力品格、品质、品位的"三品"目标，实现《西南文学》的高质量发展。

　　时令已是春分，大家走出会议室，料峭的春风拂来，人们为之一振，春风必将催绽激人向上、向善、向美的《西南文学》之花。

2021 年 3 月 20 日于成都

第三章

励志笃行韵

破解"重庆密码"

　　元宵刚过，我们还在宅家的时候，李贤勇就在重庆市垫江县忙乎春耕了。近日他又活跃在永川区指导水稻淹水直播技（稻种在淹水中直播发芽出），电话里传来他兴奋的声音："这一栽培技术的主要目的是解放劳动力投入，解决目前劳动力高龄、短缺的矛盾；减施除草剂、免施驱鸟剂等农药，减少农残；降低成本，省略了育苗、移栽等环节！"

　　闻罢其攻克了世界级难题的喜讯，心里着实为他高兴。也许，李贤勇的名字还鲜为人知。

　　他是重庆市农科院水稻研究所的副所长、二级研究员，新世纪百千万人才工程国家级人选，享受国务院特殊津贴专家，于2019年被重庆市人社局授予"首批重庆英才·优秀科学家"称号，获2017—2018年度富民兴渝贡献奖提名，是重庆市农业科技工作者的杰出代表。他从事水稻育种二十九年，成功培育我国第一个高温伏旱区优质杂交稻，累计培育优质品种24个，推广应用1.5亿亩以上，为重庆乃至我国南方水稻产业提质增收100亿元以上，为推动乡村产业振兴做出突出贡献。李贤勇的惊人业绩在科技界产生了巨大影响，他喜获三项重庆市科技进步一等奖。

　　重庆市地处四川盆地东部，属我国陆地地势第二级阶梯，连绵的山脉犹如组组"密码"，给农业发展带来了巨大困难。李贤勇用自己的心血和汗水破解了水稻生产的"重庆密码"。

经得住"烤"验

因灌浆期高温、小温差，重庆不能生产优质米，甚至被划进"劣质稻产区"。外地稻种在重庆"水土不服"。即便是最优质的稻种，都经受不住火城的高温"烤"验。要产生经得住"烤"验的重庆优质稻，是对育种人严峻的考验。

1992年，李贤勇在西南农业大学拿到硕士学位后，开始从事水稻栽培技术研究。他深入田间地头，潜心水稻新品种引种技术探索，用的是国内最先进的优质稻种，严格遵循技术规范，水稻产量却始终上不去。更让人头疼的是，水稻品质与优质米无缘。

重庆水稻生产"前期寡日照，后期高温"，这能培育出适应重庆高温、高湿气候的水稻种吗？业界许多人认为无异于痴人说梦。

为破解这一难题，一些专家通过增宽叶片加大吸光面来解决，但又造成新的缺陷：加宽的叶片会挡住下层叶片的光照，增加了病虫害防治的难度。研究又步入了走不出来的"死胡同"。

李贤勇顶住世俗的压力，反复实践。终于，他敏锐地捕捉到：解决重庆培育优质稻的光照不足的问题，就是要生产出足够光合产物，确保稻谷生长的有机物供给。症结是要提高叶片中搜集光能的捕光色素的比例。找到能

提高捕光色素比例的"材料"（遗传基因）是前提。

跋山涉水，历经千辛万苦，他在国内外率先发掘出捕光色素叶绿素 b 含量高的特异基因资源。

成功的喜悦一晃而过。要从众多试验"材料"中筛选出优质稻种，无异于大海捞针。

"水稻从苗子上看不出优质与否，要种植大量的'材料'，然后再检测筛选。"李贤勇说。筛选出能达到优质的"材料"恨时间太短和人员太少，有人诙谐地总结出团队的"三用"：把一年当成三年用，女人当男人用，男人当牲口用。

每年 3 月到 8 月在重庆种一季，8 月到 12 月、12 月到来年的 3 月在海南种两季，在有限时间内尽可能试验不同的组合。每季种下超过 1.5 万份"材料"，六年坚持下来，一共种下约 30 万份"材料"。

"一年 365 天，大约有 300 天我们都在田间地头——不是在重庆，就是在海南。"李贤勇说。由于经常泡在水里，团队有很多同志都患上了风湿性关节炎，行走都十分困难。

为此，大家践行着一个"土方"：谁要是下了田，当天晚上就得喝点儿白酒，促进血液循环，以免时间长了得关节炎。

李贤勇携团队经受过绝望的挫折，承受了常人难以忍受的痛苦，历练八载。2001 年，能经受得住重庆"烤"验的首个水稻新品种诞生了：产量不错，且能达到优质米标准。李贤勇和团队欢呼之余，将这个品种命名为"Q 优"：Q 是"重庆"中重庆的"庆"字拼音的声母，表明稻种系重庆自己培育出来的。

重庆有了自己水稻新品种的喜悦，激发了这个科研团队的激情。李贤勇带领团队持续攻关，先后培育了 Q 优 2 号、Q 优 5 号、Q 优 12 号等 24 个水稻品种，并通过国家审定。

其中"Q 优 2 号"是国内第一个高温伏旱区条件下优质的杂交稻，是重庆首个优质米水稻品种，打破了多年来"重庆无法产

出优质米"这一业内人士的断言，结束了重庆市不能生产优质稻
的历史。

"Q优6号"多次作为农业农村部"万亩高产创建"主要品种
和国家推广主导品种。其中，四川曾一年种植"Q优6号"超过
350万亩，"Q优6号"是当年该省种植面积最大的单一品种。"Q
优12号"成为云南米线加工专用品种等。Q优系列品种还在"一
带一路"沿线的坦桑尼亚等国家试验示范种植，连续五年在中国
农业技术"惠坦行"活动中作为主选品种被推荐。

据李贤勇介绍，率团队培育出的"神农优228"在总结原育
种技术的基础上，将适口性作为主要指标进行改良而得到的品
种。2018年，在国家农业农村部组织的优质稻适口性评测中，成
为西南地区唯一获得金奖的品种，一举让重庆产水稻跻身高端优
质稻行列。目前，李贤勇率团队培育出的"神农优446"和"晶
红优52"两个品种的品质，已达到一级优质标准，标志着重庆在
优质稻育种领域步入国际领先水平。

耐得住水淹

岁月的洪流，卷走了青春，卷走了年华，田园荒凉的乡村繁
华不再。丘陵山地种植水稻的育秧和移栽机械化程度低，人们在
呼唤着水稻省去育苗和移栽环节。然而，改变沿袭几千年的种植
技术，谈何容易？

重庆的丘陵山地灌溉条件差，如果在播种前放掉田里的水，
出苗后再灌水时难免会无水可灌。唯一的办法就是要有在水里能
发芽出苗的稻种。

能不能培育出在淹水田里发芽出苗的稻种？在一般人看来，
是异想天开。面对世界级难题，众专家们望而却步。李贤勇深知
水里缺氧，一般来说长不出苗。他心里非常纠结：探寻稻种淹水

直播的"重庆密码"，差不多要十年，如果攻关失败，就毁了团队里年轻人的青春。

但一个农业科学家的责任迫使他义无反顾。"不管多难，都要去探索，毕竟理论上可行。"李贤勇说，"很想把这个不可能变成可能！不去探索，永远不可能！"

李贤勇在国家储备的 16 万份种质资源里，领回 4 万个进行初筛。基于重庆特定的地理及气候，一年只能播一次种。李贤勇团队人人抑制不住引吭高歌的心情，满怀希望播下了粒粒种子。可一份份种质的希望如肥皂泡般一个个破灭了。团队成员有的泄气了，打起了退堂鼓，团队一副萎靡不振的样子！此情此景，李贤勇的心在滴血。

关键时刻他以一个科学家的阅历坚定了大家的信念：困难是暂时的！道路是曲折的！事业终将是成功的！几番周折，李贤勇团队历时两年，将 4 万份种质资源播种到试验田。苦心人，天不负。惊喜出现了 3 份种质资源有耐淹水发芽的能力！

如果继续在田间试验，一年播种次数有限。为节省时间，李贤勇团队开发出一款检测淹水条件下发芽的设备（事后也获得了国家发明专利）。

"可以人工调节水温、光照等要素。"李贤勇说，按照时间周期来算的话，实验室模拟气候条件下，一个月能够播种三轮。

就这样一波三折，重庆水稻育种取得重大突破，终于培育出"神 9 优"系列适宜丘陵山地淹水直播的水稻品种。目前，国内外还没有稻种可在淹水中直播发芽的先例啊。

水稻淹水直播就是将稻田耕整施肥完毕后，田内仍保持 5—8 厘米的水层，再将浸泡了的稻种均匀撒播于田内，让稻种沉于水底发芽出苗。李贤勇说："淹水直播可实现以水压草，减少传统露地直播除草剂的施用，可以提高肥料的利用率，在春旱比较严重的地方，可以发挥冬水田储水的功能，对后期防旱的作用比较

大，与移栽比较，不育秧、运秧、栽秧，一亩田保守估算要减少
200元成本。"

今年在重庆永川、垫江、合川、大足等二十余个县市区示范
面积上万亩，明年全面推开。使用的稻种神9优28是李贤勇团
队历时十一年育成的品种，该品种种子活力强，淹水条件下出苗
整齐。

李贤勇率团队敢下深水，攻坚克难，育出了耐得住水淹的稻
种，研发出了水稻淹水直播技术。

守得住平凡

人们常说：李贤勇成天就往田里跑，他开车的里程比出租车
司机还多。这位农业大科学家就像一粒种子般平凡。

四川大竹县与重庆市梁平区、垫江县毗邻，地理相近，气候
相似。

我在原四合乡（现为四合镇）任党委书记时，为水稻生产绞

李贤勇研究员（左一）在四合乡田间指导粳稻生产

尽脑汁。如何提高头季稻产量和扩大再生稻高产面积？我们推广了四川省农科院吕世华研究员的水稻覆膜技术。良法必须配良种，我突然想到了重庆市农科院。

尽管素昧平生，电话里李贤勇谦和的语言，一下子拉近了重庆市农科院与四合乡的距离。2009年盛夏的一天，李贤勇驱车来到四合乡，他戴着草帽，散发泥土气息的白衬衫湿漉漉地贴在身上，他穿着塑料凉鞋健步如飞。

后来，他几次三番来到四合乡指导，不仅赠送Q优系列水稻种给我乡大面积试验示范，还配合全乡发展"黑五类"特色产业赠送了黑米稻良种。

李贤勇不仅频频传送水稻产业的"重庆密码"，还在谋划建立"重庆密码"的农业基地。

2012年4月，"重庆市农科院大竹试验站"在四合乡正式挂牌，这是重庆市农科院唯一跨行政区域的设置。重庆市农科院刘剑飞副院长亲临授牌，时任县委副书记的蔡文华（现为县人大常委会主任）等领导在授牌仪式上接牌。

因工作调动县级部门，"重庆密码"农业日趋淡忘。旅游局帮扶朝阳乡木鱼村省级贫困村，2018年又念起了李贤勇的水稻。李贤勇不辞劳苦现场指导，平凡中尽显大家风范，令人感慨万千。

太阳照过的地方是历史，太阳照着的地方是地理。弹指三十年，历史长河中的一瞬，承载了李贤勇的青春和梦想，破解了重庆水稻生产的"考验·下深水·平凡"密码。青春万岁！梦想成真！砥砺前行！世人铭记！

梦想燃起激情

　　"我的理想是，用科技摘掉农民头上贫困的帽子，以此促进社会进步！"四川省农业科学院土壤肥料研究所研究员吕世华一直倾力圆着这个梦。

　　吕世华长期从事植物营养与肥料、土壤肥力与耕作制度、作物栽培与农业环保的研究。现任中国土壤学会土壤—植物营养专业委员会委员、中国自然资源学会农业资源利用专业委员会委员。迄今在 *Plan tand Soil*、*Soil Useand ManagementAgronomy*

台上左一吕世华研究员，右一作者

Journal、*Pedosphere*、*Field Crops Research*、《中国农业科学》《土壤学报》《中国生态农业学报》《植物营养与肥料学报》《应用生态学报》等刊物发表论文 200 余篇，主编学术论文集两部。

先后获国家科技进步二等奖、四川省科技进步二等奖和北京市科技进步二等奖各一项。2004 年获全国发展粮食生产先进个人，2007 年被评为四川省优秀科技特派员，2010 年被香港嘉道理农场暨植物园授予永续农业先锋人物，2010 年被评为四川省有突出贡献的优秀专家。

一个激情达人

"感谢吕世华的激情感动我们！他做每件事都能把这件事美化了，变成一个非常美妙的东西，他自己可以几天不睡觉地工作，他就追求这个东西！有人总结了大概一百个中国成功人士的道路，排在第一条的不是水平，不是能力，而是激情。在这点上，我特别能体会吕世华的激情。"这是张福锁院士在一次学术研讨会上对吕世华的评价。

张福锁，中国工程院院士，发展中国家科学院院士，中国农业大学资源环境与粮食安全研究中心主任，国家农业绿色发展研究院院长，GCHERA（Global Confederation of Higher Education Associations for Agricultural and Life Sciences，全球农业与生命科学高等教育协会联盟）世界农业奖中国科学家唯一获奖者。

吕世华是张福锁留学回国工作后的第一个国内合作伙伴。张福锁院士说："很有幸与吕世华合作，要是没有吕世华的激情，我们不可能做这么好的基础研究。"

张福锁院士讲了两个故事。

他有天晚上收看四川卫视的节目，看到吕世华在北京间套作会议后，回到四川就搞了一个马铃薯／油菜的免耕套作。他十分动情地说，"我很意外，也很感动。我在甘肃、云南做间套作十几年，已经发表相关论文几十篇，但从来没有让农民在一亩地里多收入 200 元钱。这对我是多么大的价值，这也是对我价值的肯定。就是我做的事情是对的，是有价值的。我没做到的事情别人做到了！有比我聪明的人，有比我做得更好的人。我需要的是更开放，希望大家做得更好！"

第 13 届国际植物铁营养大会在东京举行，大会邀请张福锁院士做报告，讲中国果树缺铁如何防治。其实，他与吕世华开始合作的时候，吕世华在四川已经建立了防治果树缺铁黄化的方法。后来团队用吕世华的技术解决了山东省单县 700 多亩苹果园和肥县 600 多亩桃树严重黄化的问题。张福锁院士在东京的报告，外国专家非常感兴趣，他们没有想到这么困难的问题这么轻易地就被中国人解决了。

吕世华的激情源自为农民做事的梦想。

联合国教科文组织主办的资源管理国际学术研讨会，国际专家在激烈讨论中国做的事情是不是农民关心的，中国的农业专家在怎么给农民做事情。吕世华登台演讲，老外们一下肃静了，吃饭时间到了，老外们不吃饭非要吕世华讲完才行。听完报告，老外们啧啧赞叹："这真是给农民做事啊！"

一匹业界黑马

自古以来，人们都在解读着秋天。

金秋时节，2019 崇明岛国际农业生态种植专家论坛上，四川省农业科学院土壤肥料研究所吕世华研究员引起了全坛关注。

"相比传统种植，水稻覆膜技术可实现亩产平均增加 15%—20%，缺水干旱等地区甚至增幅 100%。"吕世华研究员笃定的话语令全场鸦雀无声，继而爆发出热烈的掌声。

数据无声却最有说服力。

崇明岛作为我国重点打造的世界级生态岛屿，力推无农药、无化肥的"两无化"种植，两大技术难关摆在眼前，一是如何不施用农药控制杂草生长，二是不施化肥如何保证水稻亩产量。

吕世华专家团队研发的水稻覆膜技术解决了这世界级的两大难题。

采用覆膜技术的稻田，全生长期不用农药，仅施有机肥。因为有地膜保护，杂草控制得好，病虫害得到了很好的预防，显著促进生长，早熟一周，节水 40%—70%，促进水稻增产提质。生物降解地膜的运用，解决了传统 PE 地膜残留导致"白色污染"等弊端。巴斯夫 ecovio® 全生物降解地膜可被土壤微生物完全分解成二氧化碳、水和生物质，是一种可堆肥的新型生物材料。

吕世华 1985 年毕业于四川农业大学进入四川省农业科学院工作。作为土肥专家，他从水旱轮作土壤小麦缺锰问题入手，却研究出水稻"三大围"强化栽培，水稻覆膜技术等一系列栽培技术，被誉为作物栽培界杀出的一匹"黑马"。

因为梦想，他充满激情！因为梦想，他不懈追求！

中国耕地面积仅占全球 7%，却要养活全球 22% 的人口。每年，全球数以亿计的人口面临着粮食短缺的危机。水稻，作为我国乃至世界主要口粮作物，其单产水平的高低关乎我国和世界的粮食安全。

良种尚需配套良法。袁隆平"一粒种子改变世界"启迪了吕世华"一张地膜改变一个世界"的伟大构想！他激动地说："这是一个种水稻不挣钱的世界，这是一个大多数地方靠天吃饭的世界，也是农药、化肥过量施用导致环境污染的世界，水稻覆膜技术的推广应用将逐渐改变这个世界！"

为了这个梦想，吕世华团队足足花了二十年时间。

1998 年，吕世华团队和其合作伙伴试图用一张地膜让四川水稻生产走上高产高效绿色可持续发展道路。

他带领团队常年奔波在田间，迎风雨、战酷暑。终于，覆膜水稻技术成功了，亩产高达 800 余公斤。吕世华的意见建议多次得到省委、省政府领导的批示。探索的"专家＋协会＋农户"的推广模式，连续五年写入省委"一号文件"和省委《关于统筹城乡开创农村改革发展新局面的决定》。

随着水稻覆膜技术在祖国大江南北的推广，新的问题又出现了：PE 地膜回收耗费劳力，回收不完全，残留量大。这个问题不时困扰着吕世华，成了他的一块心病。

要是有价廉物美的全生物降解地膜该有多好啊！吕世华找到了合作伙伴——巴斯夫（中国）有限公司共同进行攻关实验。

2018 年 10 月 8 日，这是一个值得庆祝的日子！在云南德宏州芒市遮放贡米基地，中外专家共同见证了生物降解地膜应用于有机水稻的神奇。

这是一个激动人心的时刻。二十年，历史长河里的一瞬，人一生中却何其漫长。吕世华团队的青春、热血和汗水，浇灌在农民的笑容里，生长在芬芳的泥土中。

"一张地膜改变了一个世界"的梦想成真，这是一个擦亮四川农业大省乃至中国农业大国这个金字招牌的重要技术。

一段科技情缘

吕世华以一颗紧贴农民的心，用一双扎根田野的脚，辛勤耕耘在大竹县的三山两槽。

2009 年初春的一个周末，时任四合乡党委书记的我在《四川农业科技》上看到了水稻覆膜技术的系列文章，夜不能寐。

周一上班即与编辑部取得联系，获取了首席专家吕世华先生

的联系方式。吕专家非常谦和地与我攀谈，并邀请我参加省农科院的技术交流会议。放下电话亢奋不已，马上将乡长朱治蜀找来商定推广此项技术，又产生了带村支书和农技员前往学习的念头。

前排右一作者，率 5 名村党支部书记和 1 名农技员学习

试探着与吕专家谈了自己的想法，他说增加 6 个人（5 名村支书和 1 名农技员）同去比较困难，极力向领导汇报争取。

终于，我们 7 人如愿地前往省农科院学习。吕专家热情地接待了我们，他的讲解很接地气。尽管春寒料峭，大家推广水稻覆膜技术的热情腾腾上升。

会议结束后，吕专家来到四合乡走村串户与干部群众交谈，召开技术培训大会讲理论，深入田间亲自示范。全乡水稻生产迅速掀起了一场"白色革命"。

他多次来四合乡指导，田园就是他的实验室，带泥裤腿和

第二排右二吕世华研究员，右三作者

汗湿衬衫是他的形象。不是所有的付出都有回报，也不是所有的付出都需要回报。他在奉献的过程中寻找到了快乐和幸福。

吕世华衣着朴素，生活节俭，认为科研经费务必要用在刀刃上。在自己有限的科研经费中拿出了 3 万元支持四合乡的技术推广。

水稻覆膜技术不仅实现了头季稻节水节肥高产高效，还扩大了再生稻面积，提高了再生稻产量。

丰收了，田农们笑靥如花那是盛开的科技之花。

科学道路无止境。吕世华专家和我又谋划起了四合用水稻覆膜技术发展有机大米产业。因工作调动我离开了四合乡而搁置。

我们联系少了，他执着的创新精神一直激励着我。我也一直牵挂着他研究的水稻覆膜技术降低地膜残留量的课题。

获知他"一张地膜改变一个世界"的梦想大功告成，着实为他高兴，为中国的农业庆幸。同时，向他提出了支持朝阳乡木鱼村的请求。

大竹县朝阳乡木鱼村，是省级贫困村，全省乡村旅游示范村，系旅游局的联系帮扶村。木鱼村地处铜锣山脉的怀抱，全村 3230 人。3300 亩稻田，常年水稻亩产在 400 公斤徘徊。

吕专家欣然应允。2019 年初春时节，他不仅带来了技术，还赠送了生物降解膜。

贫困山区特有的封闭意识导致老百姓难以接受新生事物。覆膜水稻技术底肥仅用油枯等有机肥料，后期不再施追肥，他们很难接受。

5 组年过花甲的老农秦才福与吕专家打起了赌，如果产量能够保持往年的产量，他手板心煮饭给吕专家吃。

收获时节，面对木鱼村有史以来的稻谷高产（最低的亩增 100 公斤以上），秦才福傻了眼。他嗫嚅地喃喃道："科技太神奇了！"

水稻覆膜技术纳入了大竹县人民政府与四川省农科院的院县科技合作项目，技术在大竹县得以迅猛推广。

2020年金秋，铜锣山下文星镇一片金黄色的稻田，粒粒饱满的黄澄澄稻穗纷纷低头沉思：一张地膜带来的世界是一个金灿灿的世界！8月25日，四川省农科院吕世华研究员、大竹县教科局副局长朱治蜀、文星镇人大主席廖兴玲、文星镇农业服务中心主任张志华等见证了奇迹：应用覆膜技术的水稻亩产高达706公斤，而常规栽培的亩产489公斤。

这是在遭遇特大干旱、持续低温多雨等不利天气影响后的奇迹，再次证明生物降解地膜是稻田的好保姆！

一提到农业科技，吕世华就非常感慨："由于出身农村，读了农业大学，干了一辈子的农业科研工作，我深知科学技术促进我国农业农村发展的重要性。当前我国人口不断增加，耕地面积逐渐下降，农业面源污染却日益加剧，这一现实要求我国农业必须走作物高产与环境保护相协调，生产与生态双赢的绿色可持续发展道路。"展望未来农业，他深情地说："农业科技的创新，需要多学科的协同，更需要理论与实践的结合。农业科技成果的转化应用需要创新体制机制，这是怀揣梦想的农业科技人员的幸事！更是广大农民增收致富的幸事！"

田野是寂寞的，带泥裤腿和汗湿衬衫是无声的，他们构成了有生机的美丽世界。

后记

谁说低产是有机稻的"专利"？
覆膜种植是其高产的"法宝"！
近日，四川省山丘区有机水稻高产栽培技术现场观摩暨有机稻米品鉴会在大竹县举行。四川省农科院专家团队、涉农企业代表、有关乡镇和部门等人员出席会议。

与会者考察观摩了大竹县永胜镇镜子村和朝阳木鱼村有机水稻高产技术示范现场，永胜镇党委书记曾帼令、朝阳乡副乡长王敏分别到现场做经验介绍。

专题座谈会，以"有机水稻节本高产技术及大竹县有机稻米产业发展"为主题，进行了热烈的交流讨论。会议明晰了发展思路，坚定了与会者的信心。会议在品鉴新品种有机稻米的欢笑中落下帷幕。

我作为会议的特邀代表，在座谈会上进行了简要发言，旨在抛砖引玉。

兹将会议发言附后：

各位专家、企业家、同志们：

大家好！

就"覆膜水稻"技术在大竹的推广，我做三点发言。

一是渐进的发展历程。省农科院吕世华研究员的"覆膜水稻"技术，我在四合乡任党委书记期间 2009 年引入大竹。正当谋划种植有机水稻时，2012 年底工作调离四合乡而计划搁浅。2018 年获知此项技术使用降解膜彻底告别了地膜污染时，遂将其引到帮扶的贫困村——朝阳乡木鱼村。渐进的发展历程彰显了其强劲的发展势头！

二是神圣的历史使命。因农民种水稻"养儿不算饭食钱"的传统观念，种水稻亏本的情况，加之种庄稼的技术落后，良田荒芜的现象触目惊心。总书记最近反复强调"粮食安全"，吕专家的技术责任重大、使命光荣。袁隆平"一粒种子改变世界"，吕专家则是"一张地膜改变一个世界"！他常说："这是一个种水稻不挣钱的世界，这是一个大多数地方靠天吃饭的世界，也是农药、化肥过量施用导致环境污染的世界，水稻覆膜技术的推广应

前排左一省农科院熊鹰科长、左二作者、左三向跃武研究员、左四吕世华研究员，后排右一卢斌总经理

用将逐渐改变这个世界！"

三是强大的科技支撑。吕专家的技术平台融入了省农科院最新选育的优质良种，配以巴斯夫、曲靖塑料公司独家研制的降解膜，给有机稻发展提供了强大的科技支撑。"潮平两岸阔，风正一帆悬"，我们要抓住契机，奋力开拓，将有机稻生产推向一个历史新高地。

在此，我作为特邀代表以个人名义，向"覆膜水稻"技术研发者吕世华研究员，优质良种育种专家、研究员向耀武处长，降解膜的科研生产公司刘嘉仪经理、卢斌总经理等科研人员致以崇高的敬意和衷心的感谢！

谢谢大家！

2021 年 9 月 5 日于竹城

城乡穿梭"两栖人"

日月经天，江河行地。2005年8月15日，"绿水青山就是金山银山"的著名论断被首次提出。在全面推进乡村振兴的实践中，涌现了数以万计的"两山"理论探索者。有一群城乡穿梭的"两栖人"，正在进行着"两山"理论的伟大实践，已经成为乡村振兴的新生力量。谨以此文献给城乡穿梭的"两栖人"！

——题记

杭州，美丽养眼，却攀爬在"大都市"与"环境"的夹缝中。人生，绚丽多姿，却如水面上的一片树叶，随波飘摇。尽管如此，大家都在苦苦追寻自己认为最重要的东西。廖红军之于杭城，之于山区的家乡，不是那个永远飘零的异乡人，而是穿梭往返于大都市与小山村的"两栖人"。"风景"一词，包含由光对物的反映所呈现的意义。景的前缀"风"，在文化传统里，往往指向风光、风俗。廖红军这个"两栖人"的足迹，勾勒出一道道独特的风景，令人一咏三叹。

特殊嫁妆耀家乡

2009年深秋的一天，阳光懒洋洋地洒在四川大竹县铜锣山中段的廖家湾，轻轻的，暖暖的。父亲没有盼到幺儿子廖红军的衣

锦还乡，而是收到了幺儿媳妇特殊的嫁妆——2000 株白茶苗。

父亲苦笑了一下，这孩子十几年没有回家了。廖红军到云南边防服役时，稚气未脱。这也练就了他勤奋好学的习惯，深得大家好评。连队需派人学习医术，这等好事自然落在了他的身上。三个寒暑易节，廖红军锻炼成一名专业军医。他擅长治疗颈椎病、腰椎间盘突出，"廖一拍"的美称传遍军营。他与一名女战士相爱了，女战士是浙江安吉县人。恋人转业回浙江工作，廖红军随之从云南跨省调到浙江部队医院。妻子是安吉人，耳濡目染，白茶的清香，每斤上千元供不应求的行情，不时萦绕在他心间。他伴随爱人漫步安吉茶海，与老家相似的竹林土壤勾起了他浓浓乡愁，他继而萌动了引种白茶的念头。他欲预订 2000 株白茶苗，女方家长索性就替他购置了。

这些树苗是大儿子廖超从浙江带回的，听完其来历介绍，父亲既纠结又感动。娃儿一旦长大，翅膀硬了，就不大听话了。为了改变廖红军的命运，父亲想方设法让他去当兵，聊红军十五岁就走出了大山。转业到地方，本来有一个体面的工作，却又辞职了，在杭州凭一技之长开办了理疗康复中心，还把大儿子廖超叫去搞管理。如今，廖红军又折腾起了白茶，骨子里那种山里人淳朴倔强的性格还是没有改变。

午夜，月光穿破云层，瞬间笼罩了大地，山村一片沉寂，连风都睡了，父亲心里却盘算起了栽植白茶苗的好地块。

山区秋季早晨特有的清凉，夹杂着野草的气息和野花的幽香，弥漫在田间。在廖超的指导下，父子俩开始栽植白茶苗了。

人勤春早，一场春雨让小山村蒙上了一层淡黄的轻纱，小茶树冒出了爆米花般的新芽，廖超和父亲咧嘴会心一笑。

远在杭州的廖红军看到大哥手机传来的照片，一下子惊呆了，这可比安吉白茶早了十天左右。十天，于茶叶而言，无异于上天赐予的"黄金档期"。

　　大哥将产出的白茶迅速带到了杭州，廖红军如获至宝，但见白茶外形挺直略扁，形如兰蕙；色泽翠绿，白毫显露；叶芽如金镶碧鞘，内裹银箭，十分可人。廖红军急急地冲泡一杯，沁人心脾的清香一下蹿了出来，细细品一口，顿觉神清气爽。他自信地认定，口感超过了安吉白茶。他反复端详着杯中的白茶，叶底嫩绿明亮，芽叶朵朵可辨。叶白、脉绿、味鲜，这是白茶的主要特征。叶白脉绿，白茶的叶片呈白色，只有主叶脉是绿色的，味越鲜，说明氨基酸含量越高。饮毕，唇齿留香，回味甘而生津。廖红军隐隐感受到一种不可遏制的激动，就像一股汹涌的春潮，正在滚滚而来……

　　他忙着将白茶送检，质量完全合格，氨基酸含量高达 9.4，而一般的含量仅 5.0。人生的春天来了，不是悄无声息地，轻飘飘地，而是轰轰烈烈地，不可阻挡！

　　是的，特殊的嫁妆无异于一道闪电，耀眼了山乡，照亮了廖红军茫茫人生旅途。

大山腹地寻沧桑

　　只有在回忆往事的时候，廖红军才好像抓住了家乡的曾经。逝去的事物和虚无常常让他独自泪流满面。

　　人就是这么怪，一旦做出决定，生活的重心就会不由自主地发生转移。他与妻子商议，将房子抵押贷款，加上积蓄，凑足了一千万元，回家干一件大事：将安吉白茶引回故里，他要践行总书记的"两山"理论。

　　往昔的岁月再浮现，甩膀子、撸袖子，快马加鞭奔日子。他抑制不住内心的狂热，马上接通了父亲的电话。

　　"爸，你孙子、儿媳妇要回老家来看望你们了！""好啊好啊……你小子终于想起还有个家了！"电话里传来父亲喜极而泣的声音。

"爸，我想回来创业，带动家乡父老乡亲种植白茶！"

"什么？回来搞农业！我坚决不同意，你就别回这个家了！"父亲"啪"的一声挂断了电话。

是啊，农民千辛万苦，汗珠掉地摔八瓣儿，脸朝黄土背朝天，一世辛劳不过为了一口饭吃。哪有搞农业发了财的？不亏本就是万幸。现在村里剩下的都是空巢老人，他们的下一代都奔赴了城市。这个时候，廖红军返乡创业，是不是发神经？

廖红军举着电话愣愣地站在那里。妻子走过去耳语道："这次回去带上我妈妈，一则上亲家门，二则开导开导老爸。"

夕阳悄然衔山，夏风浩荡，送来阵阵林涛和缕缕绿竹清香。十三年了，青山更绿，炊烟更稠，院落更美。廖红军携着一家老小刚进入院子对面的山梁，家人早已在此等候。

父子电话里的不愉快早已烟消云散。父亲引领一家人簇拥着初次谋面的孙子、儿媳、亲家母向院子走去。欢聚的家宴设在院坝，凉风习习，明月皎洁，其乐融融。席间，廖红军岳母谈及安吉白茶带来的巨大变化时，父亲惊愕的嘴巴张成"o"字形，端起的酒杯僵直地悬于空中。

清晨，早起的父母站在院子里与邻居聊天，嘻嘻的笑声不时传进耳朵里，有一种安详的尘世气息。

父亲带着刚起床的家人，来到生机勃勃的茶树田间，大家"啧啧"赞叹不已。茶树上珍珠似的露珠，在朝阳下光芒四射，好像遗落在漫长时光里的无数记忆。廖红军突然单膝跪地，捧起一把泥土，放在鼻孔前，久久轻嗅着芬芳的气息。继而，他一脸庄严地直起身来，站出了部队战士的立正姿势，向父亲和家人行了标准的军礼。敬礼完毕，就是一个一百八十度的转身。他没再回头，什么也没说，疾风一样向院子后山跑去。

山路两旁的大树与灌木又浓又密，疯长着覆盖了道路，像要把山路抱起来似的。眼前的样子，因他的成长而熟悉，因他的离开而陌生。今天，他要重返大山的腹地，破解乡村凋敝的密码，书写"两山"理论的铜锣山篇章。曾家沟就像一部时光影像机，山旮旯里储存了廖红军与儿时伙伴们的童年。这里有他们最原始、最朴素、最真实也是最苦涩的芳华，有他们的青春梦想。

这条狭窄的山沟属团坝镇白坝村，因十几户住户都姓曾而得名"曾家沟"，外婆就住在这里。

见到外婆时，她快认不出他了，这个从天而降的惊喜，让老人家激动了好一阵子。得知外孙子要来发展白茶时，老人家摆着手急促说道："军儿哪，这可使不得哟……"一声叹息好像微风，吹进了他的耳朵。外婆家邻居有个五十多岁的汉子，是村上的支部书记，听说廖红军要来发展白茶，不敢相信自己的耳朵。听了廖红军的发展规划后，曾书记斩钉截铁地说："只要你敢来发展，我们村支部就鞍前马后做好服务！"

山间传来清幽的鸟鸣，小山村一片沉寂，许多院子已经嗅不到丁点儿烟火的味道，房屋门口的荒草已经一人多高，门窗已经完全被野草灌木吞噬。

廖红军去寻找儿时上山的路，一无所获。根本没有什么路了，能插得下脚的地方就是路。凉风拂来，周边树叶哗哗作响，他感受到一种莫名的兴奋，又有一种青春过于肆虐的伤感。他坚信：总有一条小路垂青于探路人，就像彩虹总会给追梦人以安慰。那条小路通向的即使是绝望的深渊，也要把它变为希望的山岗。

实地考察，廖红军大吃一惊，光是开荒，每亩少不了 4000 元。2000 亩下来开支不菲，自己的 1000 万远远不够，寻找合作伙伴势在必行。

儿子、妻子与家人团聚短暂，岳母来不及欣赏铜锣山美景，便马不停蹄地回到了浙江。

安吉有几个茶叶大户，一直在寻找扩大规模的茶叶基地。听了廖红军的介绍，他们欣喜若狂地向四川大竹县进发。

他们走进了铜锣山曾家沟，实地考察后简直乐晕了：这里气候很好，常年是雾一般的天气；这里空气质量好，远远优于家乡的安吉。尤其是这里的竹子，堪称一绝。笔直叶绿的竹子摇曳生姿，大片大片的竹林郁郁葱葱。置身其中，被无穷的绿意笼罩着，仿佛呼吸就变得香甜起来了。淡云薄雾间，银峰相拥，灵竹环抱，大竹这个县名的确名副其实。他们种植白茶多年的生产实践表明，大凡四周为竹林或邻近竹林的茶园所采制的白茶，产生一种异于其他绿茶的独特韵味，含有一丝清冷如"淡竹积雪"的蕙兰之香，越靠近竹林的地方越明显。也许正是茶竹之缘，孕育出了惊世骇俗的安吉白茶。而大竹这个绿竹之乡，所生产出的白茶必将又一次惊艳茶界。他们果断做出了投资的决定。

廖红军随即招兵买马，与大哥廖超投入了火热的垦荒中。曾家沟一早一晚的清凉，像无形渗透的水，一点一点浸润人，一点一点冰沁人。中午，太阳当顶，密不透风，大家汗如流水，廖红军深深吸了一口气，然后声嘶力竭地大喊，仿佛要把胸中的虚无吼出来。"噢——噢——噢——"的呐喊声，唤来的款款山风穿行在光影中，缓缓回漾，也恍惚了人们。

机遇从来不是大路货，是从石头缝里抠出来的，常常要把手指抠得鲜血淋漓。他累得浑身软绵绵的时候，索性坐在地上，靠着树干，闭上眼睛，聆听梦幻般的溪水。良久，张开眼，透过密匝匝的树叶，仰望天空的湛蓝。夜幕降临，星星为他点灯，晚风给他拉起欢快的琴。夜深露凉，明月高挂，潮水般的疲倦和深沉的无力感漫卷而来，白天一切的难题渐渐融化在这里。春日的妩媚可用来近观，秋天的辽阔用来远望。通过人工砍、割、烧，机器挖掘和整形，2011 年 11 月，2000 亩新垦出来梯田一样的茶地横空出世。当 500 万株白茶苗植入土中，枯萎了的日子挂着翠绿站了起来。成功近在咫尺，廖红军似乎闻到了香槟芬芳的味道。

茶业萌动遇寒霜

新燕轻叽经年旧事，小雨润酥严冬残迹，山野的绿奔走相告着春风的讯息。

廖红军行走茶园，不用低头看，他也知道脚下泥土中生长着不计其数的白茶树，它们正纷纷吮吸春天的甘露，惬意地接受春光的抚摸。

朝阳与暮霭是大山两条最美的纱巾，让茶园妩媚动人。每一棵茶树都是一首诗，在茶园里，能悄悄聆听茶树的私语，静静品着茶芽散发的清香。

廖红军将家里的日常事务交由大哥廖超打理，自己常年往返穿梭于杭州市与铜锣山两地，继 2011 年种下第一批白茶 2000 亩，2012 年秋在铜锣山的赵家村种下白茶 3000 亩，2013 年又在铜锣山的黄滩乡流转土地 5000 亩……

一轮明月高悬山顶，马上又要满月了。月圆月缺，时光如水。许多个夜晚，群山静谧，整个人间仿佛都沉睡了，唯独廖红军一个人在思考着家国天下。《礼记·大学》中说的"修身齐家治国平天下"，就是我们常说的家国天下。家国情怀是我国几千年传承下来的优良传统，也是国人崇高的追求。一个人修身的目的就是能够为更多的人做一些有益的事情。

时光像流水，柔软而坚硬。公司发展白茶到 2013 年，的确给乡村带来了生机，部分村民通过流转土地、务工收入，过上了殷实的日子。但相当一部分村民对于种白茶一直在徘徊观望。

为了增强农户种植白茶的信心，由公司出资，团坝镇政府组织了党员干部、种植大户 60 余人，前往浙江安吉考察学习。白茶产业引来安吉的沧桑巨变，给考察学习者思想带来很大的触动。

为了让农户种植白茶安心，廖红军大胆承诺：种植四年，如果每亩收入达不到 4000 元，由公司给农户补齐 4000 元。同时，供种苗、供技术、供物资、供服务，由公司一竿子插到底。

不知开了多少院坝会，考察学习归来者宣传发动，廖红军代表公司郑重承诺，村民们心动了，行动了，种植白茶迎来了如火如荼的场面。

廖红军拖着疲惫的身躯，转过身看着山野夜幕中的月季，那一抹倔强的红，让深秋的夜晚饱满起来，他的精神也为之一振。

柴烟升起，那叫炊烟；炊烟袅袅，那是乡愁。外出的村民陆陆续续回来了，鸡犬之声热闹了起来。

白茶是个宝，采摘炒制有技巧。

村民种下了白茶，廖红军利用冬闲给茶农进行采摘炒制的科普。白茶采摘的标准是一芽一叶，如果当天不采摘，第二天就是两叶一心了，品质和价格大打折扣。安吉白茶是一种珍稀的变异茶种，属于"低温敏感型茶叶"，茶树产"白茶"的时间很短，通常仅有三十天左右。安吉白茶，是用绿茶加工工艺制成的，属绿茶类。清明多雨，雨天也要上山采摘。雨后采摘的鲜茶需要更长时间的摊青，把雨水晾干后方可炒制。但摊青的时间不能过长，必须当天炒完，否则鲜茶堆积在一起会发酵变红。采白茶的方式是掰，而不是掐。白茶的茶芽发白，颜色浅，如果采用掐的方式，炒制出来的干茶茶梗就会发黑，冲泡出来更加明显，从而影响品相和价格。炒制一斤干茶需要四斤鲜叶，也就意味着一斤干白茶差不多需六万个茶芽。

科普让茶农们受益匪浅，白茶挺娇气，得小心伺候才是。2015 年早春，山区的寒冷夹杂着潮湿，无孔不入地往人们身体钻，双脚像踩在冰窟窿里。

一年一度的采茶季到了，廖红军公司盛产期的白茶达 7000

亩，需 700 名采茶工，公司出乎意料地仅招到 200 名。

毗邻乡村的喇叭声响个不停，反复推送公司招采茶工的信息。春雨淅淅沥沥下个不停，喇叭的声音被淋湿了，被淋哑了。

以前周边村镇的农户都争先恐后来采茶挣钱，现在咋一下子招不到人呢？原来，从 2013 年开始，周边农户大都变成了茶农，此时也到了盛产期，他们要采摘自己的茶叶，或者等把自家的茶叶采摘完，再来公司当采茶工。廖红军忽地醒悟到：大竹的白茶不仅是茶叶，而且是茶业了。

苦短的春宵，廖红军顿觉长夜漫漫。静静的卧室首先听到自己的喘息声，继而是手表越走越响的"滴答滴答"声。窗外传来的鸟鸣，遥远、恍惚。他一时间快要撑不住似的，身体如同万蚁咬啮。

这是一个苦恼的春天。廖红军公司的茶叶有三分之一没采摘回来，损失 400 多万元。

春天忽而回到严冬，遍地寒霜像绷带，缠在他心灵上。他奔波到安吉茶乡取经，20 万亩茶叶如何采回来的？答案是主要靠农民工，河南人居多。

2015 年 11 月，廖红军奔赴河南省兰考县招采茶工，两天内就有 600 多人报名。他们大多去安吉采过茶，是熟练工。

他如释重负地回到茶园，心灵缠绕的寒霜绷带早已融化殆尽。漫步茶园，小路两旁的野草委顿在地上，枯黄矮小，却也不觉得悲伤，到来年，一切就重新开始。

连绵茶山春浩荡

连绵起伏的茶山上空被雪花完全遮蔽，世界退到了一个模糊的角落里，仿佛一场遥不可及的梦境。

廖红军望着窗外大雪纷飞，眉头紧皱：客户不能上门采购。

大竹白茶深受消费者喜爱。茶商有个习惯，买茶要看茶叶的生长环境、采摘时间，所以一般都要上门采购。如今老客户无法上门验货，让廖红军措手不及。白茶的黄金窗口期仅一个月，眼看 5 万多亩白茶就要砸手里了，他突然心慌意乱，心脏要裂成一瓣瓣碎片似的。

廖红军中等身材，钢丝般的板寸短发透出干练，黑里透红的脸饱经风霜，结实的筋骨久经历练。这个城乡"两栖人"还有个身份，是浙江善兔信息科技有限公司总经理。面对始料未及的突发情况，他眼前突然一亮：浙江卓科电子商品溯源平台或许能解决这个难题。

他马上与对方联系，组织人员迅速行动起来。将大竹白茶原产地、环境、经营、加工、包装、运输等各个节点信息，通过物联网传感器数字化，同时存入蚂蚁区块链开放联盟链上。

客户只要打开手机扫码，就能查看大竹白茶在区块链上记录的各个状况。从采茶、炒茶到包装、运输等各个阶段，都拥有一串独特的字符串，叫作"哈希值"。这个"哈希值"好比独特的"指纹"，客户据此可追溯到茶叶的流向是否有假，即使发生篡改也会被一一记录下来。

就这样，廖红军用支付宝区块链技术实现了生产全流程的透明化，来自全国各地的客户不用上门就可实现验货。雪中的茶山分外妖娆，白茶的销售更加火爆。

雪后的太阳颇具能量，慷慨地释放着积累 46 亿年的耀眼光束。光束投射在连绵起伏的茶山，天地顿时流光溢彩。

廖红军依旧在杭州和铜锣山往返穿梭，做着快乐的城乡"两栖人"。他似乎骑上了人生的快马，瞬间便是春花渡秋叶。

他担任了中共大竹县白茶产业委员会书记，引进浙商 30 余人，投资 12 亿元种植白茶 5 万余亩。带动三千余农户发展白茶 3 万余亩，帮助了 3500 余名脱贫人口，人均实现增收 1.2 万元。

培育茶叶公司 13 家（其中省级龙头企业两家），成立农民专业合作社 25 个（其中省级示范社一个）。

大竹白茶是国家地理标志农产品，喜获地理标志证明商标，完成了国家区域公共品牌商标注册。大竹白茶已成功注册巴蜀玉叶、国礼、川白茶、云雾鼎、蜀玉白月、竹尖香玉、中潭白茶等 15 个商标，其中巴蜀玉叶已被省政府授予"四川名牌产品"称号。

依山势分畦列亩的茶园漫然无际。望着随风翻滚的绿浪，廖红军有一种统帅三军的自豪。他觉得那个淳厚古朴的山村回来了，那些勤劳善良的村民回来了。这在"喊山开茶节"活动上表现得淋漓尽致。

活动已办六届，有个场景至今仍历历在目，一回想起来眼睛润润的。

那是在第五届节会活动上的一幕。

茶农廖小舟的女儿廖悦辰在县城第一小学五年级念书，她屡屡请求要来参加节会活动。她拿着感谢信，低沉地念道："前几天我看到一个新闻，安徽亳州一班留守儿童，因为缺少父母陪伴，申请叫老师'爸爸'，老师含泪写下'同意'，我心里难过极了。我也曾是他们中的一员，每年过完春节，都有一次伤心的离别。爸爸妈妈要外出打工，一年才能见上一次。"她擦了擦眼角的泪水，稚嫩的声音高亢了起来："今年我不再是留守儿童了！原因是廖红军叔叔从浙江安吉引进白茶到家乡后，爸爸妈妈回家种植白茶了。他们现在每天照顾我，陪我学习，跟我玩耍，给我做饭。我再也不是人们心中的野孩子了！"

廖悦辰念完感谢信，满含深情的一曲《感恩的心》将活动推向了高潮。

往事如烟，泪洒茶山。一个平凡小家的变化，是时代的变迁，社会的缩影。这曾经是留守儿童的故事恰恰就是温暖的中国故事。

每每想起这一幕，廖红军心里涌动着一股暖流，流淌着一种自豪感，但他始终铭记着里克尔的一句名言："其实毫无胜利可言，挺住便意味着一切！"

山水迢迢送茶香

"七月流火""维北有斗，不可以挹酒浆"……科学与诗的融合自《诗经》始，在人民的劳动中拉开帷幕。劳动创造了诗歌，也创造了科学。

在万木葱茏、生机勃发的盛夏时节，"2022年达州市茶叶区域公用品牌'巴山青'新式茶饮发布暨巴山青农茶产业学院成立大会"在四川达州市职业技术学院隆重举行。已担任达州市茶业协会会长的廖红军，推介的科技新茶饮引爆会场。

劳动如此漫长，收获必得经常。白茶的采摘仅有春天的一个月，要是能实现夏茶、秋茶的收获，该有多好！廖红军一直在琢磨这个问题。历史的烟尘缓缓散去，一条让他震惊的信息呈现出来：浙江杯来茶往生物科技有限公司一直在寻找优质的茶原料，通过研究新式茶饮，赋能传统茶行业，让更多人爱上中国好茶。

那是一个春夜，月光中浮动着飘逸的花香，十分有唐诗的意境。大竹白茶具有高氨基酸、高鲜爽度、生态健康的优势，双方很快就达成了联合研发新产品的合作协议。那晚星光璀璨，好似大海里游船的灯火，美不胜收。

两家企业共同研发一年，大竹白茶首款科技新品，冻干闪萃茶粉诞生了。由转瞬的一念窥见时空宇宙的无限，一花一世界，一叶一菩提。

这款冻干闪萃茶粉，将大竹白茶进行萃取，再采用目前先进的冻干技术制作而成，可以做到自由调饮，三秒速溶。不但冷热水均可冲泡，还能根据口味偏好，加入牛奶、气泡水等进行调饮。廖红军兴奋地说："冻干闪萃茶粉的推出，让大竹白茶的生产从此不再局限于春茶，夏茶、秋茶也可以利用了，产值预计将翻一番！"

都市是快节奏的，人们大多数时候必须让自己醒着，似乎像那戍边的士兵，枕戈待旦。大竹白茶冻干闪萃茶粉无疑能让人们清醒，无疑能让烦躁的都市趋于平静，因为它是从世外桃源的山水中迢迢而来的。

如果说安吉是个世外桃源，大竹就是其创新中的翻版。"青山不墨千秋画，流水无弦万古琴。"茶山如黛，逶迤蜿蜒；泉水淙淙，似梦境传来。

世外桃源，陶渊明先生原本是这样记载的：为了再次寻找这片秘境，发现者沿途都是小心做了记号的。但即便如此，事后也没有任何人能够重返原地。

无论这是无人可寻的秘境，还是永不枯竭的梦想，在当时历史时期，都是一种所有美好的赋予。而现在的世外桃源随处可寻。

曾家沟是大竹白茶产业园的核心区，时光柔美地浸泡在这片土地上，云峰茶谷的民宿点缀在绿海中，潺潺的流水在山谷间回响。走进民宿，白茶一两杯，闲话三四句，好不惬意！躺在床上，层层叠叠的白茶树映入眼帘，云雾飘来飘去，好不逍遥！

廖红军以茶业为基础，引导茶农搞起了乡村旅游。云峰茶谷还创建了国家 3A 级旅游景区呢！

茶乡在涅槃，茶乡在巨变，茶乡在建设达州市市级白茶产业园区。产业园不是一个公司的行为，是园村一体，产村融合。搞休闲观光农业、生态绿色农业。走集采摘、加工、观光、休闲、康养为一体的产业新路，彻底改变传统农业的种植方式，实现对土地进行现代化的启蒙和培养。

孩子们光着脚在茶园追逐欢乐，老人们在青石板上守望往昔岁月，他们陶醉在白茶树浓烈的清香里，忘记了时光变换。

工业文明囊括了人与自然、城市与乡村等内容，勾勒出原乡与异乡、乡愁与漂泊、死亡与重生等多种命题。廖红军甘当城乡穿梭"两栖人"，破解着"土地传统农业的死亡与现代农业的重生"这个难题。不是所有的困难都能让人成长，也不是所有的人都能战胜困难，许多人在困难面前默默倒下，而廖红军的执着让困难纷纷逃逸。

机遇总是垂青于奋斗者，鲜花定要献给那些执着的人。廖红军先后获得四川退役军人"就业创业之星""四川省发展现代农业优秀返乡农民工""达州市优秀共产党员""首届达州市农民青年致富带头人""达州市创业之星"等荣誉称号。

夜深了，月华似水，廖红军在云峰茶谷民宿凭窗眺望，浩渺的星空，置身远离尘嚣、远离世俗纷扰的地方，回首走过的路，心里一片澄澈：那沿途的一山一水，一草一木，印在眸里；一人一物，一事一情，刻在心中。所有美妙的风景都汇集成一幅巨大的难以忘怀的斑斓景象，激励他继续做好城乡往返穿梭的"两栖人"！

解密百年秘膏

　　从神农尝百草、医圣张仲景著《伤寒杂病论》，到如今东风西渐，华夏祖辈对生命健康的渴求，总在推动着中医药不断地发掘。

　　中药分为"丸、散、膏、丹、汤"五大剂型，膏药为其中之一。八仙之一的李铁拐是膏药的发明者和祖师爷，因为他随身携带的大葫芦里有治病的灵膏妙药。当然，这是美好的民间传说。其实，春秋战国时期《黄帝内经》载："桂心渍酒，以熨寒痹。"用白酒和桂心涂治"风中血脉"，被后世誉为膏药之始，开创了现代膏药之先河。膏药学集中体现了中医学里所倡导的"天人合一，阴阳和合，司外揣内"的文化精髓，兑现了中医学"内病外治，外病外治，辨证施治"的独特医学价值。数千年的时光沉淀，在中医膏药璀璨的历史星河中，闪耀着一颗明珠——"宇珂热灸膏"。

　　宇珂热灸膏这颗明珠，升腾在成渝经济带黄金分割点的四川资阳市雁江区。雁江区，因常年有成群的大雁繁衍生息而得名，是中国长寿之乡。35000年前古人类开启了四川人类文明史，有"蜀人原乡"美称。

　　宇珂热灸膏这"薪薪"之火，传承发展已呈燎原之势。"宇珂热灸膏"初期名为"李氏风湿骨痛膏"，那么，这神奇膏药的传承，历经了怎样的传奇岁月？

山中奇遇张大千　毕生制膏创始人

雁江区，因古城在古代资溪（现名九曲河）的中段，故秦国时期建县曰"资中"；又因其古城在资溪之北，南北朝时期设郡，称"资阳郡"；郡下设县，即资阳县。雁江区有个丰裕镇，已有六百多年的历史，自古以来就是重要的驿口和上成都的必经之路，境内三条河流交汇至沱江。秘膏创始人李国华1885年就诞生在这里。

李国华自幼好学，学业优异。因家境贫寒，仅念了三年私塾就辍学回家，给从事乡医的父亲当起了小帮手。又一个年关临近，看着聪明伶俐的李国华一天天长大，父亲的忧愁与日俱增：自己吃了读书少的亏，难道小国华重蹈自己的覆辙吗？

夜色如磐，冷月似冰。惨淡的月色，映照着父亲枯草般的头发和乱草般的愁绪。他忽然想起了一个人——弟弟李徽典，他在蓉城传授中医学。弟弟以膏方、中药汤头专治寒症热症而闻名，何不让小国华跟师于他呢？父亲怀着忐忑的心情，用颤巍巍的手修书一封……

雪霁天晴，春天踏了猫步而来，弟弟李徽典鸿雁传书了。十二岁的李国华告别家人，踏上了当蓉城之路。

李徽典擅长药膏敷贴，是川内最早一批研究膏方的名医之一。他将李国华引入了中医药的殿堂。李国华废寝忘食，潜心思考，探测奥秘。叔侄常常谈笑如故友，满堂生春风。

四川盆地，气候湿润，无霜期长。农民长年累月在田间劳作，身体多关节暴露于外，加之过度劳累，催生了腰酸腿痛的普遍现象。百姓的痛苦时刻折磨着李国华。1910年春夏之交，月明星稀，野风微醺。李国华历经多年探索的膏药熬制成功了，对风湿疼痛疗效显著，取名为"李氏风湿骨痛膏"。

短暂的喜悦给他带来了深沉的思考：这膏方乃单纯调理风

湿，如果能扩展为既能调理、又起疗效的特殊膏药，广济苍生，是一件多么有益的事啊。这个想法似阵阵浪涛，拂去了他的睡意。黎明在树梢上浮现时，李国华已到达采集药材的青城山了。

李国华频频往返于蓉城和青城山，匆匆的脚步像是急于赶到草原的马蹄。这是一位中医膏方有所创造的精英青年，物质上相对贫穷，精神上有无限的追求！这是一场没有硝烟的战役，前面没有一个敌人，需要战胜的只有自己！

苦心人，天不负。他采用36种野生中草药精华熬制，根据药性按比例配置，将药材研磨成粉。独特的药酒泡药粉是重点，膏药原料按照万物阴阳制约守恒原则，分为阴泡制、阳泡制两种。以特制上等秘制药酒，浸泡纯阴药材七七四十九天，以特制上等秘制药酒浸泡纯阳药材九九八十一天，把熬制出的药油，秘制药酒，浸泡药粉，不断搅动，文火熬制。传统熬制，膏方熬制，讲究的是古法熬制。七七四十九天浸渍，三道提取，四次浓缩，二十四小时化蜡，武火三次熬炼，方能文火收膏。其间又经选、制、洗、泡、煎、秘、滤、收等八道烦琐工序，熬制的膏体，要求搅拌变色，贴肤不粘，晶莹细腻，无任何杂质，方为极品。熬制好的药膏，掺入容器中冷却后，即为成品。置阴凉处，冷却备用。

中医不是抽象的理论和概念，而是源于丰富的临床和实践。李国华研制的秘膏，可运用于人体各个部位。敷于人体患处，5—20分钟药性分解，促进细胞修复与再生，促进渗透渗入肌肤深层，起到祛风除湿、散寒止痛、活血通络、开窍透骨等功效。"李氏风湿骨痛膏"更名为"李氏热灸膏"。

穿梭在历史的隧道，行走在历史的长廊。李氏热灸膏熬制成功的1940年，秋天将银杏染成了金黄，时光变换着季节的秀色。朝霞在青城山银杏树下的小溪，恰似涂了一层水彩。李国华带着十九岁的儿子李汉江，踏上青城山采药的心渚与时令一样天高气爽。

　　父子二人轻松自如登上了顶峰。道观门楼匾额引人注目，"上清宫"手迹将方笔表现得淋漓尽致，将"颜筋柳骨"展现得尽善尽美。移步观日亭，鸭蛋黄似的日出令人心醉，山腰缥缈的云雾让人如临仙境。不远处，一位作画先生坐立不安的神态让李国华从仙境中醒来，心存善念的他忙走了过去。得知作画先生饱受腰痛顽疾之久，遂拿出随身携带的膏药给其敷上。不到半个时辰，先生的腰痛疾病消失殆尽。如释重负的先生赞不绝口，欲重金酬谢，李国华再三婉拒，一会儿二人竟成了无话不说的至交。先生说自己名叫张爰，号大千居士，携家人同上"天下幽"的青城山，隐居"与云齐"的上清宫。临别，先生说这里没有中意的画，看着李国华父子忙碌的样子，便将自己作画的毛笔和墨盘相赠，以作留念。

　　蓉城在深秋的暮色中金碧辉煌。叔父李徽典和李国华同事得知奇遇大惊，医治的是当代国画大师张大千先生啊！叔父兴奋地吩咐厨房当晚加菜庆贺。席间叔父摸着李国华的头，微笑着说："国华啊，跟随了我几十年，学业已成，是该回去报效桑梓了！"

　　是啊，青城山的树绿了四十三回，又黄了四十三回。一晃李国华五十五岁，叔父李徽典八十六岁了。世事变迁，时光溅落，李国华如数家珍，能够道出时光中的每一个皱褶。李国华想到自己从小来到叔父身边，三十未立，四十仍惑，父母未送终，娶妻生子晚。李氏热灸膏凝聚的不仅仅是自己的泪水，还有父母的血水和叔父的汗水。如今就要离开朝夕相处的叔父了，一时悲从中来，向叔父幽泣道："如果我必须死一百次，我愿意死在您身边！"

成渝铁路膏药神　酸甜苦辣传承人

1949 年，二野大军挺进西南时，提出"四川解放了，要先修成渝铁路"的口号，以实现四川人民几十年的愿望，并带动和恢复四川国民经济。1950 年春天开工，不久抗美援朝战争爆发，各军工筑路队不得不相继归还建制，沿线四川境内的四个行署发出动员令，组织领导 10 万民工接替部队修建铁路。

李国华所在的雁江区（原资阳县）乃铁路必经之地，小他几岁的发小李强明积极报名参加了修路队伍。李强明被编入农民工资阳支队一大队，打炮眼、抬石头、凿隧道、钻石洞、烧石灰、扛水泥……为了抢工期，他们忙碌的身躯投影在大地上，从天蒙蒙亮干到天麻麻黑，迎烈日炙烤，战霜雪严寒。建设工地热火朝天，李强明却倒在了病床上。疼痛难忍的他想到了发小李国华……

李国华与叔父李徽典挥泪作别，携家人回到了故乡。一连几个夜晚，他辗转反侧，心里空荡荡的，就像月亮孤悬在夜空，那种寂寥而清冷的空。月夜下的山村静谧极了，只有几片竹叶、几根松针徐徐飘落，发出细微的声响。睡意蒙眬中，他看见了老父亲失望的眼神，感受到了叔父微笑着的抚摸……他一下子幡然醒悟，将解患者疾苦和传承秘膏的担子扛在了肩上。

山村的早晨，万物沐浴在和煦的阳光下，幽林深邃，草木蓬勃，众鸟欢歌。李国华忙碌起来了，在家里把脉问诊，在山野采集药材，儿子李汉江当起了助手。儿子勤奋好学，很快就能独当一面了。得益于李氏热灸膏，李汉江还被推选为资阳县参议员……

闻知李强明卧床不起的消息，李国华急急赶到发小家里。李强明的病情比想象的还要复杂，不仅腰肌劳损，而且风寒暑湿侵入了关节脏腑。李国华拿出秘膏贴敷医治，一个时辰病痛减缓，一周时间恢复了健康。李强明又生龙活虎地出现在工地上了。

领导和队友甚是惊喜，因病痛倒下的一批队友，康复遥遥无期，李强明遇到"神医"了？资阳民工支队领导慕名来到了李国华家，三顾茅庐请其出山。想到这是中华人民共和国在四川的第一条铁路，李国华心生豪迈，带上行囊，喊回在德培酒厂工作的儿子，一同来到了成渝铁路资阳段的医务室。

医务室人来人往，成了民工身体的"修复厂"，成了民工体力的"加油站"。那一道道急切的、沉重的、轻盈的、有力的脚步声，诉说着不同的心情。药膏很快捉襟见肘了，李汉江挑起了采药熬膏的重担。

采集中药材去青城山时间不允许了，只有在家乡就地取材。李汉江开始了艰难的寻觅。虽然大自然正在蚕食古道上的人类印记，许多山路被蔓生的植物掩盖了踪迹，但神圣的使命和顽强的意志坚定了他寻药的决心。

弯弯山道格外幽深，四周静极了，一种巨大而可怖的安静，似乎毒蛇和猛兽随时会出现在他面前。阳光暴烈，树荫里蝉声如雷，分散不了他采药的专注；寒风刺骨，石岩上滴水成冰，熄灭不了他采药的激情。发现的地地道道野生药材让他欣喜若狂。月亮高高地挂在树梢，沉甸甸的药材挑在肩上了。这时候，鸟儿似乎要欢送这个勤劳的人儿，唱得更加欢快了。

回到家，忙着处理采集的中药材，进行着熬制膏药的道道工序，常常是通宵达旦。就连来到人世不久的儿子李中全，他也没有时间去抱抱。儿子不时哭得厉害，以示对父亲冷漠的抗议。

迎来的朝阳很红，群山如焰，水库铺金。草如金线，露似珍珠，一串一串。李氏热灸膏出名了，整个成渝铁路段都传开了，病痛的农民工蜂拥而至。李国华父子俩忙得不可开交，一头乱发如野草，一脸钢针胡子打结坨……

毋庸置疑，李氏热灸膏为成渝铁路提供了坚强的医疗保障。

1952 年 6 月 13 日，西南人民盼了近半个世纪的铁路梦终于实现了，这比计划工期提前了三个月。筑路大军在缺乏机械设备的困难条件下，凭着铁锤、钢钎、炸药、扁担、竹筐等简陋工具，共挖掘土石方 1460 余万立方米，砌御土墙 15 万立方米，开凿隧道 14 座、修建大桥 28 座、小桥 189 座、涵洞 466 个，成渝铁路以每日 5 千米的速度一路向前，创造了人间奇迹。

父子俩忙完修路的医疗工作，猛地想起了快两岁的李中全。孩子望着他俩视同路人，爷爷抱着孙子狂亲一番，爸爸抱着儿子狂亲一番，小中全哇哇大哭。奶奶心疼得一把夺过来，小中全红红的脸蛋让胡子扎出了一道道血印。

成渝铁路医疗保障大战，促进李汉江找到了秘膏配方中药材又一最佳生长地，那就是家乡四河水库和牛头山一带。

时光如水，过去光着屁股光着脚丫跟在爷爷、爸爸身后采药的小中全，慢慢经受岁月雕刻而成了李氏热灸膏第三代传承人。

1973 年，中国第一台每秒钟运算 100 万次的计算机诞生之年，李中全的千金李艳呱呱坠地了。四世同堂，高祖父李国华那个兴奋劲啊，整个脸笑得沟沟坎坎的，每道笑纹都开了花。

李艳刚满周岁，李氏热灸膏创始人李国华的生命走向了尽头。弥留之际，他语重心长地向家人念叨起了古训："身不苦则福禄不厚，心不苦则智慧不开。"顿了顿，又气若游丝地喃喃细语："一定要把秘膏传承下去！不要图钱财，要让穷人富人都用得起……"话音刚落，安详离去。传出的一片痛哭声，既是对秘膏创始人的不舍，也是薪火相传的誓言。

辨证论治求创新　妙手回春㤇福人

李氏热灸膏，几代人传承的不仅是配方和技术，还包括严谨负责的态度和坚持不懈的努力。

　　托尔斯泰说："正确的道路是这样，吸取你的前辈所做的一切，然后再往前走。"李中全求学于资阳医学社，不仅具有扎实的中医理论，还有丰富的临床经验。他深知传承与创新的关系，他系统地梳理了祖传膏方，进行大胆创新。根据不同的疾病、不同的年龄、不同的性别，以整体的观念来辨证论治。

　　梦想已经出发，李中全正在绿野上飞翔。

　　秘膏创新，就像很细的飞虫在他心上飞着飞着，却怎么也捉不住，一直不停歇地追逐着……

　　一次次失败，多少个无眠之夜，李中全枯坐无言，感慨如海。

　　父亲李汉江看在眼里，总是抚摸着李中全的头，微笑着鼓励："身不苦则福禄不厚，心不苦则智慧不开。"并坐下来一同探讨遇到的难题。

　　这一掌温暖，这一泓微笑，这一句古训，激励着艰难跋涉在膏方创新路上的李中全矢志不渝。

　　也许，世间万物都有猜不透的生命玄机，但大自然一定会在某个时刻让你顿悟。

　　灵感来源于梦境，那些萦绕在心灵深处的"经络、穴位"，看起来风马牛不相及，但在漫长的岁月里，向他持续地"生物放电"，创新的膏方出现了。他激动得从睡梦中惊醒，一骨碌翻身起床奋笔疾书。

　　在祖传秘方的基础上增加了16种野生药材，根据不同情况微调秘膏配方，大大丰富了秘膏种类从而扩大了治疗范围。

　　村民曾云风，三十多岁患肝病腹水，腹大如盆。白色病床是他泅渡苦海的一叶方舟。转换了几个大医院，几个男性主治医生都是"无法医治"的腔调，语调几乎比医生的头发还要平，听上去跟这肃穆的病房一样苍白。

　　家人已开始准备后事，做好了棺材就只等咽气。亲人悲痛欲绝，只能眼睁睁地看着生命从挚爱的人的身体里慢慢溜走，却无能为力。曾云风感觉人生短得像吹口气。不得不承认，自己确实害怕了——害怕绝症像一把突如其来的利斧，遽然斩断他与生活的一切联系。经病人介绍，抱着"死马当作活马医"的心态，曾云风走进了李中全家。李中全通过"望、闻、问、切"，配制秘膏综合治疗，曾云风病情出现好转迹象。经数个疗程的救治，大病痊愈。

提及李中全的救命之恩，现在年过七旬的曾云风总是唏嘘不已。

"一个人的价值，应该看他贡献什么，不应看他取得了什么"，这是李中全的口头禅。多年来，他尽自己所能，将祖传技艺精益求精，造福桑梓。

张某是县医院收治的病人，腰椎间盘突出严重压迫神经，不能行走且大小便失禁。住院期间通过中西医结合治疗，病情没有丝毫好转。痛得止痛片一把一把地吞，甚至等不及一杯水来，整日不得不靠打封闭针来缓解维持。

患者过着生不如死的日子，院方紧急召集有关专家会诊，实施了几种治疗方案，都不奏效。中医骨伤科王老主任告诉患者，他同学李中全在村卫生站，可用他的膏方试试看。患者家属找到了李中全，委婉地提醒道："李老师，实不相瞒，我们已经去过无数大医院，患者现在已痛苦不堪，能经得起治疗吗？"

李中全信心满满地回答："根据病人目前的症状，进行辨证论治，我认为能行！"

患者家属将信将疑，无奈地说："西医的方法用过了，中药汤剂也喝了，都不见好转。李老师的方案没有试过，只有最后一搏了！"

李中全采用的治疗方案，是中医脊柱外力疏通加秘膏外敷。治疗一会儿后，患者浑身冒汗，阻塞了许久的脉络、神经都被打开，天灵盖儿开始往外冒热气。不到两个小时，患者有大小便的知觉了，疼痛也有所缓解。三周后，患者康复。

事后，许多专家请教李中全："李老师真厉害啊！这么难的病迎刃而解，实在是佩服！"

李中全平淡地说："其实，我并不比你们高明，这种治疗骨伤腰痛的方法，张仲景 1800 年前撰写的《伤寒杂病论》，已讲得很清楚了。"

确实，"力道疏通＋热灸"仅仅手法和热敷膏药相结合，实在是太普通，太简单了！

一个个病痛折磨着患者，秘膏让他们变成了一个个幸福的人，李中全心中涌起一股股强烈的幸福感。

好太阳晒衣晒谷，好雨知时节，好风得人意。幸福感看似与创新无关，实在是大大的关联。没有幸福就没有松弛，没有松弛就没有灵感，这是个铁的定律。李中全在创新中感受到了幸福，在幸福中不断创新，他开启了"幸福与创新"的良性循环！

中医世家有奇女　摸爬滚打奋斗人

百草都是药，凡人识不破。

1980 年，《资阳日志》一篇报道引发热议。资阳县（即现在的雁江区）丰裕镇有一奇女，能够蒙眼识药。她年仅七岁，通过闻药材气味识别 152 味中药材，并能脱口说出药性、功能、治疗范围与适应人群。地方各派名医闻讯震惊，争先恐后前来拜访。——此奇女，就是后来成为第四代传承人的李艳，她从小就声名鹊起。

李艳是位有着高远理想与极强行动力的创业者，在三十年的秘膏传承中历尽了悲欢。

李中全施用秘膏治病救人收取微利，遇到家庭贫困的减免费用。为了给秘膏的传承奠定经济基础，不到二十岁的李艳做起了中药材买卖。每天一大早，一根扁担挑起箩筐步行 20 里到场镇，卖完药材摸黑回家。

由于父母认知有限。李艳当起了一大家人的管家。每天忙于药材经营，忙于家里农活，忙于辅导弟弟学习。本是女儿家，却像"超人"一样早早承担了家里的一切。家里条件并不差，在本该乐向父母荫庇浪漫撒娇的年龄，她却也很早成熟起来肩负秘膏传承的使命。

祖传的秘膏，有着未病先防、既病治病的功能，李艳在积极践行着中医传统文化思想。1995 年儿子莫宇涛来到人间，给这个中医世家带来了莫大的幸福。世人皆知，生病吃药，天经地义。莫宇涛出生以来，没吃过一粒药，没喝过一剂药汤。一大家子其乐融融，山村鸡鸣狗吠，牛羊相伴，炊烟袅袅，乡音交织，好一派田园牧歌生活场景！

当"市场""商品"从远处奔涌而来时，几乎一夜之间，我们看到西医受宠中医被边缘化了。秘膏的传承岌岌可危。李艳不甘心，为了积累秘膏传承发展经费，她忍痛离别五岁的儿子和温暖的家，走进了省城创业。

李艳怀揣鼓囊囊的上万元钱，意气风发地走进了成都荷花池市场，做起了药材批发。眼看顺风顺水、风生水起时，因过于信任合作商，生意亏本了，投资的 1 万元钱打了水漂。

李艳从朋友处借了 1 万元钱，在成都开起了小诊所。心存善念的她，一直专注于治病救人，不曾想被病人以"过度治疗"为由上告。诊所倒闭，熊熊的希望之火又一次熄灭了。

李艳身材高挑，秀发齐肩，人中深邃，脸上的表情淡得像一杯白开水。她洁净得像一株碧绿的植物，不与花卉争春，也无意伤害任何人。

李艳扛着一颗沉重的脑袋，踉踉跄跄地回到了雁江家里。她

意兴阑珊，万念俱灰。莫名而至的困意像一床棉花被扎扎实实覆盖在她身上。

迷迷糊糊中听见敲门声，她打开房门，一个老头子走了进来，身坯瘦高，鹤发童颜。

她哽咽了："爷爷……"年过八旬的李汉江抚摸着李艳的头，微笑着念起了祖训："身不苦则福禄不厚，心不苦则智慧不开！"

…………

这一掌温暖，这一泓微笑，这一句祖训，让她哭了个昏天黑地。

精神不死，愚公移山，精卫填海，刑天舞干戚。作为大山的女儿，她有山一般爽朗豪放的情怀，有山一般坚定不移的信念，有山一般博大宽容的胸襟。李艳又看准了陈皮这味药材。当时陈皮市场行情好，她欲收购陈皮。一下子又犯难了：资金从何而来？

村民们得知李艳的打算，纷纷找上门，将陈皮交给她，销售后再给钱。上门的村民一个个挥手作别。她突然感到，空气里有水，是河风的湿，也是感动的泪，挥动的手势，早已在泪眼里模糊成一片。

当年陈皮快要上市时烂市，李艳还了村民的本钱，一年的辛苦又白搭了。

由于社会转型，人们在蓦然发现了无限可能性的同时，内心的迷茫与困惑也在不断增长。落日的余晖，寂寥的大院，一丝丝惆怅的心情，随晚风轻轻飘散。

夜深了，她脑海里像钓鱼的浮子一样，浮现出一个想法：原来走的是"曲线救国"路子，通过其他行业来积累秘膏传承发展经费，这条路步履维艰。为了帮助更多需要健康的人，何不就用秘膏在成都开办实体连锁店传承发展呢？这一想，闸门洞开。

李艳率领家族浩浩荡荡奔向成都，安营扎寨，干起了传承秘膏的祖传大业。

李艳采用祖传膏药与传统药店相结合的模式，创办了"自创品牌＋加盟品牌"50余家连锁实体店，祖传秘膏得到了极大的传承和利用。面对成功的喜悦，李艳欲将过去的辛酸深埋。越是深埋，记忆越是清晰，似乎有些记忆是靠努力遗忘来不断加强的。

李艳的一句话耐人寻味："成功只是暂时的，失败是我一路以来的主旋律！"

体育健儿扬美名　传播健康赶路人

阿房宫冷，铜雀台荒。时间的消散只能带走浮尘，祖国传统中医文化的精髓是能够抵制时光侵蚀的。

李氏热灸膏第五代传人莫宇涛，无疑是秘膏的受益者。也许是从没有吃过药的缘故，他有着极高的运动天赋。2011年拿下资阳市男子跨栏冠军、男子全能八项冠军，全市轰动一时。国家级示范高中成都七中、绵阳中学、资阳中学相继发出了特召通知书。2014年艺体高考，在近四万名考生的激烈角逐下，他的职业体育成绩跃居全国五十强，同时成为2014年资阳市武状元，引得北京体育大学、武汉体育大学和四川师范大学体育学院纷纷抛出了橄榄枝。

莫宇涛从小就铭记着"传播膏药就是传播健康"的祖训，读书时用秘膏帮助身边有痛症的病人，十五岁就担任了家族秘膏传承相关工作，读高中选择了离家较近的资阳中学。对未来有着清晰规划的莫宇涛，大学选择了四川师范大学体育学院。

有句话叫历史决定现在，现在决定未来。倘若秘膏在传承中没有创新，就谈不上传承和发展。大学期间，莫宇涛潜心钻研运动骨伤等相关骨病知识，请教诸多骨伤科教授、博士，出入运动场所遇有熟谙骨伤现场处理的工人也穷问不舍。他对祖传膏药进行系统研究，结合运动骨伤不断升华。

我们过去批评胡适的"大胆假设，小心求证"，殊不知他是对的。鲁迅和胡适都是伟大的——鲁迅是揭露黑暗的人，胡适是在黑暗中点亮蜡烛的人。

虽是百年传承的膏方，但前四代传承人都是药铺、诊所、实体连锁店推广，小众受益。如何让药膏惠泽大众？需要全国不同人群对热灸膏需求程度的调研，需要全国不同体质对产品适应症状调研，需要全国不同地区对疾病种类的调研，其中任何一种调研在初期就令人望而却步。

现实对中医来说，犹如三九的艳阳天。虽阳光明媚，却寒风凛冽。

带着这些问题，莫宇涛外出学习调研，历时三年，目光投向健康产业、中医药行业、企业管理和膏药使用人群等，足迹遍布北京中关村生命科技园、烟台、郑州、武汉、重庆、西安、延安、徐州、云南、贵州等地。他深深意识到传承发展的瓶颈：规模化发展受限，品牌意识不强，管理经验缺乏。通过学习调研的积淀，秘膏传承规范化、品牌化、企业化的思路迅速形成。他急急寻找了创业伙伴，鼓起了创业理想的风帆。

这是一个发展的时代，一个充满焦虑的时代，一个痛感与快感、阳光与阴影并存的时代。合作伙伴意志力不坚定，产生了畏难情绪，离开了团队，导致轰轰烈烈的创业搁浅归零。

这一阵，他心里郁积着一种沉闷的情绪，乌云过境一样压了上来。

滴酒不沾的他，目光呆滞地来到啤酒小摊上独饮，喝到夜色清冷、人声稀落，小摊打烊。

大醉如大病一场，也让他静下心来思考。光阴辽阔，宛若潮涌汐生的大海，阅尽千帆，总有星火相伴。想得开是一种境界，不放弃是一种更高的境界。

沉郁的雨云里常会射出明亮的阳光。他的事业步入了正轨，在不断地发展壮大。

莫宇涛身高近一米八，黑发粗硬，浓眉大眼，口阔鼻挺，青春洋溢。相貌堂堂的他在创业中收获了爱情。漂亮能干的徐梦珂，大学经济管理毕业，专业知识扎实，与莫宇涛志同道合，结为了秦晋之好。

李氏热灸膏是一个家族的梦想和历史的延续，爷爷李中全与母亲李艳共同商定，将秘膏传承伟大而艰巨的使命交给二位新人。便以莫宇涛姓名中间的"宇"字，徐梦珂姓名末尾的"珂"字命名，相继注册了"宇珂医药公司"和"宇珂世家品牌"。寓意是对待祖传膏药像对待自己的生命和爱情一样去保护它爱护它。

莫宇涛夫妇清醒地意识到：秘膏传承实体店重资产属于小众创业，而体验馆轻资产属于大众创业。重资产重营销的时代已经过去了，而轻资产重营销的时代已经来临，其中的核心在于专业度和服务度。于是，莫宇涛开启了新的传承与发展之旅。

"成功的花，人们只惊艳她现时的明艳！然而当初她的芽儿，浸透了奋斗的泪泉，洒遍了牺牲的血雨。"在莫宇涛完成全国100家体验馆的庆祝晚会上，母亲李艳深情地说："都说头上的白发是岁月的思考，而我儿子二十五岁的年龄两鬓已现银丝！"

那是一个激动人心的夜晚，天空像有人画画似的缀满繁星，既不经意，又独具匠心。"李氏热灸膏"正式更名为"宇珂热灸膏"，实体门店更名为"宇珂世家热灸体验馆"。"宇珂热灸膏"走到哪里，哪里就能看见含泪的微笑，看见新生的喜悦，看见生命的奇迹……

今年接来年，四季连着四季。时间就是那些树，在终年里花开花落。

莫宇涛精心治理宇珂医药科技有限公司，牢记"修己安人"

的古训，秉承"专业制胜，良心致远"的百年宗旨，打造"共创爱心伟业，共铸民族健康"的形象，已在全国发展了500余个体验馆，得到了全国民众的认可，正努力向创建民族品牌进发！

生命之河之所以波澜壮阔、激流勇进，需要积累多少条溪涧才可汇成江河之势！事业之魂之所以宠辱不惊、否极泰来，需要受过多少次挫败才可大气磅礴！

回望来时的路，那个回不去的故乡，消失的村庄，依旧万物生长！

口碑铸就的丰碑

　　总书记说："人民群众是真正的英雄""国家蓬勃发展，百姓欢乐忧伤，构成了气象万千的生活景象，充满着感人肺腑的故事。"在这个平凡的世界里，我们需要的，不仅仅是英雄、伟人，更多的是这种真真切切、踏踏实实，可以不忠于世俗，却不负自己良心的人。

——题记

　　2021 年 6 月 1 日 22 时 50 分，石照礼那个总是忙碌不停的身影倒下了，永远安息了；他那颗总是惦记着他人的心脏跳累了，不再跳动了。

　　石照礼家住四川省大竹县四合镇横山村（现合并到白鹤林村），这位有着六十八年党龄的九十一岁老人，先后任农会委员、互助组组长、初级社社长、高级社社长、生产队队长、果园基地场长、大队（村）党支部委员、副书记、书记，大竹县第五届、第六届人大代表。这位普通党员一生身不离劳动，心不离群众。在普通与平常之中，书写了不平凡的人生。

　　停放棺材的堂屋里烛火摇动，墙上黑影辗压，村民们久久凝视着照片上被烛光映亮的那张慈祥的脸，眼泪无声滑落……

　　大家纷纷觉得，石照礼并没有去另外一个世界，而是从人间移居到了人们心间。

没上过学的"本土明星"

冰心先生在《去国》中写道:"以我这样的少年,回到少年时代大有作为的中国,正合了'英雄造时势,时势造英雄'那两句话。"

1949 年后,对于中国历史来说是一个新局,也是一个风云翻飞、前所未有的变局。12 月 10 日,大竹县四合乡(现为四合镇)欢庆解放。

四合镇在古代是邻州和邻山县治所在地,地处川渝两省结合部,环绕的御临河因建文帝来此而得名。河水支流上溯有条石家河沟在山坡上,山坡长 1000 米、高 380 米,横卧岭名曰横山,此村以山命名叫横山村。石照礼就生长在横山村石家河沟这个地方。

今年八十六岁的张碧花老人谈起石照礼,陶醉在幸福的回忆里。

中华人民共和国成立初期,为了让党的政策深入人心,广泛发动群众,石照礼积极组织村里的优秀男女参加文艺宣传队,张碧花也有幸成了文艺宣传队队员。石照礼没念过书,他通过识字班等加强学习,练就了弹、唱、演、说、写的本领。

他们用快板、小型歌话剧、歌舞等群众喜闻乐见的形式,寓政策宣传于表演之中。太阳一落山,各农会领队,敲着锣鼓打上旗,灯笼火把几条龙,赶来看节目。翻身解放了的人民群众以从未有过的热情投入到文化活动中来,那是一个激情燃烧的岁月,那是一个人们满腔热血建设新中国的时代。

让人成长的从来不是某个事情,而是某个时间。石照礼带领的宣传队引人注目,社会反响大,触动思想深,获得成效优。他们的演出成了百姓们的精神寄托。1953 年 2 月 4 日,是石照礼终生难忘的日子,他光荣地加入了中国共产党!他兴奋得夜不能寐，是啊，近万人的四合乡，这个时候还不足 10 名党员！

他更忙了，忙得像停不下来的陀螺。白天参加党组织安排的工作，晚上演出。农会委员、互助组组长、初级社社长、高级社社长的职责接踵而至。

见过总理的"乡巴佬"

走过的路，脚会记住；做过的事，心会记住。

1959 年金秋时节，北京全国农业展览馆。

"新中国成立十周年全国农业成就展览"隆重开幕，石照礼在这里见到了日思夜想的周恩来总理。那是春天突破冬的重围刚刚降临大地的刹那，那是一条已断流的河床被水抚摸的兴奋片刻！

展览分综合馆、农作物馆、园艺特产馆、水利馆、措施馆、工具馆、畜牧馆、水产馆、气象馆、林业馆、人民公社工业馆、农村电气化馆、沼气馆十三个分馆。展览强烈地震撼着他，他如饥似渴地徜徉在展馆里，流连忘返。综合馆、农作物馆、园艺特产馆和水利馆成了重点学习的地方，他恨不得马上飞回村里大兴水利和推广农业新技术。

石照礼当时已任横山村党支部书记，是作为大竹县的代表来参加农展会的，缘于他带领群众率先修了一口堰塘。八十九岁的李永龙老人，谈及此事仍热血沸腾。

村子从事农业的自然条件不好，"晴天一把刀，逢雨一团糟""水灾三六九，干旱年年有"。石家河沟常常断流，全村多以囤水田蓄水，向下自流或用戽水筒上提灌溉。灌面十分有限。农民虽日出而作，日落难歇，但骨子里最需要的还是旱涝保收，没有好收成令他们心慌难眠。修口堰塘（山坪塘）迫在眉睫！他自主设计施工，择址在地势较高、灌面较大的黄瓜园。

1956年石照礼自主设计修建的黄瓜园堰塘，已有六十五年历史

修建第一口堰塘谈何容易！无任何机械设备，全靠用土办法进行施工，凭借农具（锄头、犁耙、箢箕等）、石磙子、石墩子等完成运输、碾压、夯实工序。特别是清理淤泥，进行软基处理时困难相当大，便组织群众收集过炭（燃过的煤炭）碴子，到30公里外的文星大安槽山上挑石灰。发动群众编竹栅子进行置换软基层，固牢坝基。汉子们抬着三四百斤重的石墩子，喊着"嗨哟嗨哟，天干心不干，嗨哟嗨哟，同志们加油干"的号子，一遍又一遍夯实回填，人们拉着石磙子来来回回无数次碾压筑成堤坝。为了避开雨季下雨带来的困扰，晚上打着灯笼火把在施工，几乎吃、住都在工地现场。

这个冬天特别漫长，天气越来越寒冷。正在修筑的堤坝上每天都有石照礼的身影，深更半夜还在奔波忙碌。他面色发黄，终于有一天，石照礼晕倒在黄瓜园堰塘堤坝上。社员们赶快找来一口盅水给石书记喝下，让他在地上躺了一会儿。大家纷纷劝他回家休息，他摆摆手说："没事，刚才只是跌了一跤。"仍然坚持奋战在第一线。他说多一个人，多一份劳力，工期就早一天完成。他又一次晕倒了，身体像一台漏光了油的汽车，想动动不了。看着面色苍白，躺在地上已经奄奄一息的石照礼，社员们都哭了！

大家七手八脚把他抬到一个用竹篱笆绑起来的"担架"上，四个人抬着他快步送到5公里外的四合公社卫生院治疗。医生初步诊断为严重低血糖引起的晕厥，并患有严重的胃溃疡，需要立即住院治疗。过了两天，躺在病床上的石照礼趁医生护士不在病房的时候，拔了输液器就往外跑，被医生发现把他给拽了回来。过了一天，他"成功"偷跑回到了黄瓜园堰塘的堤坝上，和社员们又战斗在了一起。就这样，历时五十个日日夜夜，春节的鞭炮声，宣告了"黄瓜园堰塘"的诞生……

石照礼从北京回到村子里，一心扑在了农业科技推广和大兴水利上。油橄榄喜获丰收，水稻、玉米和红苕温室育苗技术推广到全县，棉花生产获全县示范区。为了根本解决干旱的制约，《四合乡志》记载，1956年农业合作化开始到1962年，全乡十个村建成山坪塘（堰塘）30口，最多是横山村建了12口。

这一组枯燥的数据充盈着石照礼人生的诗情画意。兴建上游水库和新桥水库，请这个土专家技术负责；建立英雄果园场，请他出山担任首任场长。

"恶人"的大善心

不管是艰难岁月还是繁华盛世，人性中最温馨最柔软的善不可陨灭，有善心才有家国情怀，才有美梦成真。

八十八岁的陈云光、七十六岁的石世元等老人提起石照礼的善心，唏嘘不已。"施人方便，积善成德"，这是石照礼最爱说的一句话。

石照礼一心扑在工作上，积劳成疾，1961年下半年三天两头生病，主动向上级党委申请辞去大队支部书记职务，举荐培养的党员李泽炳接任，自己退下来任副书记协助工作。退下来并未见轻松，当时合并生产队，4队队长一职没有人选，他又挑起了

队长的担子。一年后，又举荐培养出的党员石世全接任支部副书记，自己任支部委员、4队队长。

时间惊慌失措地流到了1969年。在石子区召开的肃清大会上，石照礼作为"恶人"挨了批斗。石照礼热血上涌，心碎神摇，莫须有的罪名！

后来调查组核实材料，有人提供了证人证言，为石照礼解了围。

善良熏陶了石照礼一种安稳耐心的气质。他从不去攻击别人，哪怕心里厌恶至极；他也不担心别人算计他，很多有良知的人在保护他。这是一个良性循环，他向四周释放了善意，也被浓厚的善意包围。

新中国成立了，长期漂泊生活在外地的王明庭，挑着一个担担，领着家人回到松林湾。上无半片之瓦，下无立锥之地，生活无法安身。石照礼闻讯发出号召："乡亲们，大家有钱出钱，有物出物，有力出力，给王明庭修建一个安身的'窝'！"他自己率先捐出树木、衣物，之后大家齐心协力建了一间房子，才让王明庭一家人得以落户安身。穷人的孩子早当家，长子王大富成为当地当时唯一的一名大学生，毕业后任教于文星区中学；幼子王大贵师范毕业后任教于县城胜利街小学。

20世纪六七十年代，川东北片区连年遭受自然灾害，粮食短缺。当时广安、渠县等地方讨粮逃荒的纷纷来到横山村，凡是到石照礼家讨粮的，遇上饭点，宁愿自己家人吃不饱挨饿，也要匀一碗给他们吃，吃完后还得给他们盛一碗粮食带走。人间至味断不是大鱼大肉，而是一碗软熟的白米饭。来要饭的女青年枯萎得不成样子，像没有水分的豆芽瘦楞楞的。白米饭进入姑娘的喉道和肠胃，便争先恐后地向全身跑去，她立马长了不少精神。石照礼心生怜悯，试探地问道："你们愿意在这里落户吗？"姑娘羞涩地点了点头。石照礼便积极促成过来讨粮的未婚女青年落户，竟也撮合了美好的姻缘，像石照林家属熊季英、王成文家属陈满玉、石代银家属张华碧、张国发家属卜年玉、石世圈家属杨安琼等。他不但救了这些人的命，也成就了一个又一个幸福的家庭。

石照礼夫妇与幺儿子石兵在一起

知识青年上山下乡时期，石照礼队上派来了重庆市、大竹县城等地的知青。这些青年学生从未干过农活，按规定凭工分分口粮。这些年轻娃娃开始干活干到哭，不劳动就分不到口粮吃不上饭，情绪很低落。石照礼苦口婆心地开导他们、鼓励他们，他们个个成长得快。回城政策下来后，石照礼积极推荐他们。他们回城后。有的升学了，有的分配工作了，成为国家的有用之才，纷纷来信表达感激之情。

20 世纪 70 年代，农村放电影是稀罕的事情，周围团转很远的人们赶几十里路就为来看场电影。有次队上放电影，观众人山人海。邻队李子文的幺儿叫幺毛，观看电影时去猪圈处解便，不慎跌落在粪池里去了，众人围观无人敢下去救人。石照礼知道后，边跑边吼："让开！让开！"围观的人群马上打开了缺口，他跑过去奋不顾身地跳下去把人救上来，自己却落得满身粪便。

"软弱"的保护神

"逢恶不怕，逢善不欺"这是石照礼的口头禅。

八十六岁的李祖德、八十七岁的李子文等老人，每每念及于此，眼神里充满了崇敬。

人们认为石照礼"软弱"，源于以下几件事情。

石照礼湾上（院子里）石××一家，在他外出开会期间，不与湾上的人商量，在地坝中间修房子。这块地坝是全生产队大多数人晾晒粮食的地方。眼看来年老百姓的粮食无处可晾晒时，石照礼回来了。主动出面找其协商，对方不依不饶。上级组织来人调解仍然不服，狡辩说自家自留地不适于建房。土地是农民看得见的财产，也是看不见的灵魂。无奈之下，石照礼忍痛拿出家里的自留地无偿给他们家修建房子。老伴很是不解，石照礼说："吃得亏打得拢堆！"

21世纪初夏季的一天，石××将取水井钻在石照礼家猪圈挑粪出路口的中间位置，阻挡了其挑粪的唯一路口。其大儿子石世国赶神合场回来发现后，就去劝说挪开一点位置打井，然而对方不但不挪，反而行凶把人打翻在牛粪坑里。对方将前来劝架的人通通打伤，邻里乡亲纷纷将受伤的家人送大队合作医疗室及乡卫生院救治。儿媳向建碧娘家兄妹得知后连夜赶来看望，对方六七个人持凶器趁夜色把路过他们房前的5个人全部砍伤。后经司法鉴定向冬妹为重伤，凶手受到了法律制裁。事后亲戚们都很不服气，多次想寻机报仇讨回公道，惩治地方恶霸，都被老人家一一劝阻了，这避免了悲剧再次发生。他总是讲："冤家宜解不宜结，冤冤相报何时了！"

石照礼看似"软弱"，实则临危不惧，疾恶如仇。

20世纪80年代的一天晚上，歹徒持刀砍伤邻队石世金后逃逸。案发后，石照礼拖着病躯赶向案发现场，怒不可遏："这简直是无法无天！"赓即走访群众找线索，下粪池打捞凶器、血衣证据，并组织群众死守凶犯可能逃离的路口，通宵达旦，最终将凶犯缉拿抓获，节省了公安机关破案时间。

石照礼这个普通共产党员，用他卑微的灵肉，感动着生命的正常呼吸，守护着人性的正常温度。

慷慨的"吝啬鬼"

革命者可以依靠信念坚持下去，但普通人要填饱肚子。这也是真理的一种。

九十六岁的石世祥、九十岁的石长路等老人，忆起石照礼的为人，禁不住热泪盈眶。

有一次石照礼带着生产队三名代表，外出到文星街上为集体买耕牛。步行走了一整天的路，大家饿得鼻塌嘴歪。石照礼自己掏钱和粮票，请他们每人吃了一碗面条。20世纪70年代初期那个年月大家腹中怀有古老的饥饿，吃碗面条是件多么幸福的事啊。石照礼既不要随行人员摊，也不让队上集体冲账，而是用自家人口粮解决的。

石照礼在外对乡里乡亲是慷慨的，于集体和家人是吝啬的。

20世纪70年代初期，一个冬夜里，一盏煤油灯，灯光如豆，在黑暗中忽闪着。到深夜了，大家肚子里像是住着一只饥饿的鸽子，咕咕咕地叫开了，生产队的队委会仍在进行。有人提议煮碗面条充饥（就在队集体面房旁边的陈祖云家里开会）。石照礼陷入了沉思：饥寒起盗心，那个时候干部借加班吃加班饭的事时有发生，决不能慷集体之慨！于是与会人员吃面条，扣自己家的定量，有人私下嘀咕石照礼是个"吝啬鬼"。没几天有人诬告，说干部们贪污吃集体面条，并扩大事实诬告队上干部隐瞒粮食想私分。上面派人来盘查，把所有的粮仓、围屯的粮食全部翻秤，结果清查的数据与上报的完全吻合。

幺儿子石兵五六岁时跟随父亲去神合赶场，卖了苞谷去打晚上照明用的煤油。在打煤油的旁边有一家卖凉虾的摊位，幺儿子在那里站了好久不动，眼巴巴地看着，脚挪不开，嘴馋流口水，以至于父亲打完煤油走了他还不知道。过了一会儿石照礼挤回来（那时赶场的人多，七天才轮到赶一回集）找到他，看到儿子还在那里又生气又难过，拽着他离开后在河边街场口喝了 2 分钱一杯的糖精水。

特别的"家庭会"

时间可以是治病的药，也可以是酿酒的曲。

"踏实做事，低调做人"，这是石照礼的人生信条。石照礼晚年自我评价：流过汗伤过心，建过功也留有遗憾。但屡屡谈及这片土地的变化，又无不充满深情和自豪。他最大的悲哀莫过于长子石世国的英年早逝，那一刻，石照礼身体被掏空了，仿佛山崩地裂，里面的泉水汩汩而出，覆盖了他的面庞……人是多么脆弱的动物啊，只是自己不知道。八十六岁的老伴陈修碧心里空落落的，她缺失了"眼睛"和"拐杖"。老伴陈修碧双目失明十余年，瘫痪六年多。她昵称耳朵聋了的丈夫为"聋子老汉"，常念叨："聋人老汉，你是我的眼睛；聋人老汉，你是我的拐杖。"丈夫石照礼成了她身心的有机组成部分。石照礼离世，儿女们谎称去医院住院了，老伴陈修碧成天喃喃自语："聋子老汉，快点儿回来嘛！"

在成都务工的二儿子石世河坦言一个时期对父亲不理解。

小时候，邻里乡亲遇到谁家闹矛盾、打架，甚至集体闹事，都来找父亲石照礼评评理、协调解决。家里经常有哭哭啼啼的人来来往往。父母教育家人节约，饭少多吃菜，衣少多捆带。然而父母经常招待这些人在家吃住，这不是极大的浪费吗？现在忽地明白，正是这种大爱大德阻止了很多悲剧的发生。

在邻水县农村生活的女儿石世会感到很困惑，至今没读懂父亲这本书。与父亲石照礼曾经共同奋战的共产党员，有的到了更高的位置，有的去了大城市。他遵从组织的安排，默默无闻驻守在农村。自己患有胃溃疡和肺气肿，老伴双目失明和瘫痪，他也从未去找上级组织反映自己的实际境况。这就是共产党员的任劳任怨吗？

现致力于中国国防事业的幺儿子石兵十分难过，父亲石照礼有件事至今让他泪目。20世纪90年代初，他上大学时是靠亲戚朋友东借西凑才成行的，父亲要在地里刨钱来偿还债务。有一年暑假，父亲在划叶子烟（土烟）时不小心刀子划破了膝盖，血流如注，他急忙去喊大队赤脚医生刘大荣来做简单包扎，就这样慢慢养伤。这期间父亲瘸着腿下地去给海椒（辣椒）地除草，那是三伏天，天上像在掉火，阳光将他的影子缩成一团。从后面看去，石兵心里五味杂陈，泪水和着汗水簌簌下落……

生命就像一条河，既有来路，自有归途。石照礼走了，他走得很平凡，没有在历史的长河里留下任何一缕涟漪。世上太多的生离死别是因为遗忘，只要惦念，就不是真正的离别。

缅怀沈忠厚院士

白云舒展，小鸟欢唱，山岚云涌，以立春为标志的时光界碑，令人们再一次猛想起温习生命的意义。

而您，却永远远离了我们，谢幕芳华一生。

您九十三岁的生命定格在 2021 年 2 月 5 日 11 时 56 分。

党和国家领导人分别通过发来唁电、敬献花圈等多种方式表示悼念。

巨星陨落华夏悲，游子永别竹乡泣。

除夕凌晨，我怀着沉重的心情一气呵成地写出《悼沈忠厚院士》——

您走了
留下的墨宝散发出熠熠光芒
普照着思念的春草疯长

您走了
钻头之父桂冠的飘带是那么安详
噩耗不显突然
仍如掉冰窟万分悲凉

您走了
开县井喷激荡出的思想之光
理论成果创造了新辉煌
实践应用指日涌现花的海洋
领军人却提前隐世遁藏

您走了
一辈子向下钻探的您变成了风筝
是不是律回的春风
拂软了线的绵长
我们用力扯呀扯呀
扯得时空穿越寸断柔肠

春日暖阳
徒生惆怅
春雨淅沥

催生大地肿胀发亮

一封信结缘

我与沈老的交往缘于一封信。

2000 年的时候，我在大竹县天城乡党政办公室工作。场镇水泥路建设启动在即，遵循领导指示，由我代乡人民政府向在外游子写封信。农历冬月，我以《每逢佳节倍思亲娓娓叙语道乡音》为题，寄了封信给沈老。

尊敬的沈忠厚先生：

在春节来临之际，全乡人民向您拜个早年，诚挚地向您道声："新年好！"这声问候挟裹着家乡柑橘的清甜，浸透了双河白酒浓浓的芳醇。

天城（原名双河，1981 年地名普查改为天城），在您的印象中会是什么样呢？

或许，天城是您梦萦魂牵的地方。相对于做工精细的高脚杯，天城就相当于粗瓷大碗，前者，带来的可能是桨声灯影，酒绿唇红；后者，带给您的应该是母亲慈爱的目光，父亲祥和的面庞……

或许，天城是您刻骨铭心的地方。您生活过的天城，可能是您的忧伤和心酸之地，但更应该是您的幸运和幸福之地。她应该属于您生命中的某个季节，虽不繁茂，却十分生动而特别……

或许，天城是被您淡忘了的一个普通地名。一提及天城，您脑海会呈现这样一幅画景：哦，县城东南一角，沿河小镇，大山阻隔了重庆市带来的繁华，偏僻、孤独，分不清草长草衰，无所谓花开花落。但怎么能忘却三华山培育了您大山般的品格，又怎么能忘却玉瀕河陶冶过您清纯的性灵？

　　诚然，我们汗颜天城的落伍。在世纪之交，我国现代化建设第三步战略部署即将开始之际，这个百年古镇的街道一遇雨天，就像农民刚蓄了点儿水的二荒田——污水积凼内、淤泥没脚背，给群众生活及其商贸活动带来了严重影响，更重要的是天城人的形象哪里去了？

　　曾经哺育出了一大批你们这样的仁人志士般的天城父老乡亲们不甘沉默，他们要建设自己的场镇水泥路，他们要刻意扮靓天城人的脸！

　　自12月13日召开"天城乡场镇水泥路建设居民代表座谈会"以来，场镇住户纷纷缴纳集资款，乡政府公开栏的红榜上每个当场天都爆出令人振奋的捐款消息。面对这场洗礼场镇"脏、乱、差"的暴风骤雨，欢迎您化作一滴雨或一丝风也汇入其中吧，可以是一笔无论数目大小的捐款，也可以是一个小小的建议！

　　"奉献并不意味着失去"，冬天过后是春天。盼您能早日带来新春的讯息，愿载着您大名的《天城场镇水泥路建设纪要》这本小册子早日奉送到您手中！

　　紧紧地握手！

大竹县天城乡人民政府
农历庚辰年冬月二十一日

　　联系人：何武

　　信寄出不久，我就接到了沈老的电话。他动情地说："信已收到。离开家乡几十年未能给家乡做点什么，心里很愧疚。现寄上2000元表示小小的意思。盼家乡建设有新的起点，愿自己有生之年能为父老乡亲做点什么！"

　　一片报效桑梓之情令人感激涕零！

沈老是个传奇人物，关于他有很多传说。在电话里一来二去相互之间也都熟了。我又在电话里提出了需要他相关资料的请求。

竟很快就收到了沈老的来信。

沈忠厚院士致何武的信

何武同志：

你好！上周因中央电视台记者要对我进行"专访"，并要拍摄我们实验室有关设备和测试仪器，故随电视台记者及摄制组人员一道去了山东，录像及"专访"任务完成后于前日返回北京。你所需要我提供的有关资料，经查找只找到部分资料，现随信寄来。现我寄来资料说明如下：

（1）照片1：是1991年7月应日本水射流学会邀请，在日本东京科学会堂"第七届日本水射流年会"上做特别演讲。照片中"平成三年"即日本天皇的年号，相当于1991年。因该照片只有一张，寄来照片是用计算机扫描后的复印件。

（2）照片2：是一张4寸的近照，可以放大或缩小，以便复制。

（3）全国性报刊有关科研成果部分报道。

（4）"沈忠厚简况"，是1998年因有关单位需要，撰写的个人简况。

（5）"'序'黄凯1998年2月"，是沈忠厚教授七十寿辰暨执教四十七周年出版的《油气井工程高压水射流技术研究论文集》，由原石油工业部黄凯副部长作序。黄凯是原石油工业部老副部长，德高望重，老红军，老党员。

以上资料，仅供参考。

此致

敬礼！

沈忠厚

2001年10月20于北京

2001年12月12日，沈老当选为中国工程院院士的消息在家乡不胫而走。我通过电话捎去家乡人民的祝福并索要一些详细资料，他非常高兴地应允了。

通过阅读相关资料和电话访谈，"水击石穿寻地火，披肝沥胆为人民"的学者形象让人肃然起敬。

少年多励志

列别捷夫说："平静的湖面，炼不出精悍的水手；安逸的环境，造不出时代的伟人。"

1928年2月13日，一声响亮的啼哭划破了大山的沉寂。山里人淳朴憨厚，父母为他取名"忠厚"，希望他忠实立身、厚道做人。这也成了他一生做人的准则。

一家人和和乐乐，憧憬无限。天有不测风云，就在沈忠厚一岁多时，父亲就撒手人寰。家中失去了顶梁柱，从此缺失父爱的沈忠厚展现给人们的是非常乖巧的形象，表现出特别上进的性格。

沈忠厚六岁入小学学习，十三岁考入四川大竹县立中学。他聪明伶俐，勤奋好学。梦中呓语常常是在背三角几何，惊得老师急急找到与其一同念书的堂弟沈忠吉谈话，害怕他读书读神了。念初中时他不小心烫伤脚停学半年，竟也考上了竹高。

少年的成长，如烟的往事，令人难以忘记。

念小学时的校长江仲西是地下党员，聘请了许多进步教师，校园每天革命歌曲不绝于耳，给沈忠厚幼小的心灵烙下了深刻印记。

渐渐懂事后，他非常崇拜一位叫徐仁甫的人。

徐仁甫，名永孝，字仁甫。中国教育家、文学研究家、语言学家。1901年12月11日生于毗邻的杨通乡，1923年入国立成都高等师范学校，1943年就在沈忠厚家附近的私立邻山中学任校长（这是大竹县第一所男女合校初级中学，其校歌歌词提出"钻研新科学，发扬固有文明"的教育宗旨，号召学生继承先哲绝学，为后世树新风），1945年任四川大学内部夜校特约教授，后任四川大学中文系教授，四川省政府文史研究馆特约馆员等。

当时在大竹县考上大学实属不易，能够在大学教书让人高山仰止。受此影响，他立志效仿徐仁甫先生。

对沈忠厚影响最大的，无疑是他母亲。

母子俩从小相依为命，母亲的一句口头禅就是：一个好男儿，就该好好读书，闯出一番天地！

沈忠厚考上县立中学，母亲自然是满心欢喜，同时又犯了愁：今后要花很多钱，从何而来？母亲思忖半天下定决心：为儿子，什么都可以付出！再苦再累也值，就是天天吃野菜也在所不惜！

母亲的肺腑之言饱含着深切的厚望，一直激励着沈忠厚的一生。族人的帮助让沈忠厚铭记一生，为了资助他念大学，沈氏家族在沈衡之的倡议下卖掉了半座山。

1947 年 8 月，沈忠厚在沈氏家族人殷切的目光中南下重庆，以第一名的成绩考上了最难考的重庆大学矿冶系，1951 年大学毕业如愿留校当教师了。

青春激情扬

沈忠厚有句名言：作为一名教师，发一分光，必须要有十分热。

他认为，青年教师要多到石油生产现场去，不要让自己的思想仅仅留在理论上，要让自己的知识转化为生产力。

沈忠厚留校任教不到两个月，便主动申请到玉门油田现场学习。

当时，全国只有三台钻机，都集中在玉门，各种钻采人才加起来才 800 人，一年总共才产油 12 万吨。三门的状况令他倒抽一口凉气：这么大的中国，靠这么一点人力、物力找油采油，那不异于大海捞针吗？贫油国的帽子，又怎能不紧扣在我们头上？带着这种强烈的责任感和紧迫感，沈忠厚在玉门油田一待就是一年。其间与"铁人"王进喜成了朋友，王进喜后来到大庆油田后，他们也常保持着联系。

1955 年，沈忠厚晋升为讲师后，调到成立不久的北京石油学院工作。在这期间，他参加了一次又一次石油大会战。1958 年四川石油会战时，他是文昌寨区（位于岳池县）的副队长，七天七

夜未曾睡一个安稳觉。在沈忠厚眼中只有那如火如荼的大会战，早已忘记了多年离别的故乡和亲人就在附近。会战中，沈忠厚按期转为了中共正式党员。

由于积劳成疾，1959年，沈忠厚患上了严重的支气管病，左肺被部分切除。大病初愈，他立刻投入到繁忙的工作中。妻子生气了："你是不是不要命了？"他笑呵呵地说："我还年轻哩，不干事，不成废人了？！"

由于沈忠厚成绩卓著，1962年晋升为副教授。

1969年，北京石油学院举院迁至荒无人烟的黄河三角洲，诞生了华东石油学院。

大器晚也成

亚里士多德认为，人生就是追求卓越，若能将自己的潜力发挥出来，就是成功。

大器晚成，时不待兮。沈忠厚先后主持并完成了三种钻头的研发工作，被誉为"钻头之父"。先后获国家科技进步二等奖两次，国家发明三等奖一次，省部级科技进步一等奖四次及二等奖多次。在中外刊物发表论文110余篇，获中外专利16项，出版英文专著一部，中文专著三部，并获"全国能源工业特等劳模""石油工业有突出贡献专家"等荣誉称号。

石油蕴藏在几千米地下复杂而神秘的岩层中，每打一口井要耗资几百万元甚至更多，钻井一天的耗费就是好几万元。当时我国的钻井工艺技术基本上是步美国人的后尘，沈忠厚常说："跟在别人身后，充其量只能当老二，弄不好还会排到老三、老四的位置。"他不甘心，他在冥思苦想着。

有道是"踏破铁鞋无觅处，得来全不费功夫"。沈忠厚有次到成都飞机厂考察，看到了水射流切割机。那小巧玲珑的切割机切起合金钢材就像切豆腐一样游刃有余。他发呆之际，灵感倏忽在脑海闪现。他选择将提高钻速作为自己的主攻方向，毫不犹豫地选择了这个世界级难题——利用水射流破岩技术提高钻井效率。

于是，带着一连串喷射钻井的疑问，沈忠厚于1981年3月远涉重洋，赴美国西南路易斯安那大学和N·L公司学习做访问学者。

一天，美国喷射钻井的奠基人，全美最著名的喷射钻井权威戈恩斯教授，来休斯敦做喷射钻井技术讲座。戈恩斯教授的精彩演讲不时被雷鸣般的掌声打断。讲座结束后，沈忠厚匆匆走到他面前："Professor Goins，您为什么只计算钻头喷嘴出口位置的水力参数，不计算水射流到达井底位置的参数？而只有井底位置的射流对钻井破岩才是有效的。"

七十高龄的美国专家望着沈忠厚，张着嘴愣了大半天。尔后，他无可奈何地摊了摊手，又耸了耸肩："Professor Shen，您要是能把这个谜底揭开，您便是……"说着，戈恩斯向沈忠厚竖起了大拇指。

"您等着吧！"来自龙的故乡的学者，他非常有礼貌地表示感谢，暗暗地拧着一把劲。

自美回国后，沈忠厚便开始紧张而有序的课题研究。实验室里、计算机旁、钻井现场，晃悠着他忙碌的身影

在紧张而有序的忙碌中迎来了1983年，沈忠厚晋升为教授。

终于，1986年3月，沈忠厚完成了《淹没非自由射流压力衰减规律的研究和井底水力参数计算》的论文，并在第二届国际石油工程会议上宣读。他那浑厚有力的声音，使与会者惊奇地意识到，中国石油工程专家在喷射钻井方面已走到他们的前面。

SPE（美国石油工程师协会缩写）更是极力推崇这一理论的成果。由沈忠厚修订后，于1988年3月重新发表在美国石油钻

井方面最权威的杂志《SPE 钻井工程》上，各国专家再度震惊，他们承认，是中国人解决了这个世界级难题。根据此理论成果设计的新型钻头——加长喷嘴牙轮钻头（被誉为石油大学第一代钻头），平均机械钻速提高 25%—30%，平均钻头进尺提高 35%—40%，在十余个油田推广使用了约 3300 只钻头，创直接经济效益 1.65 亿元。

1989 年 3 月，是钻井行业值得庆贺的一年。他的新型加长喷嘴牙轮钻头顺利通过了石油天然气总公司的鉴定，鉴定书上赫然写着："理论研究成果解决了钻井工程中优选水力多数长期未解决的一个重要理论问题，丰富了淹没非自由射流理论，成果水平在国内领先，达到国际先进水平。"喜讯纷至沓来，沈忠厚经国务院学位委员会批准为博士生导师。

沈忠厚在抓紧时间研究新型加长喷嘴牙轮钻头的同时，又另辟蹊径，先后于 1982 年、1984 年开始研究自振空化射流钻头（被命名为石油大学第二代钻头），联合破岩钻头（被命名为石油大学第三代钻头）。

有人曾不解地问沈忠厚："自 1980 年以来，您这三代钻头几乎是同时研究的，你不担心会顾此失彼吗？"沈忠厚泰然地回答道："搞科研，一个项目往往要搞十年乃至几十年，倘十年磨一剑，虽然保险，但很难有大的突破，而同时搞几个相互关联的项目，一可以节约研究时间，二可以发现相互间的缺陷，及时取长补短，加速问题的解决。"这就是一个卓越科学家的开拓创新精神，这就是党的优秀儿子对科学事业的赤诚奉献！

1991 年 8 月，阿根廷，第十三届世界石油大会。在这次国际石油界最高学术会议上，国内共选送了 100 多篇论文，只有两篇被组委会选定在大会上宣读，沈忠厚等撰写的论文《新型射流理论及其钻井工程应用前景研究》像一枚重磅炮弹，再次撼动全场。"天哪，中国人！"与会的各国专家和权威被他的理论与构想迷住了，称它为走出迷宫的最佳路径。此时，沈忠厚教授应邀正在日本东北大学讲学。

1997 年，第十五届世界石油大会在中国召开，大会组委会准备了十几本专著，代表东道主国家最高学术水平，其中有他的 *Water Jet Technology in petroleum Engineering*。（约 33 万字，中文译名《石油工程水射流技术》）。国际水射流首任主席、日本水射流协会会长、日本东北大学水射流专家小林陵二教授把他的成果作为一种新的理论在互联网上向同行推荐："沈教授是水射流方面的顶尖教授。"这是小林陵二对他的评价。

中国科学院院长路甬祥约见沈忠厚说："以前我们水力机械和水利工程中只注重研究如何避害，你是变害为利，应用前景十分广阔。"

每次科研的现场试验于沈忠厚都是一次赶考，谁也不知道试验过程的突发事件会产生什么后果。1997 年 8 月 20 日，辽河油田的试验场面令每一个亲临现场的人终生难忘。

正在大家试验奋战的时候，台风突然像发疯的猛虎朝着旷野呼啸而至，倾盆大雨像瀑布似的飞流直下。恶劣的天气不仅严重阻碍着野外试验，还影响着大家的生命安全。

但一旦开钻打井，就是天塌下来也不能停止！否则几千个日日夜夜的辛劳就要毁于一旦。

经过三天三夜的奋战，我国第一口超短半径径向水平井 1997 年 8 月 22 日 12 时 10 分诞生了。美国人还在沾沾自喜在井深 500 米处打出水平井时，我们已在井深 1013.2 米处把径向水平井成功打出了。

这是继第三代钻头研制成功后，沈忠厚与弟子们利用旋转射流破岩技术，填补了我国在超短半径径向水平井领域的空白。采油量较过去增加了七倍，让全国已关停的 10000 余口井焕发新机。

老骥志千里

"老骥伏枥，志在千里；烈士暮年，壮心不已。"沈忠厚的人生信条是：人可以变老，但不可以服老。人的心要永远年轻，工作着是快乐的。只有这样，每天活得才有意义，搞起科研也才有力量。

2003年5月，国务院提出了"中国可持续发展油气资源战略研究"课题，以促进能源领域的战略发展。时任国务院总理的温家宝亲自负责此事，沈忠厚作为课题咨询委员会成员，不顾七十五岁高龄全身心投入工作。

"我希望我的意见能够为这项工作做哪怕一点点贡献，"沈忠厚十分认真地说，"一句话，一个数据，可能会影响我国石油战略未来几十年的发展方向。"

历时一年紧张工作，沈忠厚所在课题组《中国可持续发展油气资源战略》报告出炉，成为课题重要组成部分。

为国家的发展尽心尽力，这于沈忠厚是一种享受，因为"工作着是快乐的"。正是这种精神，促使沈忠厚不顾年迈，不惜被糖尿病、高血压等折磨的身体，甚至冒着生命危险，多次参加国家重大事故的调查和处理。

2003年12月23日，重庆市开县境内发生天然气井喷事故，230多人遇难。事故震惊了党中央、国务院和全国。

"出事了！国家需要我！"被任命为国务院专家组组长的沈忠厚放下电话，来不及收拾行李就奔往机场。

"我们将按照国务院的要求，实事求是，科学调查。拿出的结论要经得起实践和历史的检验。"这是沈忠厚对专家组的定位。

在现场，专家们发现井内存在硫化氢气体，且用常规的理论无法解释事故发生的原因。为了尽快查明真相，沈忠厚让学生们连夜查找关于硫化氢气体在不同压力和温度下的状态，终于发现了事故的重要线索——超临界态的存在。

无数次的现场走访、勘察，无数次的专题讨论，2004 年 1 月 5 日，专家组形成了《关于川东钻探公司"12·23"井喷特别事故原因的专家鉴定报告》，指明了井喷失控的直接原因和事故扩大的直接原因。

开县井喷事故调查，激荡出沈忠厚巨大的思想之光、科技之光，开辟出一片崭新的研究领域。

一般的物质存在状态可分为固态、液态和气态三种相态，但特定的压力、特定的温度下，它可能存在一种非液非固非气的第四种相态，称之为超临界态。

就是超临界态存在，导致开县井喷事故。能不能化害为利，让超临界态为我所用呢？沈忠厚仿佛哥伦布发现了新大陆，兴奋得像个顽童似的手舞足蹈。沈忠厚开始了超临界二氧化碳射流研究。

这是一种全新的射流。这种射流其巨大的冲击力、渗透力在钻井破岩方面效率非常高。据国外相关文献记载，超临界二氧化碳射流破岩效率是水射流的 6 倍左右。

这是一片全新的研究领域，这方面的研究几乎是不毛之地，面临着意想不到的困难。

十几年来，他一直专注于这一项目，并形成了多个课题组，联合中国石油大学、武汉大学、重庆大学共同研究。

课题不断地研究着、突破着，目前在理论建模、台架试验方面已取得了众多可喜的成果。"超临界二氧化碳钻井新技术新方法研究"已通过中石油组织的专家验收。

诚然，从理论研究到实际应用还有一个距离。但我们深信，超临界二氧化碳射流在我国石油工业的实际应用，指日可待！

故园情漫漫

故园，永远是游子的身体、心灵可以停驻的地方。月是故乡明，水是故乡甜。沈忠厚的思乡之情何不与日俱增？但为了中国人民的石油事业，他只能把这种浓浓乡思隐藏心底。

沈忠厚院士在给何波小朋友题词

沈忠厚对家乡的人很亲切。

2002年12月，我与天城乡政府时任乡长的吴长汉一同去了北京，欲拜访沈忠厚。他得知消息非常高兴，准备第二天（19日）带我们游八达岭。结果当天晚上北京开始下起了罕见的大雪，第二天他委托驾驶员将我们接到了亚运村的居室。室里温暖如春，香茶热气腾腾，我们的交流轻松自如。我们聊的更多的还是家乡建设，他建议实施场镇的天然气管线工程让家乡用上天然气（后来政府缺乏启动资金未果）。当我提及正在大竹中学念书的女儿的题词

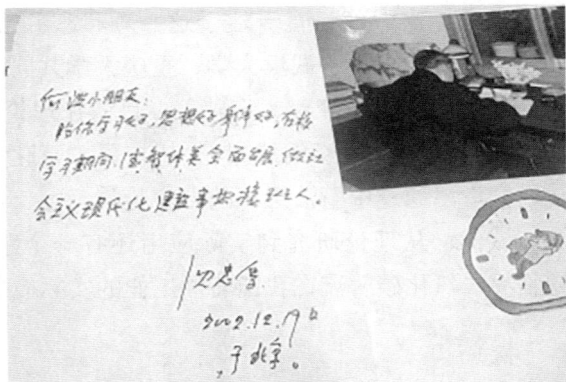

请求时，他爽快地说："还是小校友嘛！"欣然题写：

何泼小朋友：

　　盼你学习好、思想好、身体好，在校学习期间，德智体美全面发展，做社会主义现代化建设事业接班人。

沈忠厚

2002 年 12 月 19 日于北京

　　午餐，他请客在楼下的一家豆花店。我记忆犹新的是一盘豌豆尖（又称龙须菜、龙须苗）花了 40 元，店家说是从昆明空运过来的。

　　晚上天城老乡汇聚巴国布衣中餐店，我喊了正就读北京大学数学系大二的张伟（今世界级数学家，美国艺术与科学院院士）一同参加。我向沈老介绍说"这是我们天城即将出的第二个院士"时，不苟言笑的他笑了，全桌人笑了，乡友聚会氛围推向了高潮。

　　沈老的堂侄沈培光先后于 1984 年、1985 年、1986 年去石油大学，他亲自下厨非常热情地接待。堂侄向沈老诉说了家乡的变化，恳切要求沈老回家看看，家乡的亲人很想念他。沈老强烈地抑

2002 年 12 月 19 日，在沈忠厚院士亚运村居室合影吴长汉（左）沈忠厚院士（中）本文作者何武（右）

制住一涌而上的乡愁，神色凝重地对堂侄说："培光，回去告诉亲人们，我的工作太忙，无法离开，请大家谅解！"随即又再三嘱咐："我工作方面的事不要回去冲壳子（方言，为闲谈之意），请代我向亲人们问好！"

大禹治水三过家门而不入，沈老为了石油何尝不是如此！

1958年四川石油会战，他是文昌寨区的副队长，工作地点就在岳池县，没有回家；2003年处理开县井喷事故，他是国务院专家组组长，依然没回……沈老曾打算大竹中学七十周年校庆回家，可后来他给堂弟沈忠吉来信说，校庆期间他在美国学习不能赴会，不甚遗憾。

屈指算来，沈忠厚有五次回了大竹。2008年大竹中学九十周年校庆是专程赶回来，其余四次都是顺道停留。

他十分关心大竹的发展。20世纪80年代初在西南石油学院开完会，在通往重庆机场的途中停歇于大竹县城。时任县人民政府县长的苟必伦同志亲自陪同他。当得知苟必伦曾就读于北京农业机械化学院时，二人的距离一下子拉近了，因为北京石油学院与北京农业机械化学院仅一条马路之隔（北京石油学院于1969年迁址山东）。沈老在苟必伦县长的陪同下，参观了庙坝镇附近一个钻探天然气井的井场，沈老查看了有关地质钻井资料，与技术人员共同探讨了有关技术问题，并对该井钻开气层和投产有关技术问题和安全问题提出了中肯意见。以后两次到竹城，都与县里谈到了浅气层利用问题，因投资问题，没能找到一条合适的应用途径，未能如愿，这成了他很长时期的一块心病。

提及故园，他首先想起了母亲。他自幼丧父，与母亲相依为命。他深深感谢生他养他育他诲他的母亲，每每念及，不禁潸然泪下。然而，母亲病重时，他在油田会战，弥留之际也未能看上一眼离别多年的儿子。但老人家完全理解自己的儿子，支持儿子所从事的伟大事业，在几位堂侄的照料下安详离去！

最令沈老唏嘘不已的是 1987 年初夏。当时在川东云台指挥部（现重庆市长寿区）开会，老家就在附近，一股强烈的思乡之情促使他开完会回去看看。四十年的沧桑巨变，沈老认不出自己的故乡了。后来他凭记忆中的双河大桥，确认了这正是自己魂牵梦萦的故乡——双河乡（1981 年因地名普查同名改为"天城"）。

堂弟沈才宇闻讯赶来引领沈忠厚回家。从公路下车踏上久违的石板路，厚重的沧桑感油然而生。极目所望，远山尽翠，沈家大坝湾屋舍散落，像一串断线的珠子，掉落在大山脚下。

"少小离家老大回，乡音无改鬓毛衰。"当沈老与堂兄弟沈忠涛、沈忠吉、沈忠良、沈忠建等相见一愣，刹那间，大家相拥而泣，几十年的相思苦顷刻化为点点泪滴！

随后，沈老来到母亲坟前祭扫，以求慈母宽恕自己未尽孝道之责！灿烂的阳光透过密密的树林投下一地的斑斓，印在沈老身上，似母亲慈祥地抚摸，这位伟大的母亲为有这样的儿子而骄傲，为有这样的儿子而九泉含笑！

沈老与亲人们在堂弟沈忠吉家吃了顿四十年一回的团圆饭，总共在大坝湾待了三个小时，就与亲人们挥泪作别！

临别前有件事让他非常伤感，多年来，一念及此事心里隐隐作痛。亲人的房子有些年头了，屋檐黑瓦风吹雨淋、日晒霜冻，残垣罅隙处长着斑驳薛苔，确实不能再破了。亲人希望他能帮忙弄一点水泥予以修补，他流着眼泪坚决不同意："还是靠自己想办法解决吧！依托家乡的山山水水，总可以致富的。"这让当时在场主动提出帮助解决的川东钻井公司领导不知所措。

其实，这种严格的背后是他对亲人的愧疚，对家人的愧疚，对事业的热爱！

是的，堂侄沈培光去石油大学（华东）返乡时，他不动用公家的小汽车，而是喊大儿子用摩托送他到东营火车站。

沈老于事业是伟大的，生活是平凡的。亲人们理解他，支持

他，为拥有这样伟大而平凡的亲人而自豪！

如今，沈老走了，从此阴阳两隔。

噩耗传来，人们沉痛的心情，比家乡那大山的山路还要曲折幽深！

永别了，沈老！

安息吧，人民的好儿子——沈忠厚院士！

陈兰美梦成真

元月 4 日上午，大竹县委副书记蔡大明一行在石子区四合乡白鹤林村 9 社参观"人畜饮水工程"，陈兰家的卫生井浇出鲜嫩的平菇，这引起了蔡副书记的兴致。当得知主人是一位下岗女职工，且月收入达 1500 元时，蔡副书记额首啧啧赞叹："真了不起，小陈自谋职业的这种精神，应在下岗职工中发扬光大！"

陈兰原本学的是制作糕点技术，在单位也算业务骨干，几年前从达州市内一家食品厂下岗。下岗后，在丈夫所在单位——达钢干过零活，又到一家私营食品厂生产糕点，后来辞了工。她苦苦寻觅：自己的生活立足点究竟在哪里？

1997 年 2 月，陈兰和丈夫包建华回到老家过春节，市场上单调的蔬菜使她萌动了在农村办食用菌厂的念头。

陈兰欲办食用菌厂的消息不胫而走，乡党委书记吴代寿、乡长吴长汉闻讯同乡党政领导赶到陈兰家，鼓励陈兰说："小陈，有什么困难尽管提，我们力求予以解决！"

要强的陈兰下岗后未掉一滴泪，此时哽咽了："我还有什么困难呢？在世俗寒雨面前，我要的就是各级组织营造的这种再就业的良好社会氛围！"

她到达川市学到有关技术后，急忙赶回家。买砖砌灶，砍竹搭架，紧锣密鼓地张罗起来了。

陈兰严格按照技术要求，配料、发酵、蒸料、装袋、接种，

4月上旬开始出平菇了，可产量上不去这道阴影终日笼罩着她。

流火七月，下岗女职工办食用菌厂的事传到了新任石子区委书记冷从模、区长陈德辉耳里，冷书记、陈区长冒着酷暑赶到陈兰家，送去资料、观看场地、询问产量后说："小陈，好好干吧！400袋菌料产菌250公斤，产量虽然偏低，总算成功了！技术上还有什么疑难，我们可以请教县科协的老师！"陈兰手捧二位领导带来的资料，牙齿咬着嘴唇，眼里旋转着泪水，一句话都说不出来。只是使劲地向冷书记和陈区长点了点头……

她在实践的基础上反复琢磨了二位领导带来的资料后，又于8月开始生产。蒸1锅料能装700袋，每袋单产提高到1.5公斤。

短短五个月时间，产菇3000余公斤，收入上万元。谁曾知道，这成功的花环里浸透着奋斗的血雨！

制作食用菌有一重要环节是蒸料，蒸料要持续二十个小时，这是她最难熬的时候。首先要将温度从常温升到100℃，然后就是必须保持100℃。火要保持旺盛，不时还要观察温度计和锅里的水位，不能有丝毫的松懈。

她也曾想到过夜晚叫公婆一起轮流值班，可一看到二老花白的头发又于心不忍。夏天的夜晚倒还熬得过，冬天的夜晚万籁俱寂，灶是建在室外的，这点儿火的热度怎能耐得住刺骨的寒风！特别是周围有时传来可怕的声音使她不寒而栗！加之超强度的劳作，也曾使她想过就此罢手。可一想到区乡领导的话语、隔三岔五的亲临关怀和卖平菇时的喜悦，就为自己的想法惭愧。

陈兰这位下岗女职工终于在农村找到了立足点。但她并不满足于此，她打算春节后再扩大生产，动员她妹妹来农村一齐干。待挣足5万元钱后，她意欲重操旧业——在四合乡办一个制作糕点的食品厂，招收与她同命运的姐妹们！

张百年的追求

　　桂子飘香之际，大竹县工商联负责同志和区乡党政领导一道，参观由打工仔张百年创办的、建成投产的星兴塑料厂，听取了张百年汇报后，大家纷纷赞不绝口：小张办厂不纯粹为了商业利益，而是为当地父老乡亲办了一件很有意义的事，可钦可佩！

　　原来，张百年在家乡四合乡一社办厂所选位置与原择定厂址相比，因交通不便，生产一吨货物（聚乙烯再生塑料粒子）要增加成本 150 元左右。一向精明能干的张百年怎么啦？

　　为了自己那个梦。时光倒回十六年前。刚初中毕业的张百年还是一个农民。起初他倒腾起了小买卖，后来又做起贩卖粮食、青麻等生意，一干就是七年，因不了解市场走向和发展趋势以蚀本告终。

　　为了圆自己那个发财梦，1989 年他南下广东图谋发展，1992年闯荡到了浙江，1993 年他又接妻子和孩子在浙江"安营扎寨"。

　　1997 年农历腊月，张百年钱囊里鼓胀着 20 万钞票，携妻子儿女衣锦还乡了。

　　攥着大把的票子，张百年心醉了。在城里买套豪华住房清闲过日子的念头在他脑里一闪而过。这几年的打工生活造就了他温州人一样的创业观：抓住日渐看好的销售行情，利用所挣的钱和所学的技术，办一处生产半成品的塑料厂！

　　顾不上旅途的劳顿，拨通了远在浙江的闪兄内弟的电话，敲定了"聚乙烯再生塑料粒子"的销售事宜。生产的原料——废旧塑料袋、编织袋比较丰富，可选择厂址这个问题使他思量了一番：这必须是一个交通方便、信息传递快的地方。

妻子的祖籍是毗邻重庆市的垫江县，她姑妈是垫江县城一百货批发商。她姑妈得知张百年的想法后，春节未完就同有关部门取得了联系，垫江县有关部门欢迎他去办厂，并在征地、税收、信贷、子女就学等方面做出了给予优待的承诺。

为了父老乡亲梦想成真。张百年风尘仆仆从垫江县城赶回，将好消息兴冲冲地告诉了父亲张国才。这位老共产党员听完儿子的诉说，严肃地问："百年，你现在的钱是怎么来的？"张百年纳闷了："爸爸，是我们打工辛辛苦苦挣来的！"张国才眼里闪动着泪光语重心长地说："百年啊！我们附近很多人家还比较穷，你为何不把厂建在家乡，招收他们为工人呢？"

一席话说得张百年羞愧地低下了头。他深深地自责：我怎么没想到这点呢？一个人挣钱多少与他的人生价值大小并不成正比啊！

张百年回绝了姑妈，决定就在家乡办厂。虽说交通不大方便，但这里还是通了机耕道；为了解决信息传递问题，他打算业务量大后在城里设个办事处。

张百年办厂，县、区、乡党政领导极为重视，在征地、税收、信贷等方面营造了宽松环境。他投资25万元购回了柴油发电机组、电动机、洗带机、塑料机等设备和原料，很快开始了生产。

生产环节主要是发电、洗料、加工、掐线。他挑选了附近贫困人家的12人，让他们当上"离土不离乡"的工人，包吃，月薪300元以上，视工种而定。六十七岁的张老太太，1998年儿子去世欠下贷款3000元，一筹莫展时当上了掐线工。她乐呵呵地说："没想到老了还能当工人，那点贷款不愁了，穷日子也有奔头了！"

　　笔者采访张百年时，他告诉我们：近段时间因天气不利于生产，不敢多接纳工人；厂里利润稍微丰厚一点还会提高工人工资。他说他目前主要在管理上和培训工人上下功夫，打算 1999 年与人合资引进生产编织袋、塑料袋成品的生产线，搞一条龙生产，使更多的父老乡亲走上致富路。

　　这是一个拒绝平庸的年代。张百年用一颗饱含渴望和真挚的心，实践着他那令人称道的人生追求。

小荷才露尖尖角

料峭的蒙蒙细雨掩饰不住拂人的春意。大竹县石子区天城乡党委书记李萍、乡长冷孝川带着 50 余名乡村干部，聚集在李子村 3 组观看青年农民徐建兴调整产业结构的布局：1.5 亩蛙鱼养殖、8.68 亩藕鱼工程。石子区委书记冷从模、区长陈德辉闻讯踏着泥泞来到现场，与乡村干部一道饶有兴致地听取了徐建兴的简要介绍后，动情地说："徐建兴在这片肥沃土上实现着他的人生价值，这为我们进一步解放思想、大力调整产业结构提供了一个典范！"

领导的话语似一股强大暖流，重重地撞击着徐建兴的心扉……

时间回到 1990 年 12 月，高中毕业的徐建兴意气风发地走进了军营，1992 年 3 月 17 日光荣地加入中国共产党，1993 年 12 月退伍还乡。家徒四壁的现实令他退伍前打算回乡成为养猪专业户的梦想变成了泡影。于是，他决定走出家乡寻富路——到广东打工。

打工期间，一位工友回到湖北家乡后，给建兴邮寄一份关于养殖美蛙的资料，这令他梦萦魂牵。1999 年 3 月，积攒了 2 万余元的徐建兴归心似箭。他欲回到家乡垒金山——在这个穷乡僻壤从事美蛙这类特种养殖，以带动更多人致富。

徐建兴取道重庆永川市叔父家，向叔父一家人谈了自己的打算，凑巧堂兄有个同学在永川投资 50 万元搞了个美蛙养殖场，徐建兴同叔父一家实地考察后，一致认为：随着人们生活水平的提高，被列入国家星火计划的美蛙养殖前景很广。几个在成都工作的战友闻讯特邀他到成都，并带着他在九眼桥、清石桥等水产批发市场转悠了近一个月，并签了两份销蛙协议，这更加坚定了他养蛙的信心。徐建兴回家养殖美蛙的消息不胫而走，许多亲戚朋友接踵而至地上门规劝他（其父母双双作古）：不要去搞风险很大的美蛙养殖，还是拿钱将这破屋子改建为楼房，快三十岁的人了，早日把媳妇娶进门吧！

对这些善意的劝说，他总是一笑了之。他投资 1.8 万元将自己 0.5 亩责任田改造成了蛙池、蓄水池，利用附近山溪长有水的优势完善了引水、排水管道，于 6 月初购进了蛙种。

徐建兴深深意识到：当地农民调整产业结构存在着安于现状不愿调，怕担风险不敢调，按部就班不急调思想障碍。针对美蛙养殖技术要求较高、隔年见效的情况，徐建兴突发奇想：租用其他农户的责任田，从事能当年见效的种养业。

根据有关技术和土地资源，他确定了再搞 1 亩蛙鱼养殖和 10 亩藕鱼工程。他决定每亩田给年租 500 公斤稻谷，发誓要创造出每亩田的产值是水稻 8 倍以上的现实。

徐建兴从去年腊月到今年正月期间四次到毗邻的重庆市垫江县，洽谈好了藕的销售事宜后，投资 1.3 万元，租用了 8.68 亩责任田，购回 10 吨碳铵和磷肥，于 3 月 13 日栽下了 2300 公斤优质罗汉藕种，大力发展产销挂钩、以销定产的"订单农业"。

望着刚长出水面的尖角荷叶，一幅"莲子飘香、蛙鸣阵阵、蛙鱼嬉戏"的画景呈现眼前。

林海涛声的呼唤

流火七月，成都华西医科大学附属医院的病房里，大竹县林业局石子林业站林业员刘军，被确诊为"慢性粒细胞白血病"。医生忠告："年轻人，尽快准备 40 万元进行骨髓移植吧，否则超过时限，纵有金山银库也买不到命！"医生沉缓的话语似晴空霹雳，刘军惊呆了，亲人惊呆了！

刘军是大竹县林业局石子林业站招聘干部，1983 年参加林业工作。十八年来，他负责的 1.5 万余亩森林从未发生过火灾，1993 年主持实施了长防工程 2100 亩，多次受到县、区表彰，并被县林业局多次表彰为先进个人。

追寻刘军的足迹，漫步 1.5 万亩林海，一幕幕撩人心魄的画卷，一个个感人至深的故事，令人禁不住发出声声感叹。

最壮观的景致要数吉星乡马龙崖、太阳山：90 万株郁郁葱葱的马尾松，平均株高 5 米、胸围 9 厘米，亭亭玉立呈现眼帘，似经过人工造型一般。这就是刘军主持实施的 2100 亩长防林工程。触景生情，现任邻峰村的党支部书记孙学文感慨万千："还是政府人员有远见，'光头山'披绿装，是林业员刘军辛勤汗水浇灌出来的啊！"马龙崖、太阳山原是两座"光头山"，1991 年开始实施长防工程时，群众思想就是不通：一来这是放牛坝，二来这工程一年半载见不到效益。为此，刘军多少个夜晚深入农户围在火塘边促膝交谈，多少个日日夜夜召开群众会反复宣传。长防工程有两个关键环节：一是炼山打窝，二是管护。为了搞好炼山打窝，刘军坚持吃、住在工地，与群众一同参加劳动，并注重把好质量关，2100 亩造林任务仅半个月就完成了，经有关部门验收，栽植成活率达 90%。"万事开头难"，长防林的管护工作也是如此。为了严防长防林被人畜践踏，刘军制定了管护制度并逗硬实施……在刘军的精心呵护下，2100 亩长防林参天成林了，可培育它的人却遭此厄运，此情此景无不令人凄遂哀婉！

最动人的故事就像那遍山的红杜鹃典藏在茫茫林海。为了做好 1.5 万亩森林防火安全工作，十八年来，刘军放弃节假日、星期天休息时间，顶酷暑、冒严寒，跋山涉水，认真排查林区隐患。

1994 年高桥村村民胡某仰仗与刘军是朋友，不顾清明节不准在林区烧纸祭坟的禁令，在林区祖坟上烧纸，被刘军逮了个正着，被处以罚款 200 元……同时，刘军敢于同盗伐树木者做斗争，不畏恐吓，共查处违规案件 100 余起，为国家挽回经济损失 20 余万元。刘军离不开林区的一草一木，早在 1998 年身体就开始出现乏力、失眠、尿频、鼻血、消瘦等症状，可为了 1.5 万亩森林，他竟把自己的病搁置了起来，直到今年 6 月 24 日，到牛头村解决林权纠纷返乡途中被狗咬伤，住院近一个月，伤口仍然红肿，才引起了医生的警觉，通过化验得以确诊……

面对 40 万元的巨额治疗费，刘军不想给家庭、组织、社会增添任何负担，萌动了一死了之的念头。

突来的厄运，使家庭苍凉得如大峡谷的落日。刘军年仅十三岁正念初三的儿子显得一下子成熟了，他常在梦中哭喊着："我不能没有爸爸！"刘军患有癫痫病的老父恼得死去活来，刘军患有高血压的母亲老泪纵横地哭述道："老天啊，为啥子'黄叶不落落青叶'？"与刘军同龄贤淑而善良的爱妻常暗地抽泣，两眼不时像红红的水蜜桃……亲人的悲痛唤起了刘军求生的本能，当

地积极为他募捐，无疑给他临近崩溃的精神世界，投下了一缕阳光。他从恍如隔世中一下回到了现实：自己离不开亲人，更离不开心爱的林业事业。

大竹县林业局为他募捐了 7250 元、石子林业站为他捐款 1100 元、吉星乡政府为他捐款 1000 元……当刘军颤抖地捧着这一张张带着体温的人民币，他流泪了，又一次感受到了人间自有真情在。刘军东挪西借、变卖房产等，目前仅仅筹集到 13.8 万元资金。透过那晶莹的泪珠，发现刘军刚展现生机的目光又变得呆滞而深沉。这目光既显得无奈，又透露出一种深深的渴望。是啊，新世纪的太阳才刚刚升起，谁又不留恋这个灿烂的世界呢？

起风了，万亩林海爆发出阵阵涛声，这涛声似在呜呜地哭泣，为刘军的不幸而泣；这涛声在深深地呼唤，为刘军的生离死别而唤；这涛声似在隆隆地呼吁，为拯救刘军的生命而吁！

第四章

即兴抒怀韵

迎接创新蝶变

在"十三五"开启之年承上启下的关键时刻，12月26日，大竹县旅游大会在卫计局礼堂举行。县委、人大、县政府、政协四大家班子成员，法、检两长，各（镇、办事）党政主要领导，县级部门主要负责人，旅游企业代表共计300余人出席大会。县委书记何洪波高屋建瓴地对大竹旅游业发展做了三点重要指示，县委副书记、县长李志超结合丰富的管理灼见讲了三点贯彻落实意见。

大会引起了与会者的强烈共鸣：这是旅游局成立以来规格最高的一次盛会；大会经众多媒体报道引起业界人士热烈反响：大

作者在会上发言照片

竹县委、县政府创先之举标志着竹旅之春已来临。

尊敬的何书记、李县长、各位领导、同志们：

我发言的题目是《大竹县旅游业的创新蝶变》。

一是站在新起点。山还是那座山，水还是那湖水，人还是那群人。山是新山，五峰山不仅仅是国家森林公园，如今还戴上了国家 4A 级旅游景区和省级生态旅游示范区的桂冠；水是新水，海明湖与五峰山创建了达州市唯一一个省级旅游度假区，并承办了达州市首次主办的省级旅游盛会。人是新人，"繁荣、时尚、美丽、和谐"的竹乡人，有钱有闲有意愿，大众旅游时代来临悄然。

二是迎接新挑战。旅游业具有"无烟产业"和"永远的朝阳产业"的美称，与石油业、汽车业并列为世界三大产业。2015 年底全国旅游投资已突破万亿大关，2016 年上半年国内旅游 22.36 亿人次，入境游 1.27 亿人次，实现旅游总收入 2.25 万亿元，增幅 12.4%。其实，挑战可谓两句话。一句话是形势喜人：旅游业站在经济发展制高点，解决经济转型，解决脱贫致富等重大问题。另一句话是形势逼人：要踏踏实实做，要实实在在的效果。期盼新规划。全县旅游业处于"规划规划墙上挂挂，做了落地难"和"规划规划骗人鬼话，不做运行难"的两难境地。期盼新的旅游总体规划和专项规划，做到与土地利用总体规划、城乡建设规划、环境保护规划等多规合一。呼唤新机制。服务机制需改变。五峰山已创 4A，省政府近日出台了'神秘访客'制度，若"游客多了心生烦，钞票多了手嫌软"的服务体制不及时改变，就会面临摘牌危险。投入机制需健全。为顺应业态发展要求，设立县级旅游发展基金势在必行。云雾山创 4A，社会投入可先行先试，及时总结指导全县。管理机制需完善。旅游市场管理漏洞多，险象环生，需造就一支高素质旅游综合执法队伍，完善管理

机制，让游客满意。加速新营销。旅游业发展阶段重要的是宣传营销，其处于产业链的前沿。"酒好也要常吆喝""风光好不如营销好"，做到"互联网＋旅游"线上线下融合推介，通过主题创新与名人效应的进行推介，让蕴含竹麻、破山禅宗文化的养生山水伴随《傻儿传奇》名扬海内外。

三是完成新使命。县委十三次党代会报告提出了"打造精品旅游景区环线，推动全域旅游发展，实现由一般型产业向支柱型产业跨越"的新使命。提升新名片。海明湖·五峰山旅游度假区这张名片，我们要抓住其创建国家旅游度假区这个进程，完善功能、突出创意、改革机制，让这张名片响彻神州，闻名世界。创建新示范。厘清"农旅文"之间的关系，创建融合发展示范区。"农旅文"之间犹如"血液、躯干、灵魂"一般。魂要附体，体要血畅。一句话，农业求稳，文旅求富，诸如庙坝这类示范区要在全县星罗棋布。延伸新环线。围绕海明湖·五峰山旅游度假区这个核心，巧用南大梁、包茂高速，318、210国道，开大、碑石省道等干线延伸旅游环线，串联"农旅文"融合发展示范区的颗颗珍珠。延伸明月山川，渝通途捷足先；延伸铜锣山，小平故里一线牵；延伸华蓥山，寰人本是同祖先。大旅游，大环线，川渝陕休闲度假目的地早实现。

我局将以此次会议为契机，走出办公室实践，走出迷惘寻清，走出误区求真，开始旅游新生活，开启旅游新航程，开创大竹旅游新时代！

谢谢大家！

有没有 "乡土味"?

大竹县成功创建四川省乡村旅游强县，按县委要求打好"融合"与"营销"两张牌。"融合"抓好产业融合和区域融合，"营销"抓好智慧旅游营销和节庆活动营销，早日建成"川渝陕休闲度假旅游目的地"。2018年5月25日，达州市生态观光农业与休闲乡村旅游融合发展培训班在莲花湖举行，作者授课。

——题记

《人民日报》2018年4月22日："乡村旅游的生命力在于乡土味，要尊重自然规律，遵循乡村发展规律，充分发挥乡土人才的作用，以全域旅游为方向，打好乡土牌，下好一盘棋。"其核心思想是以旅促农、以农促旅，农旅结合，加强文化、农业、生态与旅游的融合。

提炼 "乡味"

有人说，旅游的意义在于两点，发现和遗忘。清新的空气，良好的生态，独特的风土人情可以帮你卸载喧嚣和烦琐。人们离开城市，就是为了去乡村追寻久违的"乡味"。于城市旅游、景区旅游而言，"乡味"既体现了吸人眼球的颜值，又折射出独特的气质。

近年，大竹县乡村旅游的"乡味"耐人寻味。

创新的"价值链"。大竹的乡村旅游从观赏农作物和参与农家乐等初级形式向休闲度假方向转变。突出了休闲娱乐项目和特色旅游商品的乡土味。比如太极岛景区原来仅仅是一个苗圃，在升级改造中把娱乐项目作为重点之一，创新了竹屋度假、玉带河荡竹舟、亲子厨房、太极广场、轮胎城堡、艺术盆景根雕、三角翼飞机等娱乐项目，开发了竹帘画等旅游商品，这些项目和商品无不透出浓浓的乡土气息。

看似是景区名称的改变，实则是文化主题的提炼，悠悠乡愁的体现。

乡村旅游如雨后春笋般发展。大竹县 2014 年接待游客 153 万人次，增长 14.1%，实现乡村旅游收入 9.4 亿元，增长 20.7%，占全县 GDP3.71%。2017 年接待游客 277 万人次，增长 22.6%，实现乡村旅游收入 21.3 亿元，增长 36.4%，占 GDP6.84%。大竹县成功创建省级乡村旅游强县。

深刻"启示"

乡村旅游发展"三乡"要素是根本，即乡野、乡村和乡民。

"凋萎的百合花"，百合市场行情好将重新焕发生机，须知旅游是锦上添花，无稳定增收的农业基础不搞旅游；"洋相的大洋房"，新的出资人正谋划乡村的宜居建设，引进与大自然和谐的"树屋"接纳游客；"破碎的花乡梦"，待积极吸引乡民参与的策划规划落地，相信"花乡梦"重圆有期。

乡村旅游发展"三乡"要求是途径，要乡土气息，要乡村节会，要记住乡愁。

要乡土气息。乡村旅游的"城市化"，出现了对游客的吸引力的下降，生命周期缩短，停留能力的日渐衰退等问题。休闲娱乐项目在突出体验性、互动性、文化性、科技性的同时，注重乡土气息，太极岛的亲子厨房、河水荡舟，巴野猼的抓猪比赛是很好的代表。旅游商品应在文化性、特色型、品牌化基础上突出乡土性的开发原则，实现产业融合发展，提高农业综合效益。东柳醪糟系列产品，巴野猼等旅游商品注重乡二性屡屡在全省大赛中代表达州获奖便是很好的例证。

要乡村节会。节会活动要发挥好"四个效应"展示四个"力"。眼球效应——扩充精彩的视觉冲击力，窗口效应——展示旅游形象的创新力，经济效应——引领市场化运作的延续力，引擎效应——促进区域发展的协调力。桃花节从政府主办到企业主办，积累了市场化运作的宝贵经验，旅游业的发展离不开旅游节会的推动，旅游节会坚持政府引领来作为保障。巴野猼节会活动不断，刨猪汤节尤为成功。月半弯举办首届烧烤音乐节，开始尝到节会活动的甜头。渔人部落、太极岛景区举办开园活动，人气大增，"五一"大竹旅游品牌影响力在西南片区跃居第15位。

要记住乡愁。乡愁是乡村旅游的灵魂，是乡村文化的发展和传承。给游客提供一个"家"，有家才有乡，有乡才有情，有情才有愁，有愁才会"常回家看看"。旅游业有别于其他经济部门的最重要的特性就是文化性，乡村旅游者是为了寻求乡愁的物质和文化享受，食住行游购娱的消费，本质是文化消费。

此情可待成追忆

2017年9月8日下午4时许，四川省"四大片区"贫困县旅游局（委）局长（主任）专题培训班结业典礼，在成都市青白江区凤凰湖天泉酒店举行。省旅游发展委副主任宋铭出席作了重要讲话，会议由人教处长姚界平主持，全省12个市州88个县市区旅游局（委）局长（主任）在会场就座。

我作为5名学员代表之一进行了交流发言赢得了10余次掌声，得到了四川省文化和旅游厅副厅长宋铭（时任省旅发委副主任）的肯定。时间过去快满两年了，当时的场景仍历历在目。

今日旧话重提，旨在祝愿全省旅游扶贫工作取得重大成就，宣传推介我们的醉美竹乡。

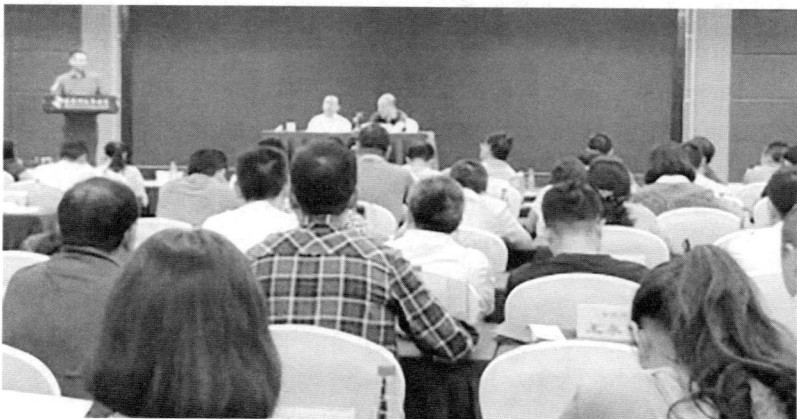

尊敬的宋主任、各位领导、各位同仁：

大家下午好！

作为学员代表我说四句话。

第一句话是按惯例自我介绍。

我是达州市大竹县旅游局局长何武。有着"川东门户·水墨达州"之称的达州，诚邀大家"听巴山夜雨，游水墨达州"。"千年大竹三大美，竹海古镇温泉水"：五峰山是国家4A级旅游景区、国家森林公园、省级生态旅游示范区，五峰山竹海令游客们叹为观止，"如果说蜀南竹海是个纤纤少女的话，五峰山竹海则是壮壮的帅哥"；清河古镇是抗日名将范绍增的故里，其保存完好的中西合璧建筑是西部唯一，袍哥文化正能量乃民族瑰宝；省级旅游度假区海明湖的温泉单井出水量亚洲第一，四川省第五届温泉旅游节在这里成功举行。

第二句话是讲规矩对培训班做个评价。

这次培训办得非常及时，这次培训办得非常好，苍白的语言无以言表。

第三句话是提提建议。

老生常谈三个字"钱、权、人"。"钱"是指创建资金。全省确定了1443个旅游扶贫重点村、创建1000个A级旅游景区的宏伟目标，如果不出台"以奖代补"的激励政策，完成目标还是有困难的（上次再度征求旅游扶贫重点村意见我县有七个村要求退出）。试想，在扶贫干部干得热火朝天的情况下，职能部门纷纷匹配项目资金的热潮中，作为省旅游扶贫牵头部门是否应该出现"壮举"呢？"权"表现在考核权、话语权、授牌权。考核权是指要加大目标考核力度，旅游业不是传统的第三产业，而是第一二三产业融合发展的新兴产业，其考核办法应与时俱进。"旅游+"要变为"+旅游"，相关成员单位年初确定全年要为旅游业

发展办理实事的计划，由省旅产办审核后被纳入省委省政府目标考核。话语权是指机构改革，省旅游发展委已由"局"变"委"，肩负着旅游经济强省的重任，省旅游发展委应乘势而上，请求省委省政府出台市州和县市区旅游部门机构改革的意见。授牌权是指规范旅游品牌的创建，旅游业的带动力仅次于房地产业，旅游一度成了热门话题，旅游品牌政出多门，牌子满天飞，是应规范的时候了，以提高品牌的含金量。"人"是指旅游人才，要创新培训方式。旅游扶贫培训（同类人员参加的）全年应不少于四次，地点是四大片区各一次，每次要确定一个主题解决一个共性问题，人员既有旅游部门主要领导、分管领导和中层干部，还要扩大到各级党政领导以及村支两委负责人。四川旅游业排名尽管全国靠前，但为什么徘徊不前？旅游部门负责人培训局限于川内不能说不是一个原因。勇林主任（省旅游发展委主任傅勇林）这次的《四川创建世界旅游目的地的战略思考》讲得很到位，既有战略的高度，又有实践的新路，但是这批战斗在一线的旅游人不走出国门熏陶，创建世界旅游目的地如何有支撑人才？

第四句话不得不说，那就是发出邀请。

中国醪糟之都——大竹县的东汉醪糟等您来尝；中国香椿第一县——大竹县的长在树上的蔬菜等您来吃；有"达州市十大名特美食"之称的东柳鱼头等您来品鉴；堪称一绝的大竹面条要啰唆一下，大竹面条不是圆的是扁平的，每根面条筋道爽口，体现了大竹人耿直豪爽的性格和"决不拉稀摆带"的袍哥文化，尤其是那经过四个小时炒制的臊子，色泽泛黄，香气四溢，入口即化，齿留清香。大竹县是中国苎麻之乡，怡情度假后别忘了给家人带件高档的麻纱衣服回去风光风光。

袍哥文化古镇，温泉康养大竹，期待着各位的光临！

谢谢大家！

相逢是首歌

　　文化和旅游部在山东枣庄市举办了2018年全国贫困地区旅游扶贫培训班。12月24日，结业式在山亭宾馆举行，来自25个省市200名学员出席。我作为三个学员代表之一脱稿发言，赢来了10余次掌声。

尊敬的各位领导、各位老师、各位同学们：

　　大家上午好！

　　我们相逢是偶然，别离是必然，留下的是惘然。一种淡淡的离愁油然而生。

　　第一个离愁叫"害怕"，你们会记得住我吗？

　　我姓何名武，来自四川省大竹县旅游局。大竹在唐朝武则天久视元年置县，因竹多竹大而得名。大家说没听说过，大竹县诞生了佛坛巨匠破山和尚？山东人应该知道石油大学沈忠厚教授，他是我的同乡，是中国工程院院士，被誉为石油天然气的"钻头之父"。《傻儿司令》电视连续剧大家应该看过，傻儿司令原型抗日名将范绍增将军就是大竹人。

　　第二个离愁叫"不舍"，你们会让我忘记吗？

　　各位领导在百忙之中出席开班式和结业式，这不仅仅是对旅游扶贫培训的重视，更是一种礼仪。老师们深入浅出地教学，既有理论的高度，又有实践的深度，没有显摆操劳的过度，举手投

足保持谦逊的风度。那每个现场教学点，线路的选择，秩序的井然，服务的周到，体现的不仅仅是村民的淳朴，更是你们心血的倾注。冬至节枣庄过，鲜美的羊肉汤热气腾腾，可口的羊肉饺子芳香四溢，让我们这个冬天不再寒冷……一点点，一滴滴，让我怎么能舍？我们不仅仅是身处"生态山亭，养生福地"，更重要的是感受到"好客山东"这张名片独特的魅力！

第三个离愁叫"担忧"，旅游扶贫能大获全胜吗？

如何牵住旅游扶贫这个"牛鼻子"？无外乎人、绳子和青草。

人也就是人才，这是基础。旅游扶贫人才极度匮乏，文化和旅游部高瞻远瞩，举办了形式各异的培训班，让我们收获满满。

如何提升旅游扶贫对象的参与意识和对旅游的热情？建议在知识内容的系统性、指导工作的针对性和培训对象的广泛性上多下功夫。提升扶贫对象的参与意识和对旅游的热爱至关重要。

绳子也就是标准、路径和模式，这是关键。《旅游法》中有

图为作者在大会上发言的情景

一个名词，即"景区主管部门"，很多人都理解成是指旅游主管部门，这样的理解是错误的。不同类型的景区就有不同的主管部门，所以，《旅游法》用"景区主管部门"作了通指。《旅游法》中的景区主管部门不是指旅游主管部门。比如说森林公园和湿地公园的主管部门是林草部门，地质公园的主管部门是应急管理部门……这个先搁置一边，回过头来我们又说"旅游扶贫"。这些不属于旅游行政部门管理的景区，扶贫成效怎么算？现在"旅游+"融合发展的路子如火如荼，融合发展你中有我我中有你，这个扶贫成效又该怎么算？不厘清这些职能职责难以科学指导旅游扶贫工作。

青草指的是资金和政策，这是保障。森林公园、地质公园等景区国家都匹配有项目资金，而我们的 A 级旅游景区有吗？政府要出台系列保障政策，各部门共同参与推进旅游扶贫大业。

我们坚信，有着五千年文明泱泱大国的文化和旅游部，能够以最强有力的举措确保"旅游扶贫"大获全胜！

第四个离愁叫"再见"，我们什么时候能相见？

再见，不是再也不会相见，而是及早大竹见。"千年大竹三大美，竹海古镇温泉水"，说的是旅游扶贫"景区依托型"模式。

竹海，川东竹海，国家 4A 级旅游景区、国家森林公园和省级生态旅游示范区。古镇就是清河古镇，"傻儿司令"原型抗日名将范绍增将军修建的中西合璧古街，是四川省历史文化名镇。温泉，是省级旅游度假区海明湖温泉，以日单井出口量 11223 立方雄踞亚洲首位。"一粒糯米醪糟香，十万农民奔小康"，说的是旅游扶贫"旅游商品发展型"模式。全国"万企帮万村"先进企业——东汉醪糟打造的是百年老店，其产品出口十几个国家和地区。时任中央政治局委员、国务院副总理汪洋，去年实地视察并高度肯定了其易地扶贫搬迁中发挥的产业带动作用。今年"八一"建军节是个特别的日子，这个国家级龙头企业获批国家

3A 级旅游景区，雄赳赳气昂昂地跨入了旅游扶贫行列。

"白墙黑瓦乡愁色，小桥流水乡愁音"，说的是旅游扶贫"乡村旅游带动型"模式。黄滩乡平桥村是省级贫困村，今年脱贫摘帽、创建省级旅游扶贫示范村，刚刚获批国家 3A 级旅游景区。

在这里赏花摘果吃农家乐，去小桥流水人家寻找乡愁……相逢是首歌，别离是为了及早地重逢。无论万水千山如何阻隔，我对你们的思念始终不会停歇；无论世事如何变迁，我在梦中依然把"枣庄"呼唤。生活苦工作累，我们相约大竹会，绿浪翻滚的竹海和氤氲缭绕的温泉将为您洗却身心的疲惫！

谢谢大家！

离别感言

机构改革中，大竹县旅游局更名为大竹县文化旅游发展中心。2019年3月18日，在原旅游局会议室召开会议，县委副书记杜权军到会作了重要讲话，作者发表了简短的感言。

尊敬的杜书记、各位领导、同志们：

大家好！

这次机构改革，我坚决维护县委决定，完全服从组织安排。离别之际，我想说三句话六个字。

第一句话是"感恩"，感恩组织。感恩组织把我放在了有着"朝阳产业"之称的旅游岗位上，旅游业的迅猛发展让我感到江郎才尽时，感恩机构改革，感恩派来了年富力强的卢雪丽同志。在此，我深深地对组织表达感恩，对雪丽同志的到来表示热烈的欢迎！

第二句话是"感谢"，感谢同事。2014年10月就任旅游局局长以来，与同志们一道奋力拼搏，克难攻坚，创建了海明湖·五峰山省级旅游度假区、五峰山国家4A级景区暨省级生态旅游示范区、四川省乡村旅游强县、四川省首批达州市首个省级工业旅游示范基地——东汉醪糟景区，协助县委、县政府承办了达州市首个省级旅游节会——第五届四川温泉旅游节。我们是达州市在国家和省级旅游商品大赛中唯一获奖的县。2018年，由于两个

市级乡村旅游示范提升项目，我们是唯一一个市委书记、市长都调研并获好评的县，也是唯一一个获得市级乡村旅游示范提升项目的县；2018年达州市四个国家3A级景区悉数落户大竹，旅游收入从2013年的11.3亿元增加到32.5亿元……这串串平凡的数字，饱含了同志们的委屈和心酸，凝聚了同志们的心血和汗水。在此，我向大家表达诚挚的感谢！

第三句话是"感动"，为事业感动。旅游排"五大幸福产业"之首，我深信，在县委、县政府的坚强领导下，有了雪丽同志这样的好班长，同志们精诚团结，大竹旅游业一定能够创造辉煌，让我们一同为这个幸福产业久久感动！

谢谢大家！

苏南归来略记

为进一步促进思想大解放、作风大转变，党建保障新加强，经济大发展，由县委书记、人大常委会主任许国斌亲任团长的大竹县党政代表团，于 5 月 9 日至 14 日先后赴张家港、无锡、江阴、昆山、上海等地进行了异地培训。虽然仅有六天时间，但通过课堂学习、实地考察，自己视野大为开阔、心灵大为震撼、思想大为启迪。现将考察情况简述于后。

粗略印象

所学习考察的地方主要地处长三角中部太湖周边，其发展模式是中国三大模式之———苏南模式（另两种为温州模式、珠江模式）。2011 年全国百强县前三甲分别为江阴市、昆山市、张家港市，在三个市的三个村（镇）的考察中，我感受到了特色农业的清新气息。

江阴现象与华西村

江阴市经济社会的快速发展，被新闻界、理论界称为"江阴现象"。江阴现象就是指全国万分之一的土地，占全国千分之一人口的江阴人，创造超过了全国二百五十分之一的国内生产总值。江阴市把加快农业转型升级、转变农业增长方式作为主攻方向，有力推动全市农业经济又好又快发展，并响亮提出了"农民不再是一种身份，而是一种职业"的口号。

天下第一村的华西村，产业逐步拓展为"农业、工业、商业、建筑业、旅游业"五大产业。其中，农业的比例有所减少，但其重要基础地位始终没有降低，而是被赋予了更多的内涵，比如万亩示范高产方，高科技的农业大棚等，农业被作为观光旅游来做。作为全国农业高科技样板，华西村已从以前"一二三"产业格局转向了"二三一"产业，今后目标是要达到"三二一"，也就是刚开始重点发展农业，后来变为工业，现在转向第三产业服务业了。此地农业比重本身就小；最大的一块就是工业，三产服务业已占到近40%。加大以工补农的力度，发展科技农业、观光农业、生态农业。现在的农业不像过去靠一个肩膀两条腿，按老书记的话说，过去主要是靠体力，现在要靠脑力，它是发生了一个质的变化。华西正在打造中国高科技农业的示范地，比如说一个南瓜可以有300斤、一棵西红柿它的生长期为二十个月，可以达到1000斤的采摘量。华西加大投入，通过传统农业高新化，把农业做上去。

张家港精神与永联村

1995年，中央宣传部、国务院办公厅联合在张家港市召开全国精神文明建设经验交流会，"团结拼搏、负重奋进、自加压力、敢于争先"的十六字"张家港精神"和"张家港经验"走向了全国。张家港的综合实力始终位居全国同类城市前三名，此地成为全国首个荣膺联合国人居奖的城市。实践证明，张家港精神是张家港的传家宝，是张家港最大的城市品牌，最核心的文化，也是推动各项工作的强大动力。全国经济规模最大的村——永联村，就是张家港精神的典型代表。

永联村位于张家港长江边，1970年通过围垦江滩，成陆建村。由于地势低洼，易涝易灾，村民生活十分贫困，改革开放后，小村庄建出了大钢厂——永联集团，被费孝通赞誉为"华西第一钢村"。2010年，全村经济总量310亿元，位居全国第三；可支配收入8000多万元，村缴税金和利润位居全国第一，成了名副其实的苏州首富村。目前，2011年中国民营企业500强出大户，永钢集团位居第33位。

党委书记吴栋材认为：永联村工业再发达依然是农业，既然是农村就要发展好农业。于是村集体从工业利润中拿出大笔资金，实施工业反哺农业，引进机械化、自动化设施发展现代高效农业。4000亩苗木基地在净化生态环境的同时，还带来了高效益；3000亩永联现代粮食基地里，新型农民只要点点鼠标就能灌溉；400亩鲜切花基地出产的白菊在韩国、日本市场竞相绽放；100亩水产养殖基地里的长江鲜为永联乡村游引来了无数食客……

永联人认为：农村的工业化不是农村的工厂化，而是农业的工业化。永联村以每年每亩1200元将农民的土地承包经营权流转到集体，成立了园林工程、现代粮食基地、现代农业、江南农耕文化园四个公司，用工业来发展农业，让农业实现工业化、标准化。

昆山之路与周庄镇

20世纪80年代中期的昆山还是个农业县，且在苏州经济排名倒数第一，而今竟一跃数年成为"全国百强县（市）之首"。

昆山神话般的崛起令人称奇，人们不禁要问："昆山到底靠什么演绎了神话？"在昆山经济社会发展成果展厅里，大家认真听取介绍，观看其发展历程展览，我们找到了答案：创新。"勇于争第一，敢于创唯一"的誓言令人强烈震撼。我们走进周庄镇去体验体验，感受又是如何呢？

周庄的经济总量全市最小，但名气最大。素有"中国江南第一水乡"的周庄镇系昆山最偏远的一个乡镇，古镇占地面积只不过 0.47 平方公里，它是怎么开辟中国古镇旅游先河的？中国著名画家陈逸飞的一幅油画叫《故乡的回忆》，画的就是今天周庄双桥的位置，陈逸飞的这幅画被美国的石油大王哈默博士买去了，哈默在第一次访问中国时，将画转交给当时我们改革开放的总设计师，这让更多人对周庄产生浓厚兴趣。昆山人利用这个契机。把周庄旅游产业的发展作为周庄整个经济发展一个重要产业加以扶持和培育，使之成为中国第一水乡，昆山的世界名片。创新的周庄人又围绕"一幅画"推开了创意产业大门。"十二五"期间，周庄发展将围绕"生态自然、古镇水乡、田园休闲"十二字定位，打造"全景江南、天下周庄"。在旅游、感知、文化三大特色产业发展中坚持一个基调：比总量、比特色、比干劲。随着其旅游美食销售逐年大增，其对特色农业发展推动极大。

万三系列食品拥有五十多个产品，包括蹄髈系列、阿婆菜系列，此外还有酱排骨、油豆腐、万三野鸭、八宝野鸭等。然而，一只小小的蹄髈何以做成一条食品产业链？1996 年，周庄古镇在旅游界的名气渐响，周庄旅游公司注册了"万三蹄"商标（因明代周庄首富万三每晚必吃而得名，其中还有与朱元璋相关的典故）。2004 年，现在万三食品有限公司执行董事李永先以 20 余万元竞拍到"万三蹄"商标使用权，自己组建了公司，从此开始大规模生产销售"万三蹄"。世博会期间，双桥旁一家卖万三蹄的店最多一天卖掉了 3000 多只万三蹄。现在万三蹄的年售量稳定在 400 万只左右，这 400 万只蹄髈需猪 200 万头，产值超亿元，并带动了养殖业的发展。"万三蹄"系苏州知名商标，获首届国际旅游商品展会金奖等多项荣誉，目前，李先生正着手申报江苏省著名商标，将万三蹄烧制工艺申报为昆山市非物质文化遗产，在淘宝网上开专卖店，把万三蹄销售到国外市场。

粗浅认识

全国前三名县级市的发展，有其地域优势、政策优势和文化因素，但更重要的是敢于开拓创新，善于抢抓机遇，不断解放思想，形成了自己的发展思路。我认为主要体现在以下三个方面。

目标高远，源于意识超前，这是前提

昆山之路的"勇于争第一、敢于创唯一"的目标是何等远大，其创新精神具有国际化、全球化、现代化的视野，他们始终把自己置身于全球发展的大潮中，以此来确定自己的发展目标和努力方向。周庄镇旅游产业的迅速崛起，一个小小的蹄髈发展成一条食品产业链，创品牌、兴产业、富农民，充分展示了抢抓机遇的超前意识，也是"市场竞争不让人，不争不抢是庸人，错过时期是罪人"先进理念的体现。

县委提出了建成"西部特色农业示范县"的奋斗目标。只要我们勇于自我否定、自我扬弃与最强的比、与最快的赛，目标的实现指日可待。

发展飞速，源于举措高效，这是关键

张家港巨变，得益于高效举措。其绩效评比达到了科学化：层层有人抓、事事有人管、项项有指标、项项都达标。在发展现代农业方面，合理布局主导产业，邀请江苏省农科院和南京农业大学有关专家在全省率先编制了农业中长期规划，大力实施农产品品牌战略。传统农业生产方式已退出，现代农业园高效绿色有机农业、都市生态农业、旅游休闲观光农业、乡土餐饮农业以及文化农业已成为主导。现代农业正向规模化、工业化和商业化方向飞速发展。

其高效举措无不浸透着"张家港精神"。在品味"张家港精

神"同时，让人深切感悟到"坚韧奋进、务实创新、开放包容、智慧诚信、勇争一流"大竹精神的博大精深。

作风务实，源于党建创新，这是保障

华西村之所以打造出"华夏第一村"，是因为他们有一支以吴仁宝为首的作风务实的党员干部队伍。"有福民先享，有难官先当"，体现的是华西村党委成员精神，村口大牌子书写着吴仁宝的名言："家有黄金数吨，一天只能吃三顿；豪华房子独占鳌头，一人也只占一个床位。"清廉之风如此坦荡。华西经验向人们昭示：农村基层党建要不断创新，加速推进农业现代化。服务农民、致富农民是华西村党建工作的出发点和落脚点。不断创新组织设置，党组织由以前单纯的农村支部发展成了企业支部、流动人员支部；不断提高科学发展能力，组织党员干部进行知识更新，了解与经济转型升级相关的新产业、新技术，做到思想不落伍，处处做表率；创新党组织和党员干部服务群众的载体和途径，让特色农业在发展中感受到党建发挥的积极作用。

全县开展的"五比"党建主题实践活动，深化了创先争优，为大竹跨越发展提供了坚强保障。正在开展的"五比"之星评选活动，进一步激发了党员干部干事创业激情，呈现千帆竞发、百舸争流的大好局面。

初步打算

通过学习考察，根据许书记"三查找、三思考"的重要指示，结合四合乡的实际，发挥优势、扬长避短、再鼓干劲、再添措施，促进特色农业大跨越。

思想大解放，准确定位新目标

思想是"思"与"想"的结合,通过学习考察,争当思想先锋,冲出因循守旧的"大山",突破思维定式的"峡谷",走上跨越发展的"坦途"。客观分析差距,研判优劣势,把优势放到最大化,产生"无中生有"的奇想。思想解放的力度,决定特色农业发展的速度。思想再解放,观念再更新,标杆再提升。

四合乡地处大竹、邻水、垫江三县交汇处,随着快速通道的建成,区位劣势变为了区位优势,配以丰富的生态农业资源和特色农业发展基础。特色农业发展定位三大目标:打造西部特色农业"三品一标"认证示范乡,打造西部特色农产品生产示范基地,打造西部特色农业产业化示范乡。

发展大推进,强力实施新举措

牢固树立"宁要不完美的发展,不要不发展的危机"意识,倡导一种"先干不争论,先试不议论,先做不评论"的发展风气,增强"等不起"的紧迫感,"慢不得"的危机感和"坐不住"的责任感。围绕特色农业发展的"三大目标",强力实施"五个举措"。

坚持因地制宜:结合四合乡气候、土壤、作物栽培等实际,确定发展的主导特色产业。坚持科技先行:依托重庆市农科院等科研院校,编制特色农业发展总体规划,总体规划布局,分步实施建设。传统农业高新化,做到一项特色产业有一名资深专家或一个专家团队,让最先进的科技成果得到最快的运用和最大的转化。加快绿色食品、有机食品、农产品地理标志的认证力度,围绕"半岛·田园·水乡有机·生态·古镇"的主题,打造有机农业生产基地。坚持效益为本:特色农业发展要讲求投入和产出的比例,把效益放在首位,要以良好的效益彰显特色农业的发展前景,加大农产品知名商标、著名商标、驰名商标的创建力度。坚持示范引领:发挥党员干部、科技示范户、返乡农民工等作用,按"乡有示范园区、村有示范基地、社有示范大户"的思路，发挥好示范基地和示范大户的辐射带动作用，做好创建示范园区的筹备工作。坚持规模推进：创新政府引导方式、创新专合组织联结方式、创新龙头企业带动方式、创新公共服务体系服务方式、创新土地流转方式，加速特色农业规模化推进。

作风大转变、党建保障新加强

倡导"职务是一种承诺、责任是一种品行"的理念，要求党员干部履职就要尽责、尽责就要担当。扑下身子、放下架子，做到实绩在一线体现、形象在一线树立。每名党员干部要有事业心、责任心、进取心，做到思想同心、目标同向、工作同步。坚持乡党代会审议通过的"深化'五比'党建主题，推行'干群换位交心日'的活动制度"，力推"'党建富民工程'，深化'创先争优'"活动的开展，积极推行日常管理精细化、绩效管理档案化。日常管理精细化，做到全乡上下大到重点工作，小到政府院内一盏路灯的更换，都安排专人负责，形成"有事必有人、有人必有责"的局面。绩效管理档案化，将社长以上干部纳入管理对象；采取分级管理，全体脱产干部和村干部由乡党委管理，居民小组长由村党支部管理；明确绩效管理责任人，人大主席、副书记、副乡长、大调解中心副主任、党政办主任的管理由乡长负责，各部门负责人、村（社区）支书、主任由分管联系领导、驻村（社区）组长负责，逐次细化管理；管理实行一人一档，内容包括日常工作（每天工作情况）和重点工作（全年、阶段性目标任务的推进和完成情况）。绩效管理考核评估：日常工作由党政办印制干部绩效卡，工作人员如实填写，经责任人审核签名后每周入档；重点工作由工作人员如实填写经管理责任人审核、乡长签名后每月入档；绩效考核作为干部年终考核、评先选优和干部任用的重要依据。

敢问路在何方?

置身百年未有之大变局，新一轮的科技革命和产业变革成为城乡发展的重要时代底色。党的二十大报告指出，要坚持以文塑旅，以旅彰文，推进文化和旅游深度融合发展。大竹县是川东北的重要经济门户城市。在这里推进文旅深度融合，破除传统的文旅产业发展思路，构建文旅产业发展的新格局，是贯彻落实好党的二十大精神的重要举措。面向未来，大竹县文旅产业该向哪儿走？怎么走？

深学报告浅得

"旅游"在报告中与"文化"同时出现了两次：第八部分"推进文化自信自强，铸就社会主义文化新辉煌"中是这样表述的："坚持以文塑旅，以旅彰文，推进文化和旅游深度融合发展。"第十三部分"坚持和完善'一国两制'，推进祖国统一"中有这样一句话："发挥香港、澳门优势和特点，巩固提升香港、澳门在国际金融、贸易、航运航空、创新科支、文化旅游等领域的地位，深化香港、澳门同各国各地区更加开放，更加密切的交往合作。"

第二句话释放出一个新的信号：在港澳，文化旅游已与金融贸易相提并论。"文化旅游"四个字是这一次加上去的，字字千金。

再回过头来看第一句话："以文塑旅，以旅彰文，推进文化和旅游深度融合发展。""以文塑旅，以旅彰文"，与文旅部组建最初"以文促旅，以旅彰文"工作思路仅一字之差，但意义深远。"促"意指文化能促进旅游，二者是相对平等的关系，相辅相成；"塑"意指用文化去塑造旅游，文化是灵魂，文化起引领作用。原来"推动文化和旅游融合发展"改为了"推进文化和旅游深度融合发展"，从"推动"到"推进"，从"融合发展"到"深度融合发展"，表明这几年文旅深度融合早已走在路上了。

实践表明，在建设社会主义现代强国进程中，文旅产业不能缺位，也不能失位。一个国家和地区做好了文旅融合，也就在未来产业链发展格局中占据了主动；做好了文旅融合，也就在未来高质量发展途径中谋得了先机。因此，大竹县要实现社会经济的高质量发展，文旅产业将发挥至关重要的作用。

文旅融合浅解

什么是文旅融合，学术界和行业始终存在争议，文旅融合是一种互动的要素资源的整合。文化、旅游两种或两种以上的要素相互结合后，通过交叉渗透和整合重组，突破原有的产业领域，使产业边界收缩、模糊或消失，共生共赢而形成新的文旅产品业态和产业体系。报告对文旅融合的界定透彻明了。

以文塑旅，文化赋能丰富内涵；提升品位，是文旅融合的核心。

从发展模式与发展内涵来看，西部地区还保持原先的模式，依靠老天爷给我们的自然资源和老祖宗留给我们的历史文化资源，卖山卖水卖门票；东部地区已进入内涵挖掘型发展模式，品情品调品生活。

　　东部文旅发展将"以文塑旅"作为融合发展的核心，因为景观之上是生活，人们既看美丽风景，又想体验美好生活。怎么办？只有不断提升旅游产品质量，而文化创意是其重要途径。文创的力量正在颠覆文旅业界，而其首要的一步就是抓好策划规划。

　　总书记在北京规划展览馆视察时特别指出："规划科学是最大的效益，规划错误是最大的浪费，规划折腾是最大的忌讳。"我们一定要从"规划规划纸上划划，墙上挂挂"向"划得好才能建得好"转变，要从"教科书"式的规划向"操作式手册"规划转变。要树立"规划的节约就是最大的浪费"观念。比如由著名设计师安德鲁设计的国家大剧院，规划设计费占造价的11%，达3亿多元人民币，水立方、鸟巢设计费也占了10%左右。同质化的资源，通过异质化的创意、错位的开发，方可焕发新的活力。

　　文化旅游策划规划的核心就是找准IP，找准超级IP很关键。

　　随着文旅产业由高速增长转向高质量发展，由流量经济转向IP经济发展，具有IP属性，更有故事和情感附加值的文化和旅游体验愈加受到游客的关注。

　　罗振宇说："世界越来越破碎，那些治愈破碎的力量就会变得越来越值钱——这个力量我们称之为共同的认知。"李忠先生也曾说过：IP叫作"共识"（或"共同的认知"）更合适。在越来越缺乏共识的时代，那些已有的共识就变得极为值钱。在中国只要是共识就有人去争，如董永故里之争、西门庆故里之争等。只要这个地方有共同认知的名人或者名事，就能做成旅游磁极，吸引人来。

　　文化旅游IP看似是一个新名词，其实是各地打响文化旅游业辨识度的重要手段。一句"桂林山水甲天下"，让漓江之美天下皆知。

　　特色旅游IP既靠历史的积淀也需要创新。例如，周庄、同

里……这些都是著名的江南小镇，而乌镇却以"世界互联网大会"举办地这个新的 IP，在古韵悠悠中增添了潮流、时尚的味道。

一个地方文旅 IP 找对了，后面的工作就会事半功倍。

一位文旅专家做宁海县（《徐霞客游记》开篇地）的旅游策划时，用的就是 IP 思维。从《徐霞客游记》对宁海"人意山光，具有喜态"的描述中找到了"徐霞客"这个超级 IP，提炼出了"喜"的文化内涵，从而确定城市形象"喜乐宁海"，然后延伸延展开去。现在宁海在推进一系列"喜"文化品牌和项目建设的落地。

这位专家还刚刚完成首批国家级旅游度假区（正创建世界级旅游度假区）——东钱湖的宋韵文化旅游策划，他发掘的就是"王安石"这一家喻户晓的超级 IP。

以旅彰文，旅游带动增魅力添活力，促进文化品牌传播，这是文旅融合的抓手。

旅游是文化建设的重要动力，是文化传播的重要载体，是文化交流的重要纽带，是促进文化繁荣的重要方式。

文旅业界有一句名言是"祖国山河美不美，全靠导游一张嘴"，看似是说导游的重要性，实质上是言旅游为文化增魅力添活力。一段打动旅客的导游词，一个引发共鸣的视频，一张摄人心魄的照片，一句引人入胜的宣传口号，一则能够广为流传的传奇故事，甚至一首耳熟能详的歌曲，都可彰显文化魅力。比如贵州旅游，人们传播着这样的文化：贵州文化旅游资源特点就是"三个一"——一栋房，是遵义红楼，一棵树，是黄果树瀑布，一杯酒，是茅台美酒，这样的文化传播让游客纷至沓来体验，体验后又再传播，循环往复，生生不息。山东文旅也是"三个一"——一山一水一圣人，山是泰山，水是趵突泉，圣人是孔子。

山东文旅旅游极其丰富，却聚焦"三个一"进行推广和强化，其实就是 IP 思维，用最大亮点快速抢占游客心智。

现实生活告诉我们，文化和旅游的需求顺序正在悄然发生变化，需求顺序已经从旅游切换到了文化。游客看似在旅游，实则是为了体验当地的文化；所有的旅游活动，都是在促进文化品牌的传播。

文旅融合，文化的家国情怀与旅游的人间烟火有机统一，满足人民对美好生活的需要，这是文旅融合的宗旨。

文化引领，旅游帆动。元宵之夜，故宫刷屏，一票难求，千年古韵与绚烂灯光交相辉映，熠熠生辉；古韵西安，时尚西安，抖音集结，十三朝古都成为著名旅游打卡地……文旅融合正当时。

中华民族自古就把读书和旅游结合在一起，崇尚"读万卷书，行万里路"。中国旅游日之所以设在 5 月 19 日，因为这天是《徐霞客游记》的开篇之日。体现家国情怀的文化和体验人间烟火的旅游融合发展，诗和远方走到一起了，推进其深度融合，任重道远。

融合是双向的，要把文化建设贯穿到旅游资源开发和产业培育中，其本质是服务人民的精神需求，服务人民的美好生活。

文化让旅游不再浅薄，旅游让文化不再高冷。文旅融合既能让旅游更有内涵，更有品位；又能让文化更接地气，更有旅游味。

文以载道，旅以载远；化文入旅，以旅载文；主客共享，推进文旅深度融合，让人民生活更美好！

文旅大竹浅见

我们要做文化和旅游深度融合发展的促进者和示范者，把承

载五千年文明的优秀传统文化、传承红色基因的革命文化和社会主义核心价值观为支撑的先进文化，转化为人们喜闻乐见的大竹文旅项目。文旅大竹，须得有精品景区、红色旅游、优秀文旅城市、美丽乡村、文旅线路等点线面的强有力支撑。

景区是文旅业发展的重心，堪称大竹文旅业的中流砥柱，为大竹文旅业的发展做出了不可替代的贡献。境内存有一个 4A 级旅游景区，四个 3A 级旅游景区。唯一的一个 4A 级旅游景区——五峰山，以秀丽的竹海景观区闻名遐迩。五峰山旅游景区 2002 年被国家林业局批准为"国家级森林公园"，2006 年借达州市首届旅发大会在大竹召开的契机，完善基础设施建设和景点打造，成功创建为国家 3A 级旅游景区，2016 年创建为国家 4A 级旅游景

区和省级生态旅游示范区。大竹县文旅业的发展起步于五峰山旅游景区，这里掀开了文旅业发展的新篇章。也许是喜新厌旧、审美疲劳的缘故吧，眼里的五峰山景区魅力日渐衰减。建议以文化创意为突破口，满足人们既要美丽风景又要美好生活的愿望。同时，围绕大竹县"竹多竹大"的由来，聚焦最美竹景观，寻找最大的竹，开展丰富多彩的

明月山脉最高峰峰顶（可观七县景的瞭望塔）

竹文创活动。景区是文旅业发展的核心物，也是文旅业赖以生存的载体，还是文旅业消费的关键环节。近年来，川渝明月山周边七县区以明月山为纽带，大家山水相依、文化同源，共同描绘文化旅游新画卷。峰顶山是明月山脉最高峰，峰顶山的瞭望塔可观七个县区的美景。以峰顶山为中心的文旅景区，竹垫人民翘首以盼，要把握机遇先行先试。须知，旅客对景区"景观之上是美好生活"的诉求，永远都是文旅景区的存在基础和奋斗目标。

红色旅游的理论内涵，在以中国式现代化全面推进中华民族伟大复兴的伟大进程中，任何人、任何时候都不应该忘记我们从哪里来，根脉在哪里，初心和使命是什么。在国家文化建设和旅游体系发展中，红色旅游景点作为革命文化传承的重要载体。正如总书记所期待的，正成为一个常学常新的生动课堂，其蕴含着的丰富政治智慧与道德滋养，已吸引了越来越多的年轻人参与其

有"小延安"之称的"大庙寨"革命遗址纪念园

中。"大庙寨"革命遗址纪念园,俗称"小延安",20世纪20年代就播下了革命的火种。这里,先后孕育徐德、徐永弟、徐代位、徐永培、徐相应"五徐"革命先烈;这里,打响解放大竹的第一枪,形成"求真理做真人"的大竹特色"徐小精神"。"大庙寨"的解说,既要有国家层面的宏大叙事,又要有触动普通人对战争苦难的情感共鸣。在中国民族争取独立解放的进程中,在中华民族伟大复兴的进程当中,时时刻刻都会有牺牲,但牺牲的目的是什么?是为了让后代过得幸福,这就是初心,就是共产党人的使命,也是红色旅游理论建设和实践探索的"来路"和"归途"。其实,与大庙寨革命遗址一样,明月山(四合、石子)等地的红色资源保护和利用工作也要有新理念。

红色旅游的本底必须是红色,必须承载着国家的主流价值和中华民族的共同命运。构建国家记忆,承载国家情怀,保护好蕴含伟大革命精神的遗址、遗迹和遗存,把红船精神、井冈山精神、长征精神、延安精神等革命精神融入红色旅游全过程、各环节,是新时代文旅业发展的指导思想。

城市具有文化旅游客源地、目的地和聚散地的重要特征。基础设施、商业环境和生活方式,已经成为当代城市文化旅游竞争力的关键因素。传统的自然资源和历史文化遗产,共同构成了城市文化旅游的发展体系。大竹县城市发展可圈可点,特色街区、游乐场、商圈、文体艺术中心、市民公园、郊野公园成了文化旅游供给体系创新的重要节点和关键支撑。在新的文化旅游发展时期,优秀的文化旅游城市已经不再只是靠几个核心旅游吸引物,而是必须全面提升整座城市的人文品质、生态品质、生活品质和经济品质。正在创建全国文明城市的活动如火如荼,生活在竹城的人民幸福感势必得到巨大提升,游客非常盼望到访,他们将会有更高的满意度与获得感。历史文化是城市的灵魂,让城市留下记忆,让人们记住乡愁,是竹乡人的历史责任。

大竹县不仅要把"文＋旅"的文旅融合搞出特色，还要把"文旅＋"或"＋文旅"的产业融合抓好，这个产业涉及农业、工业、教育、体育等。"文旅＋农业"就是乡村文化旅游，把心交给大地。二十大报告指出："发展特色产业，拓宽农业增收致富渠道"，"统筹乡村基础设施和公共服务布局，建设宜居宜业和美乡村"。乡村振兴，文旅先锋。新时代的乡村文化旅游，无论是城市近郊、景区周边、风景优美的偏远地，还是因产业兴旺形成新的文化旅游资源聚集地，都必须坚持乡村文化旅游促进地方经济社会发展和农民增收致富的根本方向。乡村文化旅游的根基在于产业，景观和文化是产业的"晴雨表"。以声名鹊起的白茶乡村旅游为例，我们不仅要注重白茶产业建设，又要配套各色茶楼、茶叶博物馆、卖茶艺用具的特色小店。让白茶自然人文景观及其彰显的"茶文化"，都是根植于白茶产业的。人文景观是白茶产业的镜像，不要标新立异去生造景观。乡村文化旅游表象是旅游，看的是景观，体验的是文化，目的是乡村振兴，其实质是产业的复兴。乡村振兴不是把乡村变为城市，而是要把城市消费引入乡村。

如果把文化旅游节点比喻成粒粒明珠，那么文化旅游线路就是一条珍珠项链。大竹的文化旅游线路异彩纷呈，随着文化旅游节点的变化不断变化。如果明月山峰顶山景区得以建成，无疑这是川渝融合发展的黄金文旅大道。当然，境内有条被人们忽视的文化旅游线路，我们应该去精心谋划布局，那就是318国道。从上海到拉萨，串联了5476公里丰富而独特的文化旅游资源。既有平原、丘陵、盆地、高原景观，也有江南水乡，天府盆地，藏区民族文化；既有繁华都市的灯火阑珊，也有江南的小桥流水……如此绚丽多姿的景色，源远流长的文化，318国道是当之无愧的"中国人的景观大道"！318国道是一条承载国家记忆、彰显国家形象的国民公路，可以怀旧、可以观光，可以探险，也可以浪漫与时尚。这条与神奇的北纬30度同行的国道线上，上海、成都、拉萨等诸多沿线城市均已成为重要旅游目的地。

经过李克崎先生和爱驾传媒多年的努力，318国道正在成为国民大众自驾游的国家旅游线路，途经8个省级行政区和66个县级行政区，30座县城和7座县级市引人注目。大竹县作为入川第一城，文化旅游节点准备好了吗？县域境内全长52·33公里，由石桥铺镇入境，穿铜锣山，历朝阳、东柳、白塔、中华四个乡镇及办事处，越华蓥山出境。

一线有省级文物保护单位孟氏公馆，国家4A级旅游景区五峰山和"大道至简、虚怀若竹"的大竹县城，应该如何融入？

还应该策划规划些什么文化旅游节点融入？二线的文化旅游节点如何融入？这是当前文旅工作面临的一个课题，也是这一代文旅人的历史责任。我们深信，境内318国道注定会成为展示大竹人民幸福生活的文化旅游长廊，这也是大竹文化旅游的超级IP之道。超级IP乃构建超级影响，带来超级客流，形成超级市场。

大竹文旅的超级IP是什么？就在318国道的华蓥山，大家熟知的"三国古道"。

一位文旅专家的朋友坦言："三国古道，可以打造成为继丝绸之路、茶马古道之后的中国三大古道之一。"原因何在呢？

丝绸古道、茶马古道、唐蕃古道是中国最出名的三大古道。查询百度检索量，截至11月22日，丝绸古道1亿次，茶马古道7980万次，唐蕃古道743万次。三国古道达到了4010万次的检索量。

届时，三国古道与武侯祠、剑门关、白帝城、襄阳古隆中、赤壁古战场、官渡古战场、荆州古城、长坂坡、石头城、铜雀台等一大批全国知名三国文化旅游景点比肩。依托"三国"这一个中国超级文旅IP（同一时间傻儿司令的检索量仅为330万次），深度挖掘"古道上的三国文化"之内涵，将大竹塑造为三国文化旅游名城，成为全国三国文化旅游胜地之一。大竹其他文旅资源可以通过"古道+"的方式统筹到"三国古道"上来。比如：清河古镇范绍增将军（俗称傻儿司令）所宣扬的"义"文化，就与三国刘关张"三结义"的文化一脉相承。竹文化也可以理解为古道上的竹，可以讲好"三国古竹"的文化故事，做好一系列古竹文创产品（如古竹酒、古竹宴、古竹编等）。通过这一系列基于"三国古道"超级 IP 的创新运用，大竹文旅完全可以走出四川，走向全国，来一次真正的大竹文旅"出川记"。

　　蓝图恢宏，气势可吞山河；号角激越，奋斗正当时。在强国复兴的伟大征程中，大竹县开启了全面建设社会主义现代化的新篇章，大竹文旅应该也能够发挥重要而独特的作用，奏响新时代壮丽的文旅凯歌！

我想对您说

渐紧的冬风携裹着春的气息，掀开了新的日历——2018 岁首，《秦巴文旅》满周岁了。

"汉水秦巴秀，自在安康游"，《秦巴文旅》的诞生，让我们领略玩味了"秦巴风情、汉水神韵、金州美食、绿色安康"。我们掬一捧瀛湖的清泉，穿过清幽空寂的南宫山，枕一宿飞渡峡的涛声，蓦地醒悟忙碌的心灵也要有所栖息；我们登上陕渝线的大巴山，北望八百里秦川，南瞰川渝烟云，瞬间获得了淡泊的文化定力……旅游与文化是一种深层次的合作，文化是灵魂，旅游是载体，没有文化的旅游是"行尸走肉"，没有旅游的文化是"孤魂野鬼"。《秦巴文旅》推介安康特色旅游资源，传播旅游文化，引导文化体验和旅游消费，加速推进了安康旅游向信息和知识密集型产业的发展。安康市旅发委以洪荒之力构架千里大巴山旅游联盟可圈可点。

盼能开设"大巴山旅游联盟"固定栏目，关注陕川渝鄂十六个县市区盟员的旅游新发展，传递盟员旅游合作新信息，探索大巴山旅游新形象走向世界的新路径。

四川省达州市大竹县是"大巴山旅游联盟"的盟员。"千年大竹三大美，竹海古镇温泉水"期待着大家的光临。五峰山是国家 4A 级旅游景区、国家森林公园、省级生态旅游示范区，清河古镇是抗日名将范绍增的故里（电视剧《傻儿师长》《傻儿司令》

原型），其保存完好的中西合璧建筑西部唯一，袍哥文化正能量乃民族瑰宝；省级旅游度假区海明湖的温泉单井出水量亚洲第一，四川省第五届温泉旅游节在这里成功举行。

　　"袍哥文化古镇，温泉康养大竹"，期待着各位的光临！《秦巴文旅》新岁将以新姿引领大巴山旅游新形象的全新展示！

今生陶醉

尊敬的各位嘉宾、女士们、先生们：

秋风徐徐，重阳九九，欢聚一堂的有亲戚，还有好友。大家为亲情而来，大家为友情而来，大家为见证这难忘的时刻而来——沈斌先生与蒋雯雯小姐新婚的庆典！在此，我谨代表来宾恭祝新郎新娘幸福美满、白头偕老！

徐徐秋风惹人醉。一是新郎新娘父母最陶醉。儿女长大成人结双配对，二三十年含辛茹苦没白费。二是新郎新娘最陶醉。沈先生银行多钱钱，蒋小姐公安多安全，二者结合最保险。最欣慰的是二人今天登上了夫妻岗位，今冬不会受冷挨冻在马路上约会。三是老年人最陶醉。眼看马上抱起小宝贝，大家都要提辈分！

重阳九九同聚首，莘莘学子逢考必优秀，青壮年一生是奋斗，老年人个个都长寿。新郎新娘爱更长，情更久，爱情天长地久。

在此赠四句话与新人共勉：用珍惜的态度对婚姻，用欣赏的眼光看对方，用感恩的心态孝父母，用奋斗的激情干事业！

再次祝愿新人新婚快乐，比翼双飞！

谢谢大家！

2017 年 10 月 28 日于东湖大酒店

春天的爱情故事

尊敬的各位来宾、女士们、先生们：

大家中午好！

梅开腊月，婚庆新春。刚刚立春，我们就迎来了程峰先生和兰岚小姐的新婚庆典。尽管室外春寒料峭，但在这个装饰华美的新婚殿堂中，洋溢着融融的春意，流淌着暖暖的人情。大家欣欣然相聚于此，一同倾听二位新人爱情春天的故事！

爱情的春天应新郎新娘欢心呼唤而来。程峰先生是南充人，在攀路工程建设公司任技术总监，新娘在兰氏天然气分公司任财务总管。为了规划建好这条通往婚姻殿堂的幸福大道，新郎新娘历尽艰辛，历时六年之久。冰封了一冬的爱，沐着春风，浴着春光，润着春雨，穿越在春天里。为了这一季节的到来，鲜花含笑更鲜艳；为了这一时刻的到来，今夜星光更灿烂！

爱情的春天需新郎新娘精心呵护。在此与新人共勉：用珍惜的态度对婚姻，用欣赏的眼光看对方，用感恩的心态孝父母！

爱情的春天伴新郎新娘初心耕耘常新。新郎新娘都生活在富裕年代，他们没有染上浮华的习气；成长于社会的转型时期，他们依然纯真清明，他们是阳光的、进步的！愿新郎新娘不负春光，辛勤耕耘。相濡以沫慢生活，早生贵子喜事多；砥砺前行创大业，捷报频传乐呵呵！

爱情的春天正好，幸福的日子更长。再次祝愿新郎新娘永结同心，比翼双飞！

谢谢大家！

2018 年 2 月 5 日，挚友兰富强的女儿新婚庆典在桂花村举行，应邀即兴发表了"嘉宾讲话"。

志同道合绽"百合"

尊敬的各位嘉宾、女士们、先生们：

大家中午好！

浪漫的三月大竹开启了赏花模式，桃红李白梨花圣洁。此时又是什么花引得这么闹热？原来是一朵培植了六年、花期一百年的"百合花"。百合花的男主人是曾侯东先生，女主人是雷梦凡小姐。让我们一同见证百合花今天正式绽放，我们一同祝福新郎曾侯东、新娘雷梦凡百年好合！

志同成知己，比翼双飞惹人喜。曾侯东这个一米八的帅小伙，高中毕业走进军营硬打拼，2011年考入四川省警察学院苦淘金。蓦然回首，美丽大方的心仪女神雷梦凡就是同班学友。大二时双双坠入爱河，他们不求泸州酒城歌舞升平，但愿勤学苦练听召唤，尊敬师长团结学友学院表彰时时有。为了实现人生梦想，二位就业成都双流国际机场。曾侯东先生在公安分局守护着机场的平安，雷梦凡小姐在安检岗位维护着航班安全。曾侯东先生被评为四川省公安厅先进个人。

道合结良缘，天长地久成经典。有人说："以热爱的事作为职业，以挚爱的人作为伴侣，是对人生幸福的追求。"此时此刻，二位新人脸上洋溢的幸福笑容，足以说明他们已经找到幸福的归宿。在新郎新娘迈向新的人生旅程的时候，送三句话共勉：第一句是工作事业"不求名利但求顺心"；第二句是婚姻生活"不求浪漫但求温暖";第三句是为人处世"不求完美但求无愧"。

今天的婚礼设在锦程喜宴大酒楼绽放着百合花的锦程厅,预示着一对新人的锦绣前程:早生贵子代代强,比翼双飞事业旺,恩爱甜蜜万年长!

锦程,锦程,锦绣前程!百合,百合,百年好合!

谢谢大家!

2018 年 3 月 28 日(农历二月十二),挚友曾贤文的儿子新婚庆典在锦程喜宴酒楼举行,应邀作为证婚人,脱稿即兴献上证婚词。

唯美食不可辜负

——在晚辈婚礼上的脱稿证婚词

尊敬的各位嘉宾、女士们、先生们：

大家中午好！

人间四月芳菲尽，爱情玫瑰始盛开。今天我们欢聚一堂，共同见证新郎冷博先生和新娘文秋霞小姐结为秦晋之好，共同祝愿二位新人新婚快乐！

大家同是来吃美食的。是啊，人生唯美食不可辜负。

冷博先生生活成长于美食之家。他家开的馆子在大竹边远小镇小有名气。少年儿童时代的美食是温馨的，饱含母亲的呵护父亲的慈爱。

青年时期的美食是粗犷的。不满足于御临河畔肉嫩味美的河鲜等美食，开始渴望美酒。双河白酒醇香悠长的气息熏陶了他粗犷豪放的性格，英姿飒爽走进了军营，又意气风发步入了社会大舞台。美食美酒时时有，期盼美女少年愁。苦心人，天不负。去年金秋十月，他步入肥牛小镇，品美食韵美酒，不经意与文秋霞小姐目光碰撞成火流，坚信这就是自己梦中的美丽女友。他情深意切地献上九十九朵玫瑰，二人义无反顾走上了九十九头牛也拉不回的爱情约会。

今天的美食是甜蜜的。昭示着二位新人走向人生新旅途，流淌着二位新人的美满幸福，弥漫着大家美好的祝福。今后的美食是百味的。酸甜苦辣麻，川菜都容纳。人生百态，万千种谋生方

式，一旦修炼成与之适应的心境，便无所谓高低贵贱了。人生路，处处风雨阻，相依携手百年度。

今天的日子是美好的。婚礼选择在春末夏初，既拥有春天的风情万种，又让轰轰烈烈的爱情投入夏天红红火火的怀中。尤为重要的是要用实际行动迎接"五一"国际劳动节：要养成劳动的习惯，相敬如宾恩恩爱爱；要早结劳动成果，儿女成群喜出望外；更珍惜劳动成果，孝老爱幼和睦表率。

再次祝福新郎新娘爱情天长地久！预祝大家五一快乐！

谢谢大家！

2018 年 4 月 26 日于桂花村

阳光与健康

尊敬的各位领导、各位来宾，女士们、先生们：

大家中午好！

七月桃李飘香之季，学子金榜题名之时，迎来新人大喜之日。盛夏流火雨送爽，亲朋满座笑声朗，我们一同见证：新郎冷东键、新娘沈潇走过红地毯步入了婚姻的殿堂！

二人的婚姻是阳光的。新郎冷东键是国营四川华蓥山发电有限公司的技术骨干，他是光明使者，他是黑夜的太阳神。他给黑夜带来了光明，他为社会发展默默奉献巨大动能，平凡的岗位朴实的生活让婚姻阳光明媚！

二人的婚姻是健康的。新娘沈潇是六竹县疾控中心的执业医师，她是白衣天使，她是老百姓健康的守护神。在平凡的岗位辛勤耕耘，她用青春和汗水为人们带来健康为生命带来希望，职业的圣洁和高尚让婚姻健康无限！

二人的婚姻是美满的。新郎冷东键服务社会经营家庭倾情散发出光和热，疲惫的心灵新娘抚慰凸健康。美满的婚姻仍有段黑暗的隧洞需要穿行，健康的太阳神带来的明媚阳光照耀着婚姻。

在此，我以证婚人的名义宣布：新郎冷东键、新娘沈潇正式结为夫妻！

同时，作为长辈的我衷心祝愿：新郎新娘一时牵手，一世牵

心！儿女成群，相敬如宾！尊老爱幼，幸福一生！

    谢谢！

2019 年 7 月 4 日于东湖大酒店

爱情的力量

（2021 年 4 月 29 日于幸福里）

尊敬的各位领导、各位来宾，女士们、先生们：

大家中午好！

"杨花柳絮随风舞，雨生百谷夏将至。"在大自然播种移苗、掩瓜点豆的最佳时机，我们欢聚一堂共同见证兰仁杰先生和吴依濛小姐结为秦晋之好！我们走进幸福里一起祝福：新郎新娘幸福美满！

新人的爱情是纯洁的。新郎新娘十六岁的花季，定格在 2011 年金秋大竹中学美丽的校园。二位同学相见的一刹那，犹如三伏天清澈的小溪流进心田，荡起了涟漪。懵懂的感情迅速收藏在梦里，封存于记忆，因为他们知道人生的意义。

新人的爱情是神圣的。新郎高中毕业投笔从戎去，意气风发走进绿色的军营。历经两载淬炼，成熟的男子汉考进清幽的四川旅游学院。新娘大学毕业执教绵阳，故乡梦萦魂牵，以优异成绩考进大竹县统计局机关。尘封记忆梦常现，新郎痴情苦思念，一种心灵的默契渐渐地产生了。2019 年 11 月 16 日这天，二人忽然发现：他们相恋了。

新人的爱情是圆满的。十年一梦，似水流年。新郎 2020 年作为省委组织部的选调生考公务员回到了大竹，与新娘比翼双飞。人生风雨路，二位新人牢记住：只要有爱情，仙人掌在沙漠也开花，无花果不开花也结果。婚礼是一场亲情、爱情与友情的

307

重大仪式，新郎新娘将庄严承诺：夫妻恩爱同舟共济，尊老爱幼传承美誉。

"纷纷红紫已成尘，布谷声中夏令新。"大地渐回的热气催响了布谷鸟的鸣唱，天地万物充满了肆意生长的力量。步入了婚姻殿堂的爱情正在升温，希望新郎新娘早日儿女成群宣告爱情的结晶！

再次祝愿新郎新娘新婚快乐！百年好合！

谢谢大家！

后记

挚友儿子新婚，受托证婚致辞完毕回到席间，一位精气神十足的帅小伙笑容可掬地拉着我，啧啧赞叹："讲得太好了！讲得太好了！"紧接着，他条分缕析得非常透彻，我们的距离倏地拉近，一见如故。

得知他是新郎在部队时的团长，一种敬意又相见恨晚的感情油然而生。我们把酒言欢，开怀畅饮，直呼痛快！酒酣耳热之际，互留联系方式，相约西安再相聚。

临别，刚刚结交的兄弟无限深情地说："仁兄，您是大竹人，我就送一幅竹画给您吧！"我深知受之有愧，却也满心欢喜，不是因为画的珍贵，而是因为情义无价。

佳偶天成迎新春

尊敬的各位领导、各位来宾，女士们、先生们：

大家中午好！

"白雪却嫌春色晚，故穿庭树作飞花。"普天同庆新春时，我们一同祝贺一对新人的婚礼，我们一同见证新郎许翱先生和新娘朱一凡小姐踏上婚姻的红地毯，我们一同祝福新郎新娘新婚快乐！

二人的恋爱是炽热的。

深圳岗厦北地铁站，既是深圳地铁地标建筑，也是他们结缘的项目。新郎比新娘早一年毕业，提前得知项目部要来一名女大学生的消息。新郎通过新娘的同学目睹了她的照片，顿生爱慕之心。新娘毕业刚入职，晒得乌黑溜秋的新郎，立刻展开了电闪雷鸣般的爱情攻势。

尽管新娘态度冷淡，新郎还是被她那双眼睛吸引住了：清澈、乌黑，好像有星星在里面闪烁。新郎敏锐地捕捉到，看似冷漠的眼睛里隐藏着寂寞深深的海。新郎没有工夫沉浸在失恋中，一睁眼看深圳，世界在沸腾啊！"十亿人民九亿商，还有一亿待开张"的广告牌比比皆是，太振奋人心了。新郎忙于项目又不缺席恋爱。他对异地工作的新娘给予了太多的关心和帮助，每天监督她有没有好好吃饭，总是能及时发现她的不开心。

有件事深深撼动了新娘。二人一次散步偶遇一只流浪猫，送去医院检查得知小猫患上了猫瘟，只有不到一半的治愈概率，而且医疗费用较大。参工不久的新郎没有积蓄，但他毫不犹豫地救治了小猫。生命的脆弱，生命的唯一性，生命之间的爱与牵挂……让新娘陷入了沉思。新郎的善举拨响了新娘心灵的琴弦，新郎开始成为新娘的依赖。

二人的爱情是甜美的。

于爱情而言，时间是灭火器，也是过滤器。他们狂热爱恋一年之余，新郎又接受了新的项目任务，二人难舍难分。临别，新郎对小猫再三嘱咐："爸爸去外面挣钱，你要好好陪妈妈，这是你最重要的任务！"可以这么说，小猫调理了新娘诸多不佳情绪。新娘不时对未来的生活感到迷茫，变得多愁善感。

但看到小猫就想到新郎，郁闷的心情又舒畅了。

两个人相爱了，就有的是时间和耐心，热衷于对往事的感慨。今年新郎出差到深圳，恰逢岗厦北地铁站通车。新郎回首历历往事，带着新娘走大街穿小巷，寻遍美食，一连数日，从六块腹肌到一块圆润的肚腩，他们充分享受了爱情的甜美。

二人的婚姻是幸福的。

丘比特之箭射中的是两颗心，不是两个人。两颗心贴近了，你们的呼吸就会保持平和、温柔，富有节奏与魅力！

在这里，我郑重地宣布：许翱先生和朱一凡小姐两个人"在一起"了！在这里，我衷心祝愿，愿新郎新娘两颗心永远"在一起"！

深圳岗厦北地铁站让许翱先生既收获了事业，也收获了爱情。事业上已是副总工程师的新郎，今天成家了。操持的小家，要照亮大家。但愿新郎新娘新的生活尽快开枝散叶，与事业齐头并进，让新郎越过"总工程师"岗位再创事业新辉煌！

"从此雪消风自软，梅花合让柳条新。"伴随新郎新娘步入人生的春天里，大自然的春天将接踵而至。祝愿大家春节快乐！新春吉祥！我们共同欢呼，一起祝福新郎新娘：带着娃娃拥抱春天，带着业绩拥抱事业，带着满足拥抱幸福！

　　谢谢大家！

2023 年 1 月 17 日于东湖大酒店

爱情的归宿

尊敬的各位领导、各位来宾，女士们、先生们：

大家中午好！

昨天刚过立夏，在万物热烈而丰硕的孕育之季，喜迎吴军佑先生和潘俊伊小姐婚礼。我们欢聚幸福里，一同祝福：新郎新娘新婚快乐！

二人的爱情是浪漫的。

有人说了这么一句话：爱情产生的概率低得让人难以置信，如果在万花丛中你一眼就相中了一朵，那就叫爱情。

新郎和新娘双双就读于成都信息工程大学，分别在资源环境学院和外国语学院。在念大二的那个草长莺飞的日子里，学校组织的青年马克思主义骨干培训班如期举行。

当时的情景，二人记忆犹新。二十一岁，正值充满梦幻的青春期，他俩的目光聚焦的瞬间，犹如电光石火，一刹那就对上了眼。

就这样，他俩坠入了爱河。他俩在深爱中学习，在深学中爱恋。一天，二人突发奇想，签订了爱恋"合同"：硕士研究生毕业之日，便是结为夫妻之时。

他俩更努力学习了，他俩更深爱了。终于，2019年金秋时节，新郎新娘双双开启了各自异地的研究生学习大门。

人们在艳羡爱情浪漫的同时，发出了惊叹：这，就是爱情的缘分!

二人的爱情是神奇的。

他俩学习太拼了,白天几乎没有抬头看过天上的太阳,他俩的上空只有后半夜的明月。

学习繁忙,思念漫长。夜深人静时,他俩相聚于同一轮月亮下,涌现的是同一轮思念。每一个望月的神态,都在倾诉同一种渴望。

悉尼曾说,当我们充满力量的时候就会感到幸福,当我们感到了幸福,我们就会更喜爱自己,也更相信自己。

突然而来的幸福让人猝不及防。2022年,二人怀揣硕士研究生毕业证,走进了婚姻登记处领取了结婚证。

人们艳羡爱情神奇的同时,发出了惊叹:这,就是爱情的力量!

二人的爱情是圆满的。

自古人生两件大事,成家和立业。

二人已功成业立,新郎在国有企业展现风采,新娘在三尺讲台翩翩起舞。

新郎新娘成家选择在夏天,寓意深刻:春天里所有开过的花朵必将结出果实,夏必将孕育出秋的新生!

人们在艳羡爱情圆满的同时,发出了惊叹:这,就是爱情的归宿!

今天,我们欢聚幸福里,一同见证新郎吴军佑先生与新娘潘俊伊小姐结为秦晋之好!共同祝愿新郎新娘早生贵子,白头偕老!

谢谢大家!

2023年5月7日于幸福里